候 鳥 的
女 兒

Migrations

Charlotte McConaghy
夏洛特．麥康納吉——著

李雅玲——譯

獻給摩根

忘卻安全的願望，讓自己在恐懼裡安身。

——魯米

第一部

第一章

動物俱在凋亡，世上很快就將只有我們孑然獨活。

曾經，我丈夫在險峻的大西洋岩岸發現了一群暴風海燕。他帶我去那裡的那天晚上，我並不知道這些是碩果僅存的暴風海燕，我只知道牠們在夜間洞穴中顯得異常兇猛，總會大膽在月光下潛入水中。我們和暴風海燕相伴許久，只有在那些黑暗的時刻，我們才能假裝自己和牠們一樣狂野而自由。

動物漸漸消失，這不僅是黑暗未來的預警前兆，而是當下真正發生的現實；此時此刻，我們已能夠目睹並感受到大規模滅絕正在發生。我決意跟隨一隻鳥兒飛越千山萬水，也許我希望鳥兒能帶著我飛往彼方，歸向所有鳥的同類，逃向所有遭人類殺戮的生物。也許我是想藉此探索自己的殘酷本性，想知道為何我總是離開所有人、所有地方、所有一切，或者我只是希望，這隻鳥的最後一次遷徙之旅能助我找到歸屬之地。

曾經，是鳥兒造就了比現在更狂烈的我。

格陵蘭
築巢季節

我能夠目睹這一切全靠運氣：她的翅膀夾住了如髮絲般細的金屬線，拉動籃子輕輕覆蓋在她身上。

我調整姿勢讓身體坐直一些。

她起初沒有反應，但不知何故，她知道自己不再自由，她發現周遭的世界有了些微改變，或者是很大的改變。

我慢慢接近，不願嚇到她，尖叫呼嘯的狂風刺咬著我的臉頰和鼻子，冰封的岩石上到處都是她的同類，許多在空中盤旋，但這些鳥兒很快就開始閃避我。我的靴子踩在雪地上嘎吱作響，我看見她的羽毛輕輕鼓動猶豫著要拍翅，意圖要飛起，她和她的伴侶所建造的鳥巢由散落的草枝砌在岩石的縫隙中，看起來原始又簡陋，她不再需要這座巢了——她的幼雛已經學會潛水自行尋找食物——但她卻像所有無法放手的母親一樣回到巢中。我用手掀起籃子時屏住了呼吸，在我冰冷的雙手覆住她、阻止她拍翅之前，她突然爆發了反抗，但她只振了一次翅膀。

現在我必須快速動作，我一直在練習，現在終於到了正式執行的一刻，我的手指迅速將標記環套在她腳上，將環套從關節上移到羽毛下伸出的腿，我太熟悉她的鳴叫了，和我在許多夜晚夢中所發出的聲音如出一轍。

「對不起，我們快好了，快好了。」

我開始顫抖，但繼續動作，現在收手已經太遲，你已經碰觸了她，標記了她，強行讓你的人性凌駕於她之上，此舉是如此可恨。

塑膠牢牢固定在她腿上，將追蹤器裝設定位，追蹤器閃爍一下表明功能運作正常。在我要釋放她之際，她卻靜止住了，我這才感覺到她的心跳在我掌心裡搏搏跳動。

心跳阻止了我的動作，那啪啪啪的輕響跳得如此之快又如此脆弱。

她的嘴喙呈紅色，紅得像是浸在血裡的鮮紅，那抹紅讓她在我心中變得強大。我將她放回巢中，帶著籠子悄悄離開，我想讓她自由迸發，我想讓她的羽翅憤怒滿漲，正如我的想像一樣，她在振翅時更顯光彩奪目，紅色的雙腳搭配鮮紅色的鳥喙，和一頭天鵝絨般的黑色冠羽，她的尾羽像是兩道雙刃，翅膀鋒利的邊緣更顯優雅。

我遙望著她在空中盤旋，正在試圖習慣身上裝設的新裝置，追蹤器不會妨礙她的動作——因為體積就和我小指頭的指甲一樣袖珍且輕盈——但她不喜歡追蹤器的存在。她突然發出一聲尖利的叫聲俯衝向我，我興奮地笑開來，低頭閃避保護臉部，但她沒有再次俯衝，而是回到她的巢穴並在巢中安身，彷彿巢中還有一顆她必須保護的蛋。對她來說，方才的五分鐘像是從未發生過。

我隻身來到這裡已有六天，昨晚的風將我的帳篷吹入海中，風雨拍打侵襲我全身，這種天空中最具保護欲的鳥類啄傷我的頭和手超過十次，但我已幫三隻北極燕鷗繫上標記環，證實了我的努力。我的血管裡彷彿充斥著大海的鹽分。

我停在山頂又瞭望了一次，狂風在這一刻停止呼嘯，冰面廣闊而耀眼，邊緣是黑白相間的海洋和遙遠的灰色地平線，巨大的天藍色冰層碎片懶洋洋地飄過，即使現在正是仲夏時分，仍有數十隻北極燕鷗填滿了天空和大地間的空白，牠們是此地僅剩的北極燕鷗，也許是全世界碩果僅存的一群。如果我有能力在任何一個地方停留，也許這裡就是我的歸處，但鳥不會留下，我也不會。

我租來的車非常暖，車內暖氣全開，我把凍僵的雙手放在出風口感受皮膚上的陣陣刺痛，副駕座位上擺著一疊文件夾，我在裡頭摸索著尋找那個姓名：恩尼斯．馬龍，他是薩加尼號的船長。

我已經和七艘船的七名船長談過，當初我看到最後一艘船的名字時，我想我內心有某個瘋狂的部分一直暗自希望這次不要談成，因為薩加尼在因紐特語中是烏鴉的意思。

我掃視文件上的資訊：馬龍在四十九年前出生於阿拉斯加，和妻子瑟爾莎生下兩個年幼的孩子，他的船隻是獲准合法捕撈大西洋鯡魚的最後幾艘漁船之一，有七名船員，根據碼頭的時間表，薩加尼號將在接下來兩晚停泊於安馬薩利克。

我在導航中輸入「安馬薩利克」，在寒冷的道路上緩緩前行，我需要開一整天車才能抵達這座城鎮，我離開北極圈向南行駛，一邊思考要如何說服他，我詢問過的每一位船長都拒絕了我，因為他們不願讓未經訓練的陌生人登船，他們也不喜歡每天的例行工作被我打亂，不樂意改變航線——我這才知道水手是一群迷信的人，一種信奉標準的生物，尤其現在他們的生存方式遭到威脅；正當我們不斷捕殺陸地上和天空中的動物時，漁民也將海裡的生物趕盡殺絕。一想到我將與那些向海洋傾倒垃圾的人一起登上其中一艘無情的船隻，就讓我起了一陣雞皮疙瘩，但我別無選擇，且時間已經不多。

我的右方綿延一片綠色的田野，上千個白色污點刺穿了這片綠，我起初以為那是棉稈，但其實是車速模糊了我的視線；那是象牙白色的野花叢。左方一片深邃的海面正發出海浪的拍打撞擊聲，左右兩側彷彿是兩個不同世界。我可以壓抑心中那股衝動，先放下此次任務，找間農屋稍事歇息，在花園裡散步看著鳥兒慢慢消失在我的視線當中，這個念頭時不時在我腦海中飛速掠過。但世事無常，就連這片如此廣袤的天際很快也會宛如牢籠，所以即便可以我也不會稍加停留，因為尼爾永遠不會原諒我。

我訂了一間廉價的旅館房間，將行囊卸在床上。地板上鋪著醜陋的黃色地毯，但此處可以一睹峽灣環繞山腳的景觀。越過一望無際的水面，後方是陰鬱的山丘，其間夾雜斷續的積雪，雪比過去少了，這個世界正在暖化。我將筆電開機，洗過被海水打得鹹鹹的臉，刷好積垢已久的牙齒，我很想淋浴，但我得先記錄下我的活動。

我記下三隻燕鷗的標記，深吸一大口氣開啟追蹤軟體，我太緊張了，大氣都不敢喘一下，看見閃爍的紅燈才使我鬆了一口氣。我不知道這個辦法是否能行得通，但鳥兒就在那裡，這三隻小鳥會飛到南方過冬，如果一切按計畫進行，牠們也能帶領我一起前往。

我洗完澡並擦乾身體，穿上保暖的衣物，在背包裡塞了幾張紙就出門了，我在櫃檯稍事停留，詢問年輕的接待員當地最好的酒吧在哪，她打量著我，大概是在決定自己應該推薦哪個年齡層的娛樂場所，然後才告訴我可以去港口的酒吧看看。「還有一家叫克魯本酒吧，但我認為那裡對你來說可能有點太……放蕩了。」她說著笑了。

我報以微笑，覺得自己像個老人。

安馬薩利克的步行路途高低起伏，但過程心曠神怡，五顏六色的房屋坐落在崎嶇不平的地形上，顏色是紅藍黃相間，與遠處風雪交加的世界形成鮮明對比，這些房屋彷彿點綴在山丘上的可愛玩具一般，在那些威嚴山脈的俯視下全都顯得渺小。天空就是天空，但不知何故這裡天空顯得更加遼闊，我坐了一會兒，端詳著漂浮在峽灣中的冰山，我無法遏止自己想起那隻燕鷗，還有她在我掌中跳動的心臟，我仍然可以感覺到那啪啪啪的敲擊聲，我將手按在胸口，想像我們的脈搏正在齊聲跳動，我的鼻子已經凍到沒有知覺，所以我走向酒吧，我願意用我擁有的一切打賭（雖然我擁有的並不多），如果有一艘漁船停靠在鎮上，船上水手醒著的每一刻一定都會在酒吧裡流連。

夜已深陽光卻依舊燦爛——太陽在這個季節不會西下。我的目見所及除了酒吧外綁在管道上十幾隻昏昏欲睡的狗外，還有一個老人倚靠在牆上。想必是個當地人，因為他的T恤外面沒有套上夾克，光是看著他我就覺得冷。我走近時發現地上有個東西，於是我彎腰撿起一個錢包。

「這是你的嗎？」

有幾隻狗醒來用深不可測的眼神端詳著我，這個人也盯著我看，我意識到他沒有想像中老，同時已經喝得醉醺醺。

「Uteqqissinnaaviuk？」

「呃……抱歉，我只是……」我再次舉起錢包。

他看著錢包笑了，沒想到他露出非常溫暖的微笑。「英文？」

我點點頭。

他接過錢包後將錢包塞進口袋。「謝謝，親愛的，」他是美國人，聲音就像低沉遙遠的轟隆聲，然後逐漸增強。

「別叫我親愛的，」我客氣地說，然後偷偷看他一眼。掩藏在花白髮色和濃密的黑色鬍鬚下的他可能四十多歲，而非乍看下的六十歲，他蒼白的眼邊滿是皺紋，身高很高因而有些駝背，彷彿一生都在努力顯得不那麼高，他身上的一切都很巨大，大手大腳、肩膀寬大胸膛寬闊，鼻子和肚子都很大。

他的腳步有些踉蹌。

「你需要我扶你去哪嗎？」

這句話讓他再次露出微笑，他幫我開門，用手扶著門，然後門在我們之間關上。

我在窄小的門廳裡脫下外套、圍巾、帽子和手套後掛好，好讓我離開時能方便取走，在這些雪的國度裡有某種卸下保暖裝備的儀式。喧鬧的酒吧裡有個女子正用鋼琴演奏沙發音樂，中央窯爐中的壁爐火堆劈啪作響，挑高的天花板和厚重的木樑下男男女女散布各桌，幾個小伙子在角落打撞球。來到格陵蘭以來，我去過許多令人難忘的酒吧，此處與那些酒吧相較起來風格更為現代，我點了一杯紅酒，緩步走到窗邊的高腳椅上坐下，從這裡觀賞峽灣的視野更好，看得到自然景觀我才坐得住，畢竟我不擅於待在室內。

我的視線掃過這群酒客，尋找哪群人有可能是薩加尼號的船員，我沒有發覺有人顯得特別突出——只有一群人數夠多，有男有女，全部在玩答題桌遊並喝著烈性黑啤酒。

這杯紅酒賣得太貴，我幾乎一口未沾，此時我又看見剛才那名男子，他走到水邊，風刮過他的鬍鬚、直吹赤裸的雙臂，我好奇地盯著他看，只見他直直走進峽灣，消失在水面之下。

我從高腳凳上滑落，差點把酒翻倒，我看不見他有爬回地面的跡象，現在沒有，等一會也沒有，然後還是沒有，天哪——他真的沒有浮出水面。我張嘴正要大喊卻啪地闔上，我沒有大喊，而是飛奔而出，一路穿過通往碼頭的門，沿著結冰濕滑的木台階走下，差點一屁股跌在岸邊冰冷泥濘的淤泥上，有隻狗在我身邊某處發出高亢驚慌的吠叫聲。

人活活凍死需要多久時間？在這種溫度的水裡要不了太久，他還是沒有浮出水面。

我一頭躍入峽灣——

噢。

我感到魂飛魄散，冰冷透過我的每一處毛孔將我吞沒。酷寒的感覺是如此熟悉又野蠻，在那一刻寒冷緊緊攫住了我，將我逼進一座牢房，是那間油漆過的石造牢室，我在牢裡關了四年，我對這座牢的熟悉程度就像對情人一樣，是透體的寒冷讓我回到那個地方，我在那裡耗費太多寶貴的光陰，只是一心求死，只求解脫，而現在的我已經承擔不起等待，我的全部都已心死——

我的肺部像遭受重擊般尋回本能，我命令自己划動，我總是能在寒冷之中如魚得水——過去的我一天游泳兩次，但時間已經久到讓我遺忘這份本能，我的身體在水中竟變得如此軟弱，我踢水游向下方巨大的身軀，他的雙眼緊閉，坐在峽灣底部一動也不動，姿態令人不安。

我緩緩伸手試圖環住他的腋窩，然後抵住峽灣底部，上氣不接下氣地將他拖向水面，他現在動了，深吸一口氣之後用手臂將我攬住向前划行，彷彿是他救了我，而不是我救了他，到底怎麼會發生這種事？

「你這是在幹什麼？」他喘著粗氣說。

我一時語塞；我又冷又痛。「你溺水了。」

「我只是想泡個水清醒一下！」

「什麼？不，你……」我拖著身體走到岸邊，現實緩緩滲入，我止不住牙齒格格打顫，這時更大笑出聲，看起來一定像個瘋子。「我以為你需要救援。」

讓我淪落此等處境的緣由我已不太記得，我衝出去之前等了多久？他在水裡又待了多久？

「這是今晚我第二次這樣叫你，」他接著說，「抱歉，不過親愛的，你真的得暖暖身子。」

有更多人從酒吧走出，想看看這場騷動是怎麼回事，他們全擠在陽台上看起來一臉疑惑。

噢，真丟臉，我又笑了，但聽起來更像上氣不接下氣的粗喘。

「你還好嗎，老大？」有人用澳洲口音喊道。

「還好，」男人說，「一場誤會罷了。」

他扶著我站起來，寒意留在我體內滋長，還有——該死，很痛，我曾體驗過這種冰冷的水溫，但時間不長，他如何能挺得過這種酷寒？

「你住在哪？」

「你在水裡待了這麼久。」

「我肺活量好。」

我在岸邊絆了一跤。「我的體溫會恢復的。」

「你需要——」

「不用。」

「嘿！」

我停步回頭看了一眼。

他的手臂和嘴唇發青，但他似乎不以為意，我們的目光相交。「謝謝你救了我。」

我客套回答他。「隨時效勞。」

即使淋浴時把熱水開到最燙，我依然全身發冷，我的皮膚紅腫凍傷，但我卻沒有任何知覺。右腳某兩根腳趾的部位在回溫時感到刺痛，這很詭異，因為那兩根腳趾早在幾年前就已截肢，但之後我經常能感覺到那兩根幻想出來的腳趾。現在有別的事干擾我，我的思緒輕易就會回到那間牢房，我感到非常害怕，因為自行跳入水中對我而言是如此簡單，呼喚他人來搭救卻是如此困難。

溺水是我的本能。

我穿上僅有的所有衣物，找到紙筆，然後在變形的桌面旁坐下，提筆寫下一封笨拙的信給我丈夫。

嗯，事情就這樣發生了，我讓自己顏面盡失，再也無法挽回，全村的人都看到一個陌生的外國女子跳入冰冷的峽灣，莫名騷擾一個我行我素的男人，至少這件事編成故事的話會很精彩。

但別把這件事當成勸我回家的另一個藉口。

今早我幫第三隻鳥套上標記環，我已經離開築巢地點，失去我的帳篷，幾乎也失去了理智，但是追蹤器有效，而且我找到一個人，他的船夠大，可以載我完成這趟旅程，所以我決定留在安馬薩利克，同時說服他載我上船。我不確定自己能否再有一次機會，我不知道如何讓這個世界照著我的意願運轉，似乎從來沒有人遂我的意，這個地方讓我看清自己的無能為力，我從來無法撼動你，我也非常確定自己無力操縱那些鳥，連自己的腳都不聽我使喚。

真希望你在我身邊，你很能說服別人照你的意思做。

我停筆盯著那些潦草的字句，這些文字看起來很傻氣，就那樣排列在頁面上，經過十二年，我不知何以更不擅於表達自己的感受，不該如此——至少面對我最愛的人不該如此。

尼爾，水太冷了，我以為我會失溫而死，有一度我真的希望自己死掉。

我們怎麼會走到這一步？

我想你，這一點千真萬確，明天再寫信給你。

愛你的F

我將這封信放進一只信封，寫好地址，然後把這封信與尚未寄出的信件放在一起。我的四肢又重獲知覺，血管裡跳動著錯亂的脈搏，我認為這感覺是興奮和絕望的總和，我希望能找到詞彙來形容，我太熟悉這種感覺了，也許我該為它發明一個詞。

無論如何，夜還未深，我還有工作要做。

我不確定自己從何時開始夢想這段航程，也不確定這個夢是從何時像呼吸本能一樣化做我的一部分，這已經行之有日，至少感覺起來很久了，並非是我自行編織出這個夢；是夢吞噬了我的全部，起初是一個不可能實現的愚蠢幻想：幻想在一艘漁船上找到容身之處，並說服船長盡可能將我到載到南方；同時幻想自己能跟隨鳥類遷徙。鳥類遷徙是現存生物當中最遙遠的自然移動行為，但人類的意志力無限，而我的意志力只能用驚人來形容。

第二章

我的本名是法蘭妮・史東，我的愛爾蘭籍母親在一座澳洲小鎮生下我。她被拋棄在那座小鎮，身無分文又孤身一人，因為小鎮離最近的醫院太過遙遠，她分娩時差點喪命，但她卻努力活了下來，她的生存力就是如此強大。我不知道她如何籌到錢，但不久後她就設法讓我們搬回高威，我在那裡度過我生命中的第一個十年，就在一座濱海木屋裡，木屋離海太近，幼時的我連快速搏動的脈搏都與小潮和大潮的咻咻聲同步。我想我們的姓「史東」源自於我們居住的這座由低矮石牆包圍的小鎮[1]，這道石牆蜿蜒穿越黃澄澄的丘陵田野，我終於學會走路後總沿著那些彎曲的石牆漫步，用手指輕撫過牆面粗糙的邊緣，我知道這些石牆必然通往我真正的誕生之地。

打從一開始我就很有自知之明：我不屬於身邊的任何地方。

我漫步穿越鵝卵石街道或小牧場，我行經其間時高草發出低沉的嘶嘶聲，鄰居會發現我走到他們花園裡尋花，或者走到遠處山丘上爬上一棵被風吹彎的樹，那棵樹脆弱的枝枒沿著地面

1 女主角姓史東（Stone）意為石頭。

延伸至樹的側面，他們會說，「看吧，艾莉絲，她管不住自己的腳，她天生就是個悲劇。」母親厭惡有人這樣批評我，但她對我父親拋家棄子這件事的態度非常坦然，她將這個傷口當作一枚榮譽徽章，在她的一生中，此類事件層出不窮：她總是被拋棄，而面對這種傷害的唯一方式就是把守住自己的自尊，但她總會在每天早晨告訴我，如果我離開她，對她來說就代表最後的詛咒，她會放棄掙扎。

所以我留下，我待在她身邊，直到有一天我再也無以為繼。留下這件事並不合乎我的本性。我們雖窮，但經常上圖書館，母親常說小說的書頁裡容納著這世上唯一的美，母親會在桌上陳設盤子、杯子和書，當我們用餐、當她為我洗澡、當我們躺在床上瑟瑟發抖時，我們都會閱讀，一邊聽著從破裂窗戶傳來的颯颯風聲。我們會一邊閱讀謝默斯．希尼的詩，一邊在低矮石牆上保持平衡，這是他詩作中的知名場景[2]。這是一種遠離此時此地的方式，雖然沒有人真的離開。

一直到某一天，高威城外變幻萬千的光線過濾出水裡的藍，將那抹藍披覆在高大的草上，我認識了一個男孩，他告訴我一個故事：從前從前，有個女人終其一生不斷咳出羽毛，到了她飽受風霜、白髮蒼蒼的那一天，她伸展身體幻化成一隻黑色的鳥，從此暮色將她籠罩，黑夜的血盆大口將她完全吞沒。

他告訴我這個故事，然後用他沾上醋味洋芋片的唇吻了我，我認定這是我最愛的故事，我想在白髮蒼蒼之際化身為一隻鳥。

發生這件事之後我怎能不與他一起遠走高飛？十歲的我在書包裡塞滿了書，扛在肩上就決定啟程，只是短暫出走，只是想探索這個世界，只是出發一次小小的冒險，僅此而已。當天下午我們乘著風暴啟程，沿著愛爾蘭西海岸蜿蜒前行，直到他龐大的家族決定將開著汽車和卡車轉往內陸。我不想離開海岸，所以我躲過所有人的注意悄悄溜走，在暴風的海岸度過兩天時光，我屬於這裡，這裡正是所有銀色高牆通往的歸處，一直通往可以帶你遠離一切的鹽、海和風穴。

但到了晚上睡覺時我夢見自己的肺裡有羽毛，數量多到令我窒息，我醒來時咳嗽不止，心中無端恐懼，我領悟到自己鑄下大錯：我怎麼能夠離開她？

徒步走到村莊的路程遠到超乎我想像，書本顯得如此沉重，我開始把書丟在半路，在我身後留下一道由文字串成的小路，我希望這些書能幫助其他人找到自己的方向。麵包店裡一位善良的胖女士請我吃了蘇打麵包，幫我付了車票錢還陪我一起等車，她一語不發只是哼歌，旋律一直在我腦海裡縈繞不去，所以即便她人已留在車站，我離開後耳裡彷彿仍能聽見她低沉的嗓音。

當我回到家，母親已經不在了。

---

2 Seamus Heaney，愛爾蘭作家、詩人，此處指的是他的詩作《Scaffolding》。

就這麼不在了。

也許我肺裡的羽毛是因她而生，就像羽毛在我夢中的低語，也許我父親已回到她身邊，或者是她悲傷的力量讓她隱身不見，無論如何，我那雙不安分的腳還是拋下了她，就像她曾警告過我的那樣。

有人將我從母親家帶走，送回澳洲與我的祖母同住，在發生此事後，我不懂自己留在任何地方還有任何意義，後來的我只為一人停留，那是在許多年後我遇見一個名叫尼爾·林區的男人，我們以彼此的姓名、身體和靈魂相愛，我曾試圖為尼爾停留，就像我為我母親留下，我真心願意為他這麼做，但海洋潮汐的節奏是人類的天性，我們唯一尚未打破的天性。

安馬薩利克，格陵蘭

築巢季節

第二次進門，這次酒吧外沒人，只有狗，幾隻狗睡眼惺忪地看著我，我沒有餵食牠們就大步走過，狗也對我失去了興趣。

我踏入酒吧，聽見顧客間傳來一陣詭異的窸窣聲，然後幾乎全體一起掌聲雷動，我看見他坐在其中一張桌面上笑容滿面，和其他人一齊鼓掌，我走向吧台，人們拍拍我的背，不由得讓我笑了出來。

有個人上前歡迎我，臉上堆著滿臉笑意，此人大約三十歲，面孔英俊，長長的黑髮紮成一個髮髻，他的下排牙齒明顯凌亂。「今晚這位女士的酒由我們請客，」他告訴酒保，他要不是另一名澳洲人，要不就是稍早在陽台上大喊的那個人。

「沒這個必要——」

「你救了他的命。」他又笑了，我不知他是在調侃我，還是他真的以為我救了他，我決定隨他去——免費喝酒就免費喝酒吧。我又點了一杯紅酒，然後和他握手寒暄。

「我是巴茲爾．李斯。」

「法蘭妮．林區。」

「我喜歡法蘭妮這個名字。」

「我喜歡巴茲爾這個名字。」

「你現在覺得好點了嗎，法蘭妮？」

我從來不喜歡有人問我這個問題，即便我罹患瘟疫、處於垂死之際，我也不會喜歡這個問題。「只是水冷了點，對吧？」

「對，但是很冷，很冷。」

巴茲爾沒有問我便逕自接過我的酒，把酒端回他桌上，所以我便跟著他，他和「溺水者」還有其他幾個人是一夥的——溺水者也已換上乾燥衣物，有人介紹山繆讓我認識，他是個六十餘歲的肥胖男子，長著一頭惹眼的紅髮，然後是阿尼克，一個身形纖細的因紐特人，接著巴茲爾指著正在打撞球的三個年輕人。「那兩個白痴是馬拉凱和戴尚，船員裡面最菜也最蠢的，那個小妞是莉亞。」

那裡有個邋遢的韓國人和一個瘦高的黑人，那個名叫莉亞的女子也是黑人，個頭比另外兩個男人都高，這三個人正在對撞球規則進行激烈的爭論，所以我最終看向溺水者，期待有人會介紹他讓我認識，但巴茲爾已經開始鉅細彌遺地抱怨剛端上桌的晚餐。

「這道菜煮太老了，奧勒岡葉放太多，而且奶油放太多，太油膩了，該死的更別提這悲慘的配菜了，你們看看——看看這擺盤有多差勁！」

「你點的不過是香腸配馬鈴薯泥，」阿尼克提醒他，語氣聽起來很厭倦。

山繆沒有把他饒富興味的目光從我身上移開。「你是哪裡人，法蘭妮？我聽不出你的口音。」

在澳洲我的口音聽起來有愛爾蘭腔，在愛爾蘭每個人都認為我是澳洲人，從一開始我就徘徊在兩者之間，無處安頓。

我灌下滿滿一口酒，因為酒喝起來帶甜味，所以我做出一個怪表情。「你願意的話可以稱我是愛爾蘭裔澳洲人。」

「了解，」巴茲爾說。

「一個愛爾蘭女人怎麼會來到格陵蘭，法蘭妮？」山繆繼續追問，「你是詩人嗎？」

「詩人？」

「每個愛爾蘭人不都是詩人嗎？」

我笑了。「但願如此，我正在研究最後的北極燕鷗，北極燕鷗會沿著海岸築巢，但很快就會向南飛，一路飛到南極。」

「那你確實是一位詩人，」山繆說。

「你們是漁民？」我問。

「捕鯡魚的。」

「那你們肯定很習慣空手而回了。」

「嗯，現在是這樣沒錯。」

「這是凋亡的商業模式，」我如此評論。這些漁民收到一次又一次的警告，我們都是，魚類資源會耗盡，海洋幾乎已經空無一物，需索無度的結果是一無所有。

「還不算吧，」溺水者第一次開口，他方才一直在靜靜聆聽，現在我轉向他。

「野生魚種已經很少了。」

他低下頭來。

「那為什麼還要捕魚？」我問。

「捕魚是我們唯一會做的事，而且沒有挑戰人生就失去樂趣了。」

我笑了，但笑得很僵，內心翻騰不已，想著如果是我丈夫聽見會如何回應，他是那種總會據理力爭的人，他的輕蔑、他的厭惡，將會一覽無遺。

「船長一心尋找黃金漁獲，」山繆使眼色告訴我。

「那是什麼？」

「他的白鯨，」山繆說，「他的聖杯，他的青春之泉。」他說著一邊做出一個非常大的手勢，啤酒噴到他的手指上，我覺得他喝醉了。

巴茲爾不耐煩地看了老人一眼，然後解釋道，「意思是大量的漁獲，就像他們過去一樣，補一次魚足夠裝滿一艘船，讓我們全都賺大錢。」

我凝視著溺水者。「所以你捕的是錢，不是魚。」

「不是為了錢，」他說，我差點要相信他了。

我想了想之後問，「你的船叫什麼名字？」

他回答，「薩加尼號。」

我忍不住笑了出來。

「我是恩尼斯．馬龍，」他補上這一句並向我伸出手。這是我握過最大雙的手，這雙手就像他的臉頰和嘴唇一樣飽受海上的氣候蝕刻，指甲下積了一輩子的污垢。

「她救了你的命，你連你的名字都沒告訴她？」巴茲爾說。

「我沒有救他的命。」

「你打算救我，」恩尼斯說，「一樣意思。」

「你應該把他留在海裡淹死，」山繆說，「他活該。」

「你可以把石頭綁在他腳上——那樣他會更快淹死，」阿尼克提議，我盯著他看。

「別理他，」山繆說，「他的幽默感很恐怖。」

阿尼克的表情顯示他半點幽默感都沒有，接著他便離席。

「他也不喜歡在陸地上待太久，」恩尼斯解釋道，我們看著這名因紐特人優雅地穿越酒吧。

馬拉凱、戴尚和莉亞加入我們，兩個坐著的男人看起來很煩躁，全都皺著眉頭交叉雙臂，莉亞則帶著饒富興味的表情，直到她看見我也在場，她的棕色雙眼掠過某種警覺的神色。

「現在要幹嘛？」山繆問男孩們。

「戴尚喜歡自己挑選他要遵守什麼規則，」馬拉凱帶著濃重的倫敦口音說，「當他感覺不爽時，他會自己想辦法。」

「否則會很無聊，」戴尚用美國口音說。

「缺乏想像力的人才會無聊，」馬拉凱說。

「不，無聊很有用——能讓你很有創意。」

他們側臉看著對方，我看到他們兩人的表情都忍俊不禁，他倆的手指交握，這表示爭論結束了。

「這是哪位？」莉亞問道，我想她說話時帶有法國口音。

「這位是法蘭妮．林區，」巴茲爾說。

我和他們握手，在座男性似乎都很高興。

「這位就是傳說中的海豹妖精[3]，對嗎？」莉亞問道，她的手勁很大且沾滿了油。我怔住，生命的關聯和重現的迴響都讓我驚訝不已。

「海豹妖精會下水，只是他們不會像你那樣救人，而是把人淹死。」

「我知道海豹妖精是什麼，」我喃喃道，「但我從來沒有聽說過海豹妖精會把人類淹死。」

莉亞聳聳肩鬆開我的手，然後向後一坐。「那是因為海豹妖精很狡猾，又做得不著痕跡，不是嗎？」

她錯了，但我微微一笑，戒心已被激起。

「好了，」戴尚說，「問你一個問題，法蘭妮，你是個守規矩的人嗎？」

眾人的目光落在我身上，期待我回答。

這個問題似乎有些愚蠢，我差點笑了出來，但我沒有，只是喝了一大口酒然後說，「我一直在努力中。」

恩尼斯一度又走去吧台，山繆第十四次消失在廁所裡（他表示「等你到了我這年紀就笑不出來了」），而戴尚和莉亞則走到室外冷颼颼的甲板上抽煙，我發現自己困在沙發上坐在馬拉凱身旁，儘管我更想到外面抽煙。酒吧裡的人潮變得稀落——因為夜間不再有鋼琴伴奏。

「你來這裡多久了？」馬拉凱用低沉的聲音問我，他身上有一種飄忽不定的特質，就像一隻興奮的小狗，他有一雙深棕色的眼睛，即使沒有任何音樂也能隨著節奏輕敲手指。

「只有一星期，你呢？」

「我們在兩天前停泊，明早又要離開。」

「你在薩加尼號上多久了？」

「兩年，戴尚和我都是。」

「你……喜歡薩加尼號嗎？」

他向我展露潔白的牙齒。「啊，你知道的，很艱難，很痛苦，有些晚上你只想哭，因為太痛苦了，卻沒有辦法離開，那艘船感覺起來真的很小，他媽的很小，但無論如何你都會愛著那艘船，因為那是家。戴尚和我是幾年前在拖網漁船上認識的，但我們剛在一起時處得不太好，船上的船員一點都不介意，他們是家人。」馬拉凱停頓了一下，然後他的笑容變得有些調皮。「我告訴你，這艘船是間瘋人院。」

「怎麼說？」

「從這裡到緬因州的每個港口，山繆都留下了孩子，一直到這種程度他才願意定下來，他談詩是因為他想讓別人知道他可以。巴茲爾到澳洲參加過一些烹飪節目，但他被踢出節目，因為他做不出任何正常的食物——只做那些你會在高檔餐廳裡吃到的奇怪微型食物，你知道的？」

---

3 Selkie，生活在英國的奧克尼郡或愛爾蘭及附近島嶼海域的傳說生物，本是精靈或人類，但在海洋各處旅行時總是幻化為海豹的外形。

我咧嘴一笑。「他會為你們下廚嗎？」

「他禁止其他人進入廚房。」

「至少你們的伙食一定很好。」

「我們會到午夜才吃飯，因為他會花好幾個小時填料，然後通常會端上一盤看起來像沙子上面蓋著花瓣的食物，讓你嘴裡只留下噁心的味道，他實在是個混帳東西。然後是阿尼克，天啊，真的不要讓我講到他，他是我們的大副——你見過他了嗎？好吧，對，他上輩子應該是狼吧，除非你改天問他上輩子是鷹還是蛇，答案取決於他的心情有多糟，我要花上一輩子時間才會發現他是意圖取笑我，他討厭任何東西、任何人，我是說真的，但行船人就是這個樣子吧，你懂嗎？他們都是邊緣人，每個人都是。」

我擱置行船人的話題稍後再問。「那戴尚呢？」

「願上天憐憫他，他會暈船，我不應該取笑他，因為這不好笑，但現在這是他日常生活的一部分——起床，嘔吐，結束一天，嘔吐，然後睡覺，醒來再重複一次。」

我認為馬拉凱的說法可能是編出來的，但我當然聽得津津有味，我可以聽得出來他有多愛他們。「莉亞呢？」

「她脾氣很差，是我們所有人當中最迷信的，隨時都在發出各種警語，上週我們晚了兩天啟航，只因為她覺得月相不對，不願意踏上船。」

「那恩尼斯呢？」

馬拉凱聳聳肩。「就只是恩尼斯。」

「只是恩尼斯是什麼意思？」

「嗯，我不知道，他是我們的船長。」

「但不是瘋人院的成員？」

「不是，不算吧。」馬拉凱思索著，表情看起來非常尷尬。「他跟每個人一樣都有自己的問題。」

這點我相信，因為我曾目睹那個人坐在峽灣裡，我等待馬拉凱繼續說下去，他的手指瘋狂地在桌面上敲擊。

「舉個例吧，他是個好賭之徒。」

「所有男人不都是嗎？」

「不，不是這樣的。」

「嗯，賭運動方面？賭賽馬？還是二十一點？」

「什麼都賭，我目睹他賭到完全失去自我，他就這樣子——完全喪失理智了。」馬拉凱不再往下說，我看得出他因透露太多而產生罪惡感。

我暫緩追問恩尼斯的事。「那你為什麼要做這個？」我問了別的問題。

「做什麼？」

「在海上度過一生。」

他思索著。「我想是因為這份工作能讓我感覺像是真的活著。」他害羞地笑了笑，「再者，我還有什麼事能做？」

「抗議行動沒有影響到你嗎？」最近新聞上全是世界各地漁港發生的暴力抗議運動──拯救魚類，拯救海洋！

馬拉凱將目光從我身上移開。「當然有影響。」

恩尼斯端著酒回來，又遞給我一杯酒。

「謝了。」

「你跑來這裡，你老公有什麼看法？」馬拉凱向我的結婚戒指點頭示意，然後問道。

我茫然地抓抓手臂。「他也在類似領域工作，所以他可以諒解。」

「科學領域，對吧？」

我點點頭。

「關於鳥類的科學叫什麼？」

「就叫鳥類學，他現在在教書，我負責田野工作。」

「不難判斷哪項工作比較有趣，」馬拉凱說。

「馬拉凱，你算是北半球最膽小的人吧，」巴茲爾坐下說，「我賭你一定比較想躲在某個安全的小教室裡上課，雖然想教書的話，你還得要先識字才行……」

馬拉凱對著他比中指，逗了巴茲爾咧嘴一笑。

「他的真實想法是什麼？」恩尼斯問我。

「誰？」

「你丈夫。」

我張嘴卻無話可說，我嘆氣道，「他討厭我這樣，因為我總是把他拋下。」

接著恩尼斯和我坐在窗邊，遙望那一片吞沒我們的峽灣，我們身後的船員愈來愈醉並開始玩桌遊，爆發無數次爭論，莉亞雖不參與嬉鬧，卻洋洋得意贏了大部分的回合，山繆則在壁爐旁看書。如果不是今晚有更重要的任務，我會和他們一起玩桌遊，我會煽風點火然後觀察他們的個性和反應，但今晚任務優先，我得想辦法讓自己登上那艘船。

午夜之陽將世界染成一片靛青，陽光裡的某種色調讓我想起自己長大的那片土地，專屬高威地區的陽光帶著一抹特殊的藍。我曾經踏遍這個世界，最令我印象深刻的是，無論你身在何處，這世界上沒有哪兩個地方的光線質地是相同的，澳洲的光熾亮灼人，高威的光則有一種模糊感，一種溫柔的朦朧，而這裡的光使萬物的邊緣都顯得凍硬而冰冷。

「如果我跟你說我能幫助你找到魚群，你覺得如何？」

恩尼斯拱起雙眉沉默了一下，然後說，「我想你指的是要靠你那些鳥，但我得說這是違法的。」

「因為過去巨型班輪使用拖網法才會違法，因為這種方法捕魚的同時會害死周邊所有海洋生物和鳥類，你們已不再使用這種漁法，較小的船隻不會採取這個方法，不會危及鳥類，否則我不會這樣建議。」

「你做了不少功課吧。」

我點點頭。

「所以，我們到底要談什麼，法蘭妮．林區？」

我從包包裡取出文件，然後回到恩尼斯身旁的凳子坐下，我把紙張放在我與他之間，試圖撫平文件的皺折。「我正在研究北極燕鷗的遷徙模式，特別關注於氣候變遷對燕鷗飛行習慣造成的影響，這些你都懂，我的意思是——氣候變遷正是魚群滅絕的原因。」

「還有其他生物的滅絕，」他說。

「還有其他生物。」

他正盯著文件看，但我不會責怪他無法理解文件的內容——這些是密密麻麻的期刊論文，上面蓋有大學的戳章。

「恩尼斯，你知道北極燕鷗嗎？」

「我曾和北極燕鷗一起航行，現在是築巢季節，不是嗎？」

「沒錯，北極燕鷗是所有動物中遷徙時間最長的，會從北極一路飛到南極，然後在一年內再次折返，對這種體型的鳥類來說，這是非常長途的飛行，且由於燕鷗可以活到三十歲左右，所以換算燕鷗一生遷徙的距離，相當於往返月球三遍。」

他抬頭看著我。

我們同時靜默了，想起那對精緻的白色翅膀，想起那對將燕鷗帶往遙遠彼方的羽翅；想起燕鷗遷徙千里的勇氣令我不禁泫然欲泣，也許他眼裡的神色暗示了他也懂得這樣的感動。

「我想跟著燕鷗。」

「到月球？」

「到南極，穿越北大西洋，沿著美國海岸從北航行到南，然後進入威德爾海的冰川水域，北極燕鷗將在那裡停留。」

他端詳我的表情。「而且你需要一艘船。」

「是的。」

「為什麼不搭研究船？是誰在資助這項研究？」

「高威的愛爾蘭國立大學，但他們撤回我的經費，我甚至失去了團隊。」

「為什麼？」

我謹慎選擇措辭。「你在這裡沿著海岸看到的鳥群就是最後一群了，據說這是全世界最後一次燕鷗遷徙了。」

他深深吐出一口氣，臉上不帶一絲驚訝的神色，生物滅絕的現況人盡皆知；多年來我們一直不斷看見新聞上有物種先是宣佈瀕危，然後正式滅絕，還有棲地破壞的新聞，野外不再有猴類，不再有黑猩猩、猿猴或大猩猩，也沒有任何生存在雨林中的動物。稀樹草原上的大型貓科動物已經多年未見，狩獵旅行時才有幸能一睹的奇特生物也不再現身。曾經冰封的北方沒有熊，炙熱的南方沒有爬蟲類，去年冬天，全世界已知的最後一隻狼在圈禁條件下死亡，碩果僅存的野生動物已經不多，這是我們所有人都深知的命運。

「大多數資助機構都放棄鳥類了，」我說，「他們都將研究重點放在其他領域，放在一些他們認為能夠改變現況的領域，大家都預測這是北極燕鷗嘗試的最後一次遷徙，而且他們預期燕鷗無法存活。」

「但你認為燕鷗可以存活下來，」恩尼斯說。

我點頭。「我已經在三隻燕鷗身上安裝了追蹤裝置，追蹤器只會定位鳥兒飛翔的位置，但追蹤裝置不是相機，無法讓我們看見鳥類的行為，有人需要見證這些鳥如何存活，這樣我們才能從中學習並幫助這些鳥，我不相信人類必然要失去這些鳥，我知道不會。」

他一語不發，只是凝視著文件上的愛爾蘭國立大學戳章。

「如果整片海洋中還有魚，鳥一定是最容易找到魚的生物，鳥類會找出生物熱點，所以帶著我南行吧，我們可以跟著這些鳥。」

「我們不會航向那麼遠的南方，只從格陵蘭開到緬因州折返，如此而已。」

「但你可以航行得更遠，不是嗎？只到巴西如何——」

「只到巴西？你知道巴西有多遠嗎？我不能想去哪就去哪。」

「為什麼？」

他耐著性子看著我。「有撈捕協議，有領土和漁業法，有我已知的潮汐，有我必須載貨的港口，如此我們才能獲得報酬，船員的生計仰賴捕撈漁獲和履行交貨，由於那些已關閉的港口，我已經不得不改變航線了，如果我再改變航線，可能會失去我僅剩的買家。」

「你上一次成功履行漁獲配額是什麼時候？」

他沒有回答。

「我可以幫你找到魚群，我發誓，你只需要鼓起勇氣，願意航行到比過去更遠的地方。」

他站起身，現在他的表情有些難看，我踩到他的地雷了。「多一個人，我養不起，我沒辦法付薪水給你，也沒辦法餵飽你，沒辦法讓你睡飽。」

「我會免費工作——」

「你對圍網捕魚船上的工作一無所知，沒有受過訓練，如果我讓像你這樣的新手上船，等於送你上西天。」

我搖搖頭不知該如何說服他，所以揮揮手。「我會簽署一份免責聲明，你不必為我的人身安全負責。」

「辦不到，親愛的，不求回報太誇張了，我很抱歉——追鳥是個浪漫的念頭，但海上生活遠比你想像中艱難許多，我船上還有很多張嘴等著吃飯。」恩尼斯帶著歉意輕拍我的肩，然後回到他的船員身邊。

我坐在窗邊喝完酒，胸口不斷隱隱作痛，彷彿稍稍移動一下就會粉身碎骨。

尼爾，如果你在的話會怎麼說，會怎麼做呢？

尼爾會說：我已經試過，已經問過他了，所以現在我必須找出別的策略。

我的目光落在山繆身上。我走到吧台點了兩杯威士忌，然後端著一杯酒走到他壁爐邊的座位上。

「你看起來很渴。」

他開心微笑。「已經很久沒有年輕姑娘點酒給我喝了。」

我問他正在閱讀的那本書，聽他說書的內容，然後我又點一杯威士忌請他喝，我們聊了更多關於書籍和詩的話題，我再幫他點了一杯威士忌，我看著他漸有醉意，聽出他的口風愈來愈鬆。我能感覺到恩尼斯的目光；他現在已經知道我的意圖，我認為他正對我心生疑竇，但我把注意力集中在山繆身上，一見他雙頰泛紅、眼神呆滯，便把話題轉到他的船長身上。

「你在薩加尼號上工作多久了，山繆？」

「算算到現在差不多十年了，快要十年。」

「哇，那你和恩尼斯一定很熟。」

「他是我的國王，我是他的第一武士蘭斯洛特。」

我微笑。「他和你一樣浪漫嗎？」

山繆輕笑。「我太太會說這是無稽之談，但所有水手的性情中都帶有一絲浪漫。」

「這就是你當水手的原因嗎？」

他緩緩點頭。「我們流著浪漫的血。」

我在座位上換了個姿勢，對這個說法感到既好奇又震驚，浪漫的血裡怎會存在無盡殺戮的因子呢？他們怎能忽視這世界上正在發生的事？

「如果有一天不能捕魚了，你們要做什麼？」

「我會沒事的——我的女兒在家裡等我，其他船員都還年輕，他們很快就會振作起來找到其他熱愛的志業，但恩尼斯我就不知道了。」

「他沒有家人嗎？」我問，即便我知道不是那麼回事。

山繆悲傷地嘆了口氣，灌下一大口酒。「他有，他有，不過是很悲傷的故事，他失去了他的孩子，一直想努力賺夠錢，能夠不必再過這種生活，然後把孩子要回來。」

「你的意思是？他失去了孩子的監護權？」

山繆點點頭。

我坐在扶手椅上，看著壁爐裡的火焰劈啪作響。

耳邊傳來一陣低沉的咕噥聲讓我嚇了一跳，原來是山繆已經開始唱出一首淒涼的海上歌謠，天啊，我真的把這個可憐的傢伙灌太醉了，我憋住笑，因為我意識到酒吧裡有一半的人都盯著我們看。我示意恩尼斯，然後努力拖起這個大個子，想讓他站起來。

「山繆，我想現在該上床睡覺了，你站得起來嗎？」

山繆的歌聲愈來愈響亮，音量媲美歌劇。

恩尼斯走過來幫我搬運這個老人沉重的身軀，我想起要記得拿走自己的背包，然後我們一人將一隻手臂掛在自己肩膀上，扶著嗚咽的山繆走出酒吧。

走到室外後我再也忍不住，我笑出聲來。

片刻之後我聽見恩尼斯也輕聲笑了出來。

「你的船停泊在哪裡？」我問。

「我可以自己扶他去，親愛的。」

「我很樂意幫忙，」我說，而他點點頭。

天還沒亮但光線已讓人迷失方向，那是灰中帶藍的光，蒼白的太陽遙掛在地平線上。

我們沿著峽灣步行到村口，大海在我們面前敞開然後消散在遠方，一隻海鷗在海上發出求愛的鳴叫聲；海鷗如今已屬罕見，我看著海鷗飛翔很長一段時間，直到牠從視野中消失無蹤。

「這就是了，」恩尼斯告訴我。我看著船，這是一艘優雅的漁船，全長約三十米，船體漆成黑色並潦草寫上薩加尼號的字樣。

我一見船名就頓悟了，這就是我命中註定的那艘船，一艘名叫烏鴉的船。

我們扶著山繆踉蹌上船並引導他走到甲板下，走廊相當窄小，我們必須低頭才能穿過門口進入山繆的船艙，狹小的船艙內部簡陋空蕩，雙邊各有一張床。他搖搖晃晃，然後像棵被砍倒的樹一樣倒在他的床墊上。我費了好大的勁才脫下他的鞋子，恩尼斯則走去幫他倒杯水來，等水端到他的床邊，山繆已經在打鼾。

恩尼斯和我交換眼神。

「他就交給你了，」我輕聲說。他帶我回到主甲板上，海的氣味一如既往盈滿我全身，我停下步伐遲遲無法離去。

恩尼斯盯著我看。「你還好吧，親愛的？」

我深吸一口氣，氣息裡充滿鹽和海藻的氣味，想到這裡和彼方間的距離，想起鳥的飛行和我的旅程。我現在能從船長身上看出另一種特質，在我知道他孩子的事情之前，我原本還辨認不出。

我把手伸進背包拿地圖然後坐在欄杆旁，恩尼斯跟著我，我把地圖攤開在我們之間。隨著朦朧的黎明即將到臨，我輕聲告訴他鳥兒是如何從不同的路徑出發，將從何處一起飛回，每隻鳥都會沿著不同的路線找到魚，但到頭來總會在同一個地點，鳥兒總能知道哪裡是碰面的確切位置。

「每年的位置都有些許差異，」我說，「但我知道自己在做什麼，我有技術可以帶你找到魚群的位置，我保證。」

恩尼斯凝視地圖，注視著穿越大西洋的那幾條路線。

然後我說，「我知道這對你來說有多重要，你的孩子危在旦夕，所以這次航程的漁獲是你的最後一次機會。」

他抬頭，在光線下我無法分辨他的眼睛是什麼顏色，他似乎非常疲憊。

「你快滅頂了，恩尼斯。」

我們沉默對坐，僅聽得到海浪輕輕拍打船體的聲音，遠方某處傳來海鷗的啼叫聲。

「你真的會兌現諾言嗎？」恩尼斯問道。

我點點頭。

他站起身走到甲板下，沒有停下腳步，嘴裡卻一邊說道，「我們兩小時後啟航。」

我顫抖著手指折起地圖，一股深切的解脫感襲來，接著湧起一股噁心想吐的感覺，我的腳步聲在木板上輕輕響起，當我走上陸地，我回頭看向那艘船和船身上潦草的船名。

母親曾向我說過要尋找線索。

「什麼的線索？」她第一次說時，我這麼問。

「生命的線索，這種線索無處不在。」

從那之後我一直在尋覓，正是線索引領我來到這裡，我將在這艘船上度過餘生，因為無論如何，一旦我抵達南極洲並完成自身的遷徙之旅，我也決定要了此殘生。

高威警局

四年前

這裡的地板是便宜的油氈材質，而且好冷，我在某處弄丟了鞋子，然後扛著一袋足球服在雪地裡走了三英里，我告訴警察我不記得鞋是如何弄丟的，他們將我安置在這個房間裡等待，尚未回來告知我結果。

但我知道。

我靠著在腦裡背誦托賓[4]的作品段落來度過每分每秒，然後又等待了好幾小時，我盡其所能回想並試圖從中尋找安慰，故事是關於一個熱愛大海的女子，只是要記住散文真的太難了，所以我試圖回想詩作，回想瑪麗．奧利弗[5]和她的野雁，以及她熱愛的動物朋友們，即便如此也很難記起。我努力隔絕那段回憶，就像將那些片段從我腦海裡穩穩刮除，就像將一顆長又捲曲的柳橙皮精心剝成一小片：就像我的大腦。那拜倫呢，心都要碎了——不，也許試試雪萊，這些吻有什麼價值——不，然後是愛倫坡，我躺在我親愛的身邊，我親愛的——

門開了，將我從自己的思緒中拯救出來，我渾身發抖，椅子旁邊有一灘嘔吐物，我不記得自己吐過。警探的年紀比我大一些，打扮無懈可擊，她的金髮紮成整齊俐落的髮髻，炭黑色西裝的剪裁一絲不苟，鞋子走路時發出的咔嗒聲總讓我想起一匹馬，我以奇異的精確度留意到這些細節。她看見地上被我吐得亂七八糟，忍住不露出嫌惡的表情，同時派人來清理現場，接著坐在我對面。

---

4 Colm Tóibín，愛爾蘭作家。

5 Mary Oliver，美國詩人。

「我是娜拉．羅伯茨警探，你是法蘭妮．史東。」

我吞吞口水。「法蘭妮．林區。」

「當然，抱歉，法蘭妮．林區，我記得你和我上過同一所學校，比我低幾年級，總是來來去去，在學校從來待不久，直到你永遠離開，回到澳洲去，不是嗎？」

我麻木地看著她。

有個男人拿著拖把和水桶進來，我們等待他辛苦清理嘔吐物，他帶著工具離開，幾分鐘後又出現端了一杯熱茶給我，我用凍僵的手抓著茶但沒喝半口——喝下可能會讓我再次嘔吐。

羅伯茨警探仍然一語不發，我清清嗓子。「所以？」

然後我看出：她一直努力對我隱瞞的恐懼，像一層面紗般掠過她眼底。

「他們都死了，法蘭妮。」

但我早就知道了。

第三章

薩加尼號，北大西洋
遷徙季節

我的手感覺已經開始流血，我每天得花六個小時打繩結，我要一直練習，直到我能在睡夢中或者在蒙住眼睛的情況下打出十種最常見的航海繩結，我必須非常熟悉每種繩結，必須知道哪種繩結用於哪種任務，我確定自己在好幾天前就摸懂全部的繩結了，但阿尼克還是讓我繼續綁。我的手先形成水泡，水泡破裂後鮮血流出，每天晚上傷口開始結痂，才剛結痂，每天早上結痂脫落後又開始流血，我手碰觸到的所有東西都會沾上自己的血污。

打繩結與其他任務相比很痛苦，卻相對不費力，我每天要用軟管加壓沖洗甲板，我把甲板從上到下擦洗乾淨，將所有裝備收拾妥當，搬運重型機械和汽油罐，然後清潔所有窗戶，擦去每一扇玻璃表面兩側的鹽分和污垢。我也打掃漁船內部，用吸塵器清掃船艙地板，拖地並擦洗廚房，擦拭每處表面確保沒有任何積水，尤其是冰箱區。積水是船隻的剋星，會導致生鏽，而生鏽會使機械停止運作。

啟航前幾天，我們都在拆卸行李並將物資存放定位，船上食物充足，因為需要維持好幾個月生存無虞。昨天我開始學習漁網操作，薩加尼號是一艘圍網捕魚船，船上拖著長達一公里半的漁網，所以船員需要耗費大量時間維護漁網、讓漁網下沉的重物、鋼索以及巨大的揚網機，我認知中的揚網機是一種機械化的滑輪系統，型態像鶴的爪子一樣豎立向天空，我尚未見過揚網機實際運作，因為我們一直在危險的水域中航行，尋找可能不存在的鯡魚群。漁網單側有許多「浮子」，這些浮子是淺黃色的漂浮裝置，必須盤繞成圓形避免纏結，這個工作也會割裂我手指上的水泡，但我練習盤繞浮子就耗費了八小時，如此當漁網實際使用時我才能快速有效地完成工作。盤繞浮子結束，我又回頭清理那些已經清洗乾淨的物品。

我認為他們正在刻意逼我崩潰。

船員不希望我出現在這裡，他們聽說有新的航行計畫，要走新的航線，這令他們心生困惑，他們害怕航行在他們不懂、船長也不熟悉的水域，因此對我心生怨懟。

但他們沒料到的是，我喜歡在船上度過的每分每秒，熱愛連續十八小時艱苦辛勞的工作，我一生中從未如此疲憊，這很完美，這表示我不會再受失眠所苦。

薩加尼號的動力緩慢穿破格陵蘭海岸附近的厚冰，讓冰層分裂成巨大的冰塊，我們的航線將巨冰從海上排開，那是我前所未聞的聲響，劇烈震動的撞裂聲劃破天際，巨響的嘶嘶聲伴隨著大海和引擎持續不斷的轟隆聲。

我把防風衣裹得更緊；即使下方穿著三層保暖衣仍然很冷，但感覺很好，冰冷的海風吹過我的雙頰和嘴唇讓唇頰乾裂，船長難得允許我稍事休息，我才得以見證這段旅程。恩尼斯站在艦橋上謹慎駕駛著船隻穿越危機重重的冰層，我可以透過那扇邊緣結晶著頑固海鹽的玻璃看見他的身影，在海相險惡的灰色天空下只能瞥見他濃密的黑鬍，身著螢光橘色的山繆站在他身旁，正在判讀儀表。其他人循固定路線從船尾走到船頭監視船隻的水路，並觀察體積大到足以對船體造成損傷的冰層，他們用一種近乎陌生的語言大喊，就像他們在船上所說的詞彙，例如正橫、前尖和栓繩之類的單字。

燕鷗尚未離開格陵蘭，我一直痴痴看著筆電上的小紅點，知道鳥兒很快就會離開，在鳥兒起飛之前，薩加尼號會一直停留在正常水域上，祈禱好運降臨。

恩尼斯負責決定我們的航線；他是負責尋找魚群的人，船員的生計完全仰賴他在這片廣大海洋中搜索的能力。我登船後就沒有和他說過話了，船員很難得看見他，除了從他掌舵的身後遠遠看著他，他從不和我們一起用餐，巴茲爾說這很正常——因為他可能在那裡研究航海圖、天氣報告和聲納追蹤設備，畢竟他肩上背負非常重大的責任。

「他是狩獵行動的核心，」阿尼克在我第一天登船時告訴我，好像我應當知道這一點。「所以他才獨來獨往。」

「他只是要確保我們不會全死在船上，為此你該感謝上帝，」山繆喃喃自語時點燃兩支煙，並將第二支煙遞給阿尼克。

這就是我藉由旁敲側擊了解薩加尼號船長的方式，從他船員口中洩露的片段了解他。他有船長專屬艙房，而我們其他人則兩人共用一間船艙，這些房間都毗鄰餐室和廚房。我分配到莉亞的船艙，我至少可以斷言她不習慣有室友，因為除了厲聲對我發號施令之外，她從不和我說話，且船艙內部幾乎不足以容納兩張鋪位，到目前為止，我能夠忍受狹窄船艙唯一的理由是我太疲憊了，不會在黑暗中清醒著想像自己睡在棺材裡。

「法蘭妮，讓開！」戴尚在一陣轟隆聲過去時對著我大喊，聽見他大喊我及時跳起，「有冰山在左舷二度！」

我越過欄杆想看他在說什麼，有一座冰山從周圍的平坦冰層中突出，因為冰山的緣故我們只能直接轉向，據冰山的形狀推測，冰山的主體應延伸到海洋的更深處，而冰山其餘部分則大半漂浮在水面上。破冰船無法穿過這座冰山，雖然這座冰山的體積看來並不足以對船身造成確實的損壞，但我想鐵達尼號上的每個人也都如此認為。顧及到船員發出的騷動，我想我們確實遭遇了麻煩。

「預備撞擊！」

巴茲爾一把將我摟向他胸膛，粗暴地將我們的身體壓在甲板上，撞擊的晃動逼使我們四肢伸開躺在甲板上，我的肩膀重重撞上牆壁，當船再次回正時，我畏縮了一下，如果巴茲爾沒有抓住我，我可能已被拋進海裡。他已經衝下甲板，我掙扎著站起來然後緊緊抓住欄杆。我們已穿越冰山轉向離開——我們一定是削去了冰山的邊緣，我可以看見前方一片無冰的海面，我那顆劇烈搏動的心不知該加速狂跳，還是減速放鬆。

我並不希望船隻沉沒之類的，但這段經歷確實令我血脈賁張。

「危機解除！」我們一脫離冰層，恩尼斯低沉有力的聲音就從陽台上傳出。

「好的，船長！」莉亞大喊。

「做得好！」馬拉凱喊道。

恩尼斯走下階梯，我看著他大步走向撞擊點，然後將一串沉重的繩梯扔到船側，我俯身看著他爬下繩梯檢查船體的損壞情況，他站在那串纜繩上看起來悠然自在，任憑浪花噴濺到他身上，他只是爬向更低處，伸手觸摸那一長道刮痕，同時判定刮痕的深淺。他終於查看完畢，在繩梯擺盪著又爬上船，著地時靴子發出重重的嘎吱聲。「只是表面刮傷，」他告訴等待下文的船員，他們發出一連串鬆了口氣的咒罵聲。

「你沒事吧，親愛的？」他問我，這是我們認識當晚後他對我說的第一句話。

「你們看她的表情，」馬拉凱說。他們都打量著我，無論我臉上有什麼表情都讓他們大笑起來，連莉亞都發出輕笑，但阿尼克只是翻了個白眼。

恩尼斯笑著從我身邊走過，拍拍我的肩膀。「你現在算是和航海生涯搭上線了。」

不。

「嘿，法蘭妮，醒醒。」

「起來吧。」

有人活生生將我從床上拖起，不可能已經天亮，我迷迷糊糊地眨眨眼，看到了戴尚。

「你在做什麼？讓我睡覺。」

「晚餐準備好了。」

「我太累了。」

「你不吃飯的話絕對無法存活。」

我看得出來我若不起床他絕不會善罷甘休，所以我拖著身體站起來，跌跌撞撞地走進餐廳。馬拉凱移動身體讓我坐在他旁邊的角落，餐椅上的棕色皮革已經剝落，摸起來黏黏的，我們七人擠在一起剛好坐得下。我們頭頂的牆上掛著一架磚塊大的小型電視，我們都伸長脖子看，電視上播放的是他們帶上船的四張DVD其中一張——今晚播放的電影是《終極警探》，我沒有誇大其詞，但他們全都可以一字不漏背出對白。我將頭枕在座椅靠背上，讓自己打個瞌睡。

「你到底在做什麼？」戴尚在某個時刻突然大喊，將我從昏睡中拉回現實。

「現在幾點了？」我在昏沉中問。

「凌晨一點！」戴尚大喊。他的音量之大，完全沒有顧慮到我的感受。

「有點耐心吧！」巴茲爾的聲音從毗連的廚房中傳出。

「可以讓我去睡覺嗎？」我一頭霧水問道。

馬拉凱和戴尚覺得我睡眠混亂的狀態非常有趣。

「應付不太來對吧，公主？」莉亞冷眼問我。

我縮進座位，無視他們的嘲諷。

山繆悶悶不樂地坐著，在我面前放了一個小酒杯。「喝下去會有幫助，小妞。」

我累到無法爭辯，所以我喝下那杯酒，酒實在太辣，我把一半的酒吐在桌面上，咳嗽到流出眼淚來，這更讓他們笑得前仆後繼。我狐疑地看著山繆說，「那算報復嗎？」

他咧嘴一笑。「我是個與世無爭的人，以牙還牙只會兩敗俱傷。」

山繆幫其他人倒酒。

「我也討厭喝這玩意，」馬拉凱將他的酒湊到唇邊，對我表示贊同。

「祝你好運，」我喃喃道。

有人倒抽了一口涼氣，「Putaindecrétin!（法文：該死的白痴）」莉亞咆哮道。

「什麼？」

「別說祝你好運，蠢蛋！」

「為什麼不能說？」

「會帶來厄運。」

他們都盯著我看，我雙手一攤。「喔，我怎麼會知道？」

「你什麼屁都不知道吧，」莉亞咒罵道。

「所以你要教我啊。」

「開始幫她上第一課吧，」山繆宣布。

「永遠不要左腳先踏上船，」莉亞用一種戰慄驚恐的口吻說。

「不要在星期五出港，」戴尚說。

「不要顛倒打開罐頭，」山繆說。

「船上不能有香蕉，」莉亞說，「不能吹口哨。」

「女人不能上船，」巴茲爾說，他單手各端著一個餐盤從廚房走出，他說這句話的時候對莉亞使了個眼色。「別擔心，看來我們在薩加尼號上的生活危機四伏。」

山繆和戴尚直直盯著端上來的餐盤，這個行為非常合理，因為餐盤上擺了細小呈S形捲曲的義大利麵，巧妙抹上紅色和黃色醬汁畫出的精緻漩渦，最後裝飾上看起來像是帕瑪乾酪的碎片，碎片高高聳立，完美嵌在義大利麵之間。老實說我很驚訝船上竟有這麼多新鮮食材，但我們的航程才剛剛開始——根據戴尚的說法，菜色會隨著時間推移每況愈下。

「這什麼……」馬拉凱連話都說不完整，他似乎正在壓抑尖叫的衝動，或者可能是中風了。

「這什麼意思？」山繆問。

「義式番茄肉醬麵啊，」巴茲爾端著更多餐盤回來，一邊說道，「你說你想要吃一些正常的食物，所以你該死的就給我吃下去。」

「但……這怎麼吃？」

「這道菜解構了。」

「嗯……那請問可以重建嗎？」

我忍不住搗著嘴笑了出來。

戴尚設法收集所有殘存的食物碎屑，並用正常大小的份量裝滿我們的餐盤，而巴茲爾則抱怨美國民眾暴飲暴食。我的晚餐是一碗普通的義大利麵，因為他們現已得知我是素食主義者。

「連吃魚都不行？」巴茲爾知道後問。

「連魚都不吃。」這則飲食資訊極度啟人疑竇。

晚飯後我擦洗廚房，因為食物下肚讓我稍微清醒了一些，於是我幫自己倒了幾指高的威士忌來平息腦海中的雜音，然後走上主甲板抽根煙。

我們已將午夜的陽光拋在身後，夜晚終於發覺我們。

我漫步到船頭，如此就可以看見那片一望無際的黑色海面，海相大致來說相當平靜，除了引擎發出的轟隆聲和海洋的嘘聲之外一片平靜，我們以極快的船速滑行並向南行駛，我點燃一根煙，知道自己一旦開始抽就停不下來，而且我很可能會站在這裡抽光一整包煙，一根接一根，只為了能熬過這個夜晚，香煙產生的毒素在我肺裡繚繞的感覺很好；感覺有害健康。

「恩尼斯說這是世界上碩果僅存的荒涼之境了。」

山繆出現在我身邊。

我凝視著黑暗廣袤的海洋，知道他的意思，我很高興戴尚將我叫醒——自從一週前登船以來，我一直沒有時間好好思考。

「你離家的時間延長了，你認為你太太會原諒你嗎？」我問。

「當然，不過不太可能原諒你。」

我不知該說什麼，我可以道歉，但其實我毫不後悔。

「所以她不喜歡你離家？」

「不喜歡。」

「那你為什麼要這麼做？」

「在無路的林中有愉悅，孤獨的岸邊有狂喜，有個無人涉足的社會，在茫茫深海中，自有樂音高唱。」

我笑了。「拜倫的詩。」

「祝福你，親愛的，我真的喜歡愛爾蘭人，」他停下來笑了笑。「上帝為證，我真的喜歡捕魚。」

但為什麼？我想問，為什麼？

我可以理解有人想要在海上生活，我當然可以想像，我終其一生都熱愛大海，但捕魚？也許這些人愛上的不完全是捕魚，而是自由、冒險和危機，我對這些人的尊重讓我想要說服自己這麼相信。

「話說回來，捕魚也不必來來去去，而且可以一次離開好幾個月，你知道我真正喜歡的是什麼嗎？」山繆問道。

「你喜歡什麼？」

「我想帶著我的魚竿捲線器，走到我家那塊小小土地的海灘上，把所有的時間都花在捲線、喝酒和讀詩上。」

「你有什麼特別喜愛的詩嗎？」

「你難道不懂一個充滿痛苦和煩惱的世界，對培養智慧並使之成為一種靈魂有多麼重要嗎？」

我在記憶中搜索，試著猜測。「是濟慈的詩嗎？」

「答對了，得分。」

「你的心願聽起來很完美，為什麼不去呢？」

「我還有很多孩子要養。」

我思索了一下，所以引領他離開家的不是無路的樹林或者孤獨的海岸，而是他沒有選擇。

「他還能捕到那麼多魚嗎？」我問。

山繆不自在地聳聳肩。「曾經可以，每個人都曾想為恩尼斯．馬龍工作，鯡魚的量很多，現在要捕鯡魚並非易事，世界的改變就在這裡發生，情況變得非常迫切，」他看著我，「我們沒時間繞著全世界追鳥。」

我不想再重申同一件事：我已經告訴他們鳥兒會帶他們找到魚群，他們不相信我，反而相信迷信，相信常規，他們相信自己航行的那片海洋。

「今天那座冰山——其實不算什麼，」山繆說，「等我們抵達墨西哥灣流，情況會更可怕。」

「為什麼？」

「墨西哥灣流與拉布拉多洋流相連，會順流將我們向南推送，這是世界上的兩大洋流，流動的方向逆反。」他吸了一口煙，煙頭在黑暗中燃著紅光。「當你抵達那裡，洋流會在那個位置相互接觸……」山繆搖搖頭，「沒有什麼能指望了，洋流是猛獸，是大西洋上的猛獸，恩尼斯有次告訴我，他一生中大部分的時間都在航海，但他幾乎對這些洋流一無所知。」

「恩尼斯似乎跟每個人都說了很多話，除了我之外。」

山繆半側著頭看我，然後伸手和藹地拍拍我的肩膀。「你是新手，孩子，而且他很專注於航海。」

「他對我不爽。」

「如果他對自己的決定感到後悔，也不會遷怒在你身上，他不是那麼小家子氣的人，聽著，我想問的是，你對這一切計畫是否真的有把握，小妞，你就這樣跳上一艘深海漁船，但全然缺乏航海技能，這可算是自尋死路，就算你有航海技能，也得好好考慮才對。」

「你不也活下來了。」我懷疑在那球圓滾滾的身軀下藏著的是一雙靈活的腳。

「我每天都有預感幸運女神隨時會改變主意。」

我聳聳肩。「好吧，山繆，我無話可說，如果我死在這條船上，我想這也是我的命，不是嗎。」

「哼。」

「哼什麼？」

他看著我的時候眼底有一種溫柔。「是什麼讓你這樣一個年輕人對生命如此厭倦？」

我沒有回答，他擁抱我，我驚訝到忘記回應他的擁抱。在我對世界的理解中，很少有人能如此無拘無束地釋放內心的溫柔。

我沒有跟隨這名老水手回到船艙，而是在心中思索他對我的看法，我深知他對我的判斷錯誤，我這一生是如此幸運，能有機會一睹驚人的洋流和冰層，還有鳥兒翅膀上的精細鳥羽，我厭倦的不是生命本身，而是我自己。

有兩個世界，一個世界由水和土、岩石和礦物質構成，有地核、地函和地殼，有氧氣供人呼吸。

另一個世界則由恐懼組成。

我曾活在這兩個世界中，知道它們彼此感覺很相似，直到為時已晚才會顯出差異。你觀察其他囚犯的雙眼，想看看他人眼中是否存在死亡；你看著你行經的每一張臉孔，聽著憤怒的嗡鳴聲，暗示你是恐懼的下一個目標；抓耙你牢房的牆壁是為了自由的氣息和天空，期待釋放，想要離開，別再困在這座縮小版的墳墓之中。

這個由恐懼構成的世界生不如死，彷彿無盡的深淵。

這個世界又一次找到了我，遠在大西洋之外，就在這座搖晃的船艙裡。

今晚是第一個失眠的夜。

「初級覆羽，」我顫抖著牙齒低聲說，「大覆羽、中覆羽、肩羽、翕、後頸、頭冠——該死。」我搖晃著坐起，因為今晚即便重複背誦也無法幫助我入睡，無法讓我平靜下來或集中思緒，身處這個看不見天空的房間裡，沒有任何事能夠讓我的心思從令人反胃的顫抖恐懼中轉開。

我按下我的旅行手電筒，將手電筒裝置在背包頂部，讓光束照亮我的筆記本。

尼爾，我寫下潦草的字跡，我必須即時阻止一陣蓄勢待發的恐慌症發作。當我需要肺來呼吸時，你的肺在哪裡？你的理性，你永恆的平靜在哪裡？

一個多星期過去了，我們已經脫離冰層，我們正前往拉布拉多洋流，山繆說此行非常危險，他說整片海洋都很危險，我不確定你是否會喜歡船上生活，我覺得你太喜歡腳踏實地了，但就像天空一樣，大海也無法讓我滿足。若有天我死了，別把把我埋進土裡，請將我撒向天空，讓我隨風而逝。

我停筆，因為淚水模糊了我的雙眼，這封信我寄不出去，聽聞我談及死亡會把他嚇壞。

「把該死的燈關掉，」莉亞從床上衝著我厲聲道。

我翻找背包，找到安眠藥，我不想在酒後服藥，但到了這關頭管他去死呢。我吞下一顆然後閉上眼睛。初級覆羽、大覆羽、中覆羽、肩羽、翕、後頸、頭冠——

我醒來時，身體懸在海面上方兩英寸處，深不見底的大海翻湧呼嘯，冰冷的浪花噴濺在我臉上，片刻間我覺得這一定是我做過最美的夢，然後那一刻過去後我意識到自己醒了，我的身體隨著船身搖晃，發覺自己差點掉進海裡讓我驚恐萬分。

我曾看過恩尼斯使用繩梯，所以我緊緊抓住繩梯，倚靠著船身搖搖欲墜，我的指關節發白，因緊握著繩梯而凍僵，我穿的衣服不夠多件，一點也不夠。

我是夢遊來到這裡的。

我正打算把自己拉上船，卻停了下來，我過去也曾發現自己睡醒時身處陌生之地，但從未在如此極端又如此危險的地方醒來，多年來我首度感覺到自己突然重新活過來，要我老實說的話，這是自我丈夫離我而去的那天晚上以來，首度感覺到自己還活著。

雖然平心而論，是我先離他而去，次數不可勝數。

「你的意志力太可怕了，」他曾經如此告訴我，這千真萬確，但我深受自己意志所害的資歷比他久太多。

繩索上升將我從海中拖了上來，有人啟動曲軸，所以我在非自願的情況下向上升高，有一度我對把我拉上來的人心懷怨念，但當寒意滲骨，這股思緒也隨之模糊。有一雙手把四肢癱軟的我拖了過去，月光照耀下的肌膚一閃而逝，我發現是莉亞，她頎長的身軀強壯到足以支撐我軟弱無用的身體，我的腿幾乎無法站立，所以她把我撐住。

「搞什麼鬼啊。」

「我沒事。」

「你他媽的快凍死了。」她動手把我拉到甲板上，在我跌倒時扶住我。「你他媽的在搞什麼啊，法蘭妮，」她說，但她並非真的在問我問題。「你有什麼毛病啊。」

我們設法走下梯子到甲板下，我的牙齒像把電鑽般震顫，我走進浴室裡，淋浴處非常窄小，我只好走出去洗頭。她扯下我的毛衣將我推到熱水底下，熱水滾燙，我咬住舌頭嚐到銅的味道。我雙膝一陣軟，她及時抓住我和我一起倒在地板上，我們倆現在全身濕透、也被燙紅，四肢凍僵又灼熱的感受交纏在一起。

「你倒底是怎麼回事？」她又問了一遍，但這次她是真的在發問。

我喘口氣笑出聲來。「你有多少時間聽我說？」

她的手臂在我身上收緊，變成一個擁抱。

我已經欲振乏力，所以我只說了聲，「對不起」，我是真心抱歉。

第四章

愛爾蘭國立大學，高威，愛爾蘭

十二年前

「我們吃下鳥，」他說。「我們吃下，是因為我們想讓鳥兒的高歌從我們的喉底流淌而出，從我們的嘴裡迸發而出，所以我們吃下鳥兒。我們希望鳥兒的羽翼從我們的肉身中長出，我們想要鳥兒的羽翅，我們想要像鳥一樣飛翔，在樹梢和雲層間自由翱翔，所以我們吃下鳥，我們刺穿鳥，用棍棒擊傷，用膠困住雙腳，用網捕捉，用叉串燒，扔到燒熱的煤上。這一切都源自於愛，因為我們愛鳥，想與鳥兒合而為一。」

偌大的講堂裡一片寂靜，站在講台後的他身形不高，卻偉大到足以填滿整個空間，話語足夠響亮，字句鏗鏘有力，我們傾聽他說的每一句話，即使這些話並非出自於他的原創，即使他引述的字句只是瑪格麗特．愛特伍的言詞。

「鳥類已在地球生活了兩億年，」他說，「到了近代還存在一萬個物種，這些物種為了尋找食物而進化，為了生存比其他動物遷徙得更遠，因此鳥類在地球繁衍生息，從生活在漆黑洞穴中的油鴟，到只在荒涼的青藏高原上繁衍的斑頭雁；從能在一點四萬英尺冰凍高地倖存下來的紅褐色蜂鳥，到可以與商用客機飛到相同高度的黑白兀鷲，這些傑出的鳥類無疑是地球上最成功的生物，因為牠們憑藉著無畏的勇氣，學會了在任何地方生存下來。」

我的心跳太快，我逼自己冷靜下來，放慢呼吸，慢慢吸氣，細細品味並記住字句的細節，因為很快我就得離開他授課的範圍。

教授從講台後面走出，語帶懇求地攤開雙手。「對古往今來的鳥類而言，唯一真正的威脅是我們。

「十六世紀，生存於百慕達的自然鳥種百慕達海燕，因人類獵取鳥肉而遭到災難性的獵殺，人們認為這種鳥類已經滅絕，直到一九五一年，人類再次偶然發現這種鳥，數量只有十八對，牠們躲藏起來在小島的懸崖上築巢，我想那天是意義重大的一日。」他停頓一下，好像正在重溫那一天，他掌控課堂的能力令我驚嘆，我彷彿與他一同身處鳥巢所在的懸崖上，探尋那些孤獨的小鳥，那些同類中唯一的倖存者。他繼續演說，現在他的聲音變得嚴厲霸道。「但這種鳥無法在人類的第二次襲擊中倖存下來，這次的手段更加殘酷，範圍也更大，人類燃燒石化燃料，改變了這個世界，也毀滅了這個世界，隨著氣候暖化和海平面上升，百慕達海燕從藏身處遭海水沖出並淹死，它們只是眾多物種之一，受害的不僅是鳥類——誠如我所說，鳥類的適應和恢復力往往最為強大，由於全球氣溫上升，北極熊已經消失。海龜曾經產卵的海灘被不斷上升的水面侵蝕，所以海龜也消失了。環尾負鼠在攝氏三十度以上的溫度下無法生存，因此在一次熱浪下大量滅絕。獅子在永無止境的乾旱中消滅，犀牛因盜獵行為而傷亡慘重。所以就這樣，上述這些只是你已知的一些動物明星，但如果我現在列出因棲地破壞而消滅的生物，我們這堂課得上一整天，數以千計的物種如今正在消亡卻受到人類忽視，我們正在消滅生物，這些生物本已學會在任何條件下生存，所有條件都可以，除了在人類手下無可倖免。」

他走回講台開啟投影儀，身形纖長，甚至可能稱得上瘦削，他留著黑色短髮，穿著一襲剪裁完美的海軍藍西裝，搭配灰綠色領結，讓他看起來像是另一個時代的人，而臉上的復古眼鏡也是如此。儘管他奇裝異服，卻是教師中的寵兒，深受學生喜愛，他年輕到足以混進學生群中。有一張桌面上覆蓋著一塊布，桌子的影像放大投射到牆面上，他像魔術師一樣用浮誇的動作將布扯開，露出底下的一隻鳥。

我看了一下才發現那是一隻已經死亡的真鳥，經過填充保存並固定在某種裝置上，因此保持了飛翔的姿態，這是一隻白灰相間的海鷗，還有太多資訊，我沒捕捉到；我已經跟不上他說的內容。我站起身尷尬地從我那排的其他學生身邊走過，我聽見輕微不悅的沙沙騷動，但無所謂，我只是需要離開這裡。

他的聲音尾隨著我。「本學期我們不僅要研究鳥類的解剖結構，還要研究鳥類的繁殖、餵養和遷徙模式，以及這些行為如何隨著時間推移遭受人為干擾的負面和正面影響——」門關上了，發出一聲輕微的砰聲，他們在裡面一定聽見了。我跑了起來，涼鞋拍打著油氈地板，我跑到室外的陽光下，沿著台階走到我自行車上鎖的地方。我顫抖著手指滑動密碼，然後儘可能騎得飛快，我的頭髮在我身後飄揚，穿越鵝卵石街道，一路通往大海。

我將自行車重摔在地，一躍起來脫掉鞋子，把鞋丟到草地上奮力衝刺，直到碰觸到海面並潛入水中。

大海彷彿天空，帶著鹹味、沒有重力的天空，在這裡我可以自在飛翔。

我真心考慮不回去了，我愈來愈焦躁難安——我不喜歡離我媽和我曾住的房子那麼近，我厭倦高威了，但在大學裡工作還有一個目的：讓我能夠搜尋大學裡的族譜溯源軟體，我得這麼做才能找到我的母親。

「你遲到了。」

「算我送你的禮物吧，馬克，因為糾正我會讓你很高興。」我把包包扔進置物櫃，穿上工友穿的的連身衣。馬克看起來不為所動，所以我抓起拖把和水桶開始工作。

「你負責的是電影大樓。」

「我不能打掃實驗室嗎？」

「法蘭妮——」

「我會加班的，」我一邊推著水桶一邊保證。「謝啦！」

有人把生物大樓的男廁弄得一地髒，我把我的T恤拉到鼻子上，希望在清潔廁所時盡量不要作嘔。我出現時有三個年輕人正等著上廁所，表情充滿了嫌惡，也許還帶有些許不屑，好像我該為這場殘局負責。我走過他們身邊時他們沒正眼看我，甚至連瞥我一眼都沒有——在這所大學裡幾乎沒人肯正眼看我，身為一名清潔工彷彿擁有隱形的神奇力量。所以我做了一個實驗，我故意對著人微笑，大多數情況下人們似乎會認為我有點精神異常，然後快步走過，但有時在非常偶爾的狀況下人們會報以微笑，而那些微笑甜到令人難以忘懷。

我用門禁卡進入實驗室，舉目所及空無一人，畢竟是下班時間，實驗室沒人在是很合理的，雖然這裡通常塞滿執念很深、對外界不感興趣，且無論何時都不願意離開實驗室的人群。我沒有開啟刺眼的白光燈，而是走進這安靜涼爽的空間，周圍只有保全監視器發出的閃爍紅光。放在金屬冷藏抽屜裡的是需保存在更低溫中的標本，抽屜在打開和關閉時會發出嘶嘶聲，我用手指撫過抽屜邊緣，想像裡頭埋藏的所有小小寶藏，滿漲一股亟欲偷看的衝動。我不能冒險——我不想弄壞東西——所以我四處遊蕩，將清潔工具遺留在門口。大部分的時候實驗室裡都是桌子，上頭擺滿不同類型的儀器，但也有擺滿數百個玻璃罐、瓶子和管子的層架，這些玻璃製品在昏暗的閃爍燈火下閃閃發光，我穿越那些空空的玻璃製品，走向泡在乙醇中的昆蟲和爬蟲類，心中既感到排斥又深受吸引，這些生物看起來好不真實，漂浮在那裡一動也不動，或許看起來又有點太真實了。

這些生物比今天早上演講廳裡的鳥更易於觀察，但我早該學會的教訓是：心有所思，目有所見。我微微轉頭看見一個物體，就在那裡，就在我的眼角。

我一直害怕動物死亡後的屍體，鳥類尤甚，沒有什麼比天生該翱翔天際的生物處於沉悶的無生命狀態更令人毛骨悚然的事了。

我將視線從白色的標本上挪開時撞見一個人，嘴裡隨之發出一聲驚呼。「老天。」我抬起手按在自己勃勃跳動的心臟上。

是那位教授，正在黑暗中端詳著我。

「你是那個從我班上溜走的女生，」他說著將目光移到靠近門口的清潔推車，然後又回到我身上。「過來。」

他拉著我的手肘，引我走向一隻死去的海鷗，我瞬間驚呆了，他放肆的觸碰讓我口乾舌燥，但由於我一直是個渴望冒險的人，因此也同感興奮，然後我看著這隻生物，完全不想觸碰，腦中除了立即逃離這裡的念頭之外一片空白。我走向門口，但他——出乎意料——攫住我的手臂，將我摟在他身前，緊緊攬住，將我困在這隻可怖的生物面前。

「別害怕，這裡除了肉身和羽毛之外別無他物。」

他不懂嗎？那正是問題所在。

「睜開你的眼睛。」

我睜眼一看，這隻鳥凝神盯著我看，羽毛乾淨光滑，雙眼無神，這是一件令人悲傷的靜態標本，那無可形容的精緻之美，美得令我心痛。

教授抬起我的手，引導我的手觸摸屍體，我極不願意觸摸這具殘骸，但我已經進入如夢之境，無法控制我的四肢，我用食指指尖輕輕按在羽翼的邊緣。

「這是初級覆羽，」他輕聲說。

他抓著我的手指沿著羽毛長度一直延伸到翅膀上的不同羽毛，「大覆羽、中覆羽、肩羽，」然後移到身體上方、肩部區域和頸部，「翕，」他低聲說，「後頸，」然後來到鳥兒頭骨的柔和形狀，「頭冠。」

他放開我的手讓我的手滑落，然而在那一刻安靜的失重中，我有股隱隱的衝動想再體驗一次，想再次觸摸這隻生物，想讓自己的皮膚與鳥的羽毛連為一體，讓鳥的肺部再次吐納空氣。

「這具標本優雅精緻，栩栩如生，」教授說。

我從白日夢中醒來。「這就是你誘惑學生的方式嗎？在黑暗的實驗室裡使用科學術語？」

他眨眨眼面露驚訝。「不是。」

「我沒說你可以碰我。」

他立即後退。「抱歉。」

我的脈搏如著火般跳動，我想懲罰他讓我的感覺失控，雖然我也喜歡失控的感覺，整個狀況演變到如此混亂令我反感，我沒有看他一眼就轉身走向門口。

「上課不要遲到，」他喊道，我抓住手推車將車推到走廊，但我無意再次接近尼爾．林區教授。

來接我的車輛是一輛生鏽的老福特，駕駛人是兩個年輕女子，我搭便車有自己的原則：不搭廂型車，不搭卡車，不搭男人獨自駕駛的汽車。我十四歲時出於愚蠢步上一輛廂型車並被中年司機強迫口交後，便學會了這條原則。

有兩塊衝浪板綁在車頂上，我的座位上到處都是沙：這兩個女生是衝浪客，她們載我沿著海岸一路南行，在一家旅館停車，我們在旅館喝暈，聊著彼此的恐懼，她們名叫克洛伊和梅根，兩人浪跡天涯追浪。室外傳來椋鳥震動的低鳴聲，以狀觀的姿態展翅飛向天空。

我去找水喝，很快就聞到了那股氣味，感受到那股牽引力，我的心彷彿一只羅盤，就算無法指引我走向真正的北方，也能走向真正的大海，無論轉到哪個方位，都會發覺自己一直在修正方向。就如往常一樣，我先聽見一陣低沉的咆哮聲，然後聞到那股氣味。

女孩們跟隨我的腳步，我把她們帶到海邊，我們喝了紅酒，紅酒染黑了我們的嘴，我先收集海藻以備食用，這種如義大利麵的海藻可以用小掛鍋煮熟，然後直接用手從鍋裡抓出來吃。空空的貝殼碎片在月光下閃著銀光，蔓延成一條瑩瑩發光的軌跡，讓我忍不住跟著這條軌跡前行，一路上遺留溫馨的聲音和笑語，這條軌跡將我引到海裡，所以我脫掉衣物潛入水中，冰凍的溫度如刀般刺入我的肺，笑聲如鳥兒尖叫般從我嘴邊飛逝而過。

這段海岸名叫為巴倫，我母親的家族源於此處，數百年來一直居住在當地，這裡有帶板岩的銀色山丘。我十六歲時回到這裡卻沒有找到任何親人，十九歲時再次嘗試，現在二十二歲又來了一次，這次我決心留下，能待多久是多久；我在合租房屋裡租下一個房間，找到一份工作，工作之餘的每分每秒都待在圖書館裡嘗試勾勒出家系圖，這件事非常困難，因為有這麼多人的名字相同，我不知道自己屬於哪一支家系，甚至不知道哪個艾莉絲・史東才是我的母親，我深切希望如果能找到她家族中的其中一個成員，我就能循線找到她。

日出時分，我看著克洛伊和梅根穿上潛水衣衝進浪花之中，將她們強壯的身體壓入浪尖，我能夠整天看著她們划水、上升和扭轉，她們很了解海洋，但也用某種方式對抗海洋，她們像泳者一樣猛擊海水，用他們上蠟後的衝浪板武器劈開那片海牆，過程相當暴力。

我加入她們，沒有穿上潛水衣或帶著衝浪板，只憑著身上單薄的皮膚，海洋沖走我身上殘留的苦澀，讓我煥然重生，我浮出水面笑得如此燦爛，幾乎是裂著臉笑。我們三人癱倒在溫暖的沙灘上；她們幫彼此拉開潛水衣的拉鍊，扭動著身軀從潛水衣中掙脫。

「海溫九度吧，」克洛伊笑著說，她甩晃著亂糟糟的頭髮，多到簡直有一公斤的沙子就這樣灑出。「你不穿潛水衣怎麼有辦法游泳？」

我聳肩一笑。「靠我身上流的海豹血。」

「噢，對，你的外貌也像海豹一樣黑。」

有人也曾經這麼告訴過我，是因為我黑色的頭髮、黑色的眼珠和蒼白的皮膚，在以往民間故事真實存在的年代，這就是黑髮愛爾蘭人的長相，當時的人們可能真的來自大海，這也是我母親的模樣。

「我們今天要去哪？」

「我從這裡用走的就好了，」我說。「謝謝你們讓我搭便車。」

「你要怎麼回去？」梅根問道。

「回哪裡？」

「高威，你不是在那裡生活嗎？」

我不知該如何回答，我曾以為自己的生活就在這裡，與我緊緊相繫。

鮑恩斯一家住在基爾費諾拉外的粉色小屋裡，他們經營鎮上一家名叫林南斯的酒吧，他們都是基爾費諾拉塞利樂團的成員，這個樂團已巡迴全世界，我在網路上看過他們的影片，也在高威一家地下唱片行找到兩張他們的唱片，這讓我很高興，我重複聽這些唱片已經聽了一個月，如今我人在這卻緊張到說不出話來，我鼓足勇氣才敲了前門，但沒有人應門，我從一旁偷看屋內，可以確定沒有人在家。

於是我一時鬼迷心竅，一躍跳過圍籬，我想認識我母親的故鄉，我想知道她是否曾經住在這裡，甚至只是來過這裡，我想這些人也可能是她的堂兄弟，也許是第二代或第三代堂兄弟，也許是姑婆？又或許是我弄錯了，他們也許是更遠房的親戚，或許在好幾代之前在族譜上分支出去，但我深知在某程度上他們算是一家人，這對我來說就已足夠。

繩索上掛著洗好的衣物，後門開了一條縫，有什麼生物吠叫著直撞到我身上，我發現有隻黑白相間的牧羊犬搭上我，全身不管是舌頭、眼睛和狗爪都洋溢著興奮之情。我咕噥笑著將狗從我身上扯下，然後——

「是誰？」

我抬頭看見後門站著一個老婦人，身上穿著一件紫色羊毛套頭毛衣，留著一頭全白的短髮，臉上戴著眼鏡，腳上穿著拖鞋。

「我……你好，真的很抱歉，我……」

「你這是在幹什麼？」

我試圖走近她，我的步履維艱，因為那隻狗一直靠在我腿邊，彷彿在表達牠畢生的思念。

「我找瑪格麗特．鮑恩斯。」

「我就是。」

「我是法蘭妮．史東，」我說，「不好意思直接闖進來。」

「史東？那你就是親戚了？」她就這樣面帶微笑，笑盈盈地把我領進屋內，幫我沖茶的時候臉上也堆滿了笑。我一直告訴她我是如何搭便車和走路抵達這裡，她聞言笑得更開心了。接著她開始打電話給她的家人，告訴他們今晚得過來與我見個面，我知道她不是因我而笑，她是因幸福、為生活而笑，想必她每天時時都在笑，她就是這樣一個正面陽光的人。她開玩笑說此時需要端上一杯熱威士忌，而不是一杯老套無聊的熱茶，語畢我差點在她廚房裡哭了出來。

「所以是誰，親愛的，你來自家族的哪一個支系？」

突然間我一陣驚慌地回答，「澳洲支系。」

「澳洲？」這個回答似乎讓她感到困惑。「天哪，那你是千里迢迢來到這裡，是什麼風把你吹到這裡來？」

我沒有告訴她我也是愛爾蘭人，這感覺是種欺騙，好像她才是真正的愛爾蘭人，而我不過是偽造品，所以我改口說我的家族在五代前離開了愛爾蘭，定居在澳洲，聽說我父親的家族正是如此。我表示自己一直很想回到故鄉發掘我家族的另一面，我想發掘選擇留在愛爾蘭的家族成員所傳承下來的特質，而不是那些選擇離開的人，這當然更符合我的本性，也許這就是為什麼我自覺該告訴她的原因，因為我屬於離開者、探索者、流浪者，那些被潮汐帶走的同一族類，而非堅定篤實的那群人，但我身上的某個部分一直想回歸故鄉。

她告訴我，還有許多從澳洲遠渡而來的其他親戚，更多表親，似乎有無止盡的家族成員對家族傳承的文化深深著迷，她笑著說她從來無法正確理解這種魅力，為什麼他們要成群結隊來到這裡，只是為了看看這片颳著強風的小土地，畢竟這裡的生活是如此平凡。我不知如何回答，只能附和說這有點莫名其妙，但我認為動機或許與音樂、故事、詩歌、根源、家族、歸屬感和好奇心有關。她信以為真，然後幫我調了一杯熱威士忌，繼續漫無邊際地聊天。她的丈夫麥可坐在一旁的扶手椅上，當瑪格麗特介紹我時，我看出他已不具言語和行動能力，但他笑得和她一樣燦爛，他擁有我所見過最明亮的眼神，她以相伴一生的愛溫柔對待他。

家族成員很快抵達，是她的三個兒子和四個女兒，還有他們各自的伴侶和孩子，很明顯沒人知道我是誰，但他們卻全部與我握手或親吻我的面頰，他們開心地聊天說笑，我們圍坐在廚房的小桌邊，每個人都幫麥可挪出空間，讓他的輪椅推進來坐在最重要的位置上，我們吃著巧克力餅乾配大瓶可口可樂，然後他們毫無預兆便掏出樂器開始演奏。

音樂在我周圍展開，我震驚地靜坐在原地，他們猛然拉起三把小提琴，一套風笛、幾具手鼓、一把長笛、兩把吉他，還有幾個人開始唱起歌來，樂聲不斷增長填滿了整間廚房，音樂中的每一片段皆迸發了生命、熱情和歡樂。在這個廚房裡，舉世著名的基爾費諾拉塞利樂團的大半成員正在我面前演出，瑪格麗特在她的座位上下拍擊，眼神裡閃爍著享受之情，她毫無預兆地握住我的手，我低聲問她，「每天晚上都會演出嗎？」

她說，「不，親愛的，這是為你而演出。」我哭了出來。

他們稍事休息後要求我負責唱歌，我承認我不知道任何一首歌的歌詞，心中倍感羞愧。

「一首歌都不知道？」瑪格麗特的兒子約翰問道，「拜託，你一定知道幾首歌吧，好吧，講首歌名，或者直接開始唱，我們的音樂會跟上你。」

「我……在澳洲沒有這些歌，我們沒有真正學過這些歌，我沒有歌能唱，真的很不好意思。」

當場有股驚訝的沉默。

「嗯，那你有家庭作業要做囉，下次你來這裡拜訪我們時，我們希望你能學會一首歌曲與我們分享。」

我拚命點頭。「我保證會。」

音樂結束得太快，他們都到了回家的時間，而瑪格麗特得送麥可上床睡覺。我不知道如何是好，也不知該往哪去，我一直撒謊告訴他們我已經找到住處過夜，我不知道自己為何要這麼說，但想進一步打擾他們的念頭令我異常羞愧。

儘管可憐的瑪格麗特已經一臉倦容，但我還是抱著絕望的期待在前門停步。「請問你認識艾莉絲．史東嗎？」我終於問出口。

她皺著眉頭想了想，然後搖搖頭。「我想我不認識，她是你們家族的成員嗎？」

我吞吞口水。「她是我母親。」

「啊，太好了，如果她有回來，親愛的，請告訴她記得來拜訪我們。」

「我會的。」

「可惜，很遺憾我在你的家族裡不認識別的人，回想起來，我所認識史東家族唯一的成員是梅爾．史東，她嫁給了我摯愛丈夫的堂兄約翰．托佩，我最後一次得知他們的消息，是聽說他們住在這裡以北的地區。」

我不確定她說的這些人是誰，但我肯定會找出答案。

「親愛的，希望你今晚能安全到家，」瑪格麗特告訴我，「我真的不必幫你準備一張床嗎？」

「真的，謝謝你，瑪格麗特，今晚對我來說意義非凡。」

我大步跨進黑夜之中，此處離城裡很遠但我自覺無妨，夏夜的氣溫暖和，月圓高掛，我想在月色下獨自散步，我母親也許沒走過這段路，但我卻覺得自己離她的足跡又近了一步。

該回高威了，我得去那裡找到梅爾·史東和她的丈夫約翰·托佩。那裡還有一個人，那人嘴裡喃喃說著覆羽、肩羽、翕、後頸、頭冠，死鳥或活鳥，在毫不設防之下，我心裡的某部分似乎已經朝他飛去。

第五章

薩加尼號，北大西洋
遷徙季節

許多人的身體聚集在我周圍，壓在我身上或用肘部推擠出空間，每個人都想看見：筆電螢幕上的三顆小紅點。

鳥兒正在向南遷徙。

「所以我們要跟著這些紅點走？」馬拉凱問道。

我點頭。

山繆看著我的表情莞爾一笑，他拍拍我的背。「幹得好啊，小妞。」

「追蹤器可靠性有多高？」莉亞語帶質疑地問道。

「這些是地理位置定位器，」我說，「定位器能測量光照度，軟體再運用光照度來測量經緯度並取得確切位置。」

「聽起來一點都不可靠。」

鑑於我對追蹤器的了解也僅限於此，我不得不同意她的看法。

「你把頭移開，」巴茲爾說著把戴尚推到一旁，好更清楚看見螢幕。

我們一起觀看紅點，對我發作過一輪之後，船員蠕動推擠，為了螢幕上的景像急切萬分。鳥兒仍處於比船隻更北的位置，才剛離開格陵蘭，但很快就會追上我們，牠們會巧妙利用風向疾速向前。片刻之後這三顆紅點稍微散開，接著又聚集起來，似乎朝著不同方向出發。

「那也沒辦法了，我們現在該怎麼辦？」馬拉凱問道。

我將筆電帶到艦橋，我未曾來過這裡，總是只能在遠距離凝視艦橋，一邊忖度著裡面正做出什麼決策。恩尼斯獨自坐在舵輪處，凝視著大海與天空的交界，舵輪空間的位置比船上其他地方都高，僅次於桅杆瞭望臺，我被眼前展開的世界所震懾，日出在大海和天空上投射驚人的一抹紅暈。

「我沒見過日出是那樣的顏色，」我低聲說。

「這是預告有風暴要來，」恩尼斯說，沒有看我一眼，「有什麼事嗎？法蘭妮．林區？」他的語氣和姿勢都表達出一種不想多說的態度，他身上有某些部分不信任我，責怪我，甚至有些不喜歡我，我不知確切原因卻能感覺得到。

「燕鷗已經離開格陵蘭。」

我將電腦擺在艦橋中央的大圓桌上，恩尼斯走到我身邊，我們凝視著這幾顆紅點。「你看看鳥是如何分散的？」其中兩個追蹤器向東飛行，而另一個追蹤器則轉向西。

「這是不尋常的狀況嗎？」他問。

「不是，有時會有這種狀況，這些鳥通常會選擇兩條路徑的其中一條，獨自移動，或者會以小團體的方式遷徙，有些會向東飛沿著非洲海岸向南，有些會沿美國西部飛行，但從來不會直達，而是呈大S形的彎曲路徑飛行。」

「為什麼牠們必須繞遠路？」

「因為要跟隨風向和食物，就像你隨著水流航行一樣。」

「就是你所謂的熱點。」

「對。」

「你能預測這些鳥這次會飛向哪裡嗎？」

「我有燕鷗過去飛行路線的舊地圖，但資料已經不合時宜，那時海裡還有魚，現在情況已經截然不同，海裡幾乎空無一物。」

「那照你的意思，我該怎麼做，法蘭妮？」

「我認為我們應該沿著非洲追蹤這兩隻鳥，這樣勝算更高。」

他緊盯螢幕上的航海圖，思考了很長時間。

我順著他的目光看見那條可能率先攔截鳥兒的航線，心跳漏了一拍，那條航線前往愛爾蘭，或者說會行經愛爾蘭。

恩尼斯搖搖頭。「我們跟著那隻向西飛的鳥吧，我對這片水域的熟悉程度較高。」

「這條路線比較冒險，」我警告他，「找到魚群的可能性只剩一半。」

「我不會橫跨大西洋，白費力氣追逐那些紅點。」

我沒有提醒他正這是我們航程的唯一重點，我選擇不表態。「你說了算。」

「把電腦留給我，可以嗎？」

我張嘴想要爭辯，我打算告訴他這個軟體不能離身，然後才意識到自己有多愚蠢，他無法在看不見紅點的情況下跟著鳥，我看了這些紅點最後一眼，然後交出筆電走向門口。

「告訴我，」他說了，阻止我離開。「我有了這些追蹤器，為什麼還需要你？」

我轉過身直直對上他的眼睛，這是我們離開格陵蘭後他第一次正眼看我，他身上有一種挑釁蓄勢待發，我看得出來他想把我載回岸上，這激起了我兇猛的本性，我想對他咆哮，告訴他最好別膽敢將我丟下；我想告訴他真心話，我想告訴他：在你甩掉我去追那些鳥之前，我會把這艘該死的船燒成灰燼，我已經走了這麼長的路，該死的這麼努力生存下來。

但我的靈魂中冷靜的本性與野蠻的本質並存，冷靜的我說話通常聽起來很像我丈夫，冷靜的我勸告自己得謹慎行事，警告我還有很長的路要走，此時對我來說，狡猾比憤怒更有利。

我清清嗓子說，「你是不需要我，但我需要你，我想你不會昧著良心。」

恩尼斯猶豫了一下然後將視線移開，重新握緊舵輪。「你的手還好嗎？」

我懶得回答他，他明知我的手好不好，而且在本分之外我不會再假裝感激。

船長讓我離開。

「他為什麼對我這麼不爽？」今晚我在餐桌上問大家。

船員從手中的撲克牌抬頭看我，莉亞翻了個白眼，重新把注意力轉回她的牌面。

「他沒有不爽——」山繆率先發難。

「有人要告訴我真相嗎？我到底做錯了什麼？」

「不是因為你做了什麼，」馬拉凱不安地說。

「是因為你本身，」阿尼克直言道。

我看著他，他臉上掛著我永遠讀不懂的茫然表情。「我又怎麼了？」

「未經訓練，」他說，「又危險，對一艘船來說太瘋狂了。」

我一時語塞。

空氣中瀰漫一股窒息般的沉默。

「這不是你的錯，」戴尚溫和地說。

但這是我的錯，當然是。

並非出於刻意，但我每天都會回到艦橋檢查燕鷗的狀態，一天兩次，燕鷗身上的紅燈穩定閃爍，裝置正忙著追蹤鳥兒的足跡，我們決定跟隨的那隻鳥正引導我們向南再向西前往加拿大海岸，恩尼斯正在規劃一條他認為可以攔截燕鷗的路線，只要燕鷗持續飛在軌跡上就沒問題了，他不會與我談論其他事，也不願多看我一眼，但無所謂；每一次到艦橋上，我對那顆小紅點的喜愛也愈加深，愈來愈在意，也愈來愈珍愛。

今天下午風平浪靜，萬里無雲，我們在平靜如鏡的海面緩慢前行。

我正在練習打繩結，真是出人意料。

「綁一個三套結來看看，」阿尼克說。

我將較小的繩索繞在較粗的繩索上做出一個圈，打半個結，然後將繩索拉緊，三套結就完成了。

阿尼克面帶挑剔地看著繩結，看起來無動於衷。「這個繩結的作用是什麼？」

「需要縱向拉動某物的時候，或者如果繫船絞車卡住，我們要鬆開緊繃帆線的時候。」

他看著我的臉。「你知道那是什麼意思嗎？」

「不知道。」

我想他差點笑了出來，接著那個混蛋告訴我，在我回頭打接繩結之前要再打五十個三套結。

阿尼克走出視線範圍，我放低繩索將臉斜轉向後，享受陽光，我腳下的甲板很溫暖，空氣卻依然冷冽，但這是我第一次沒有穿上五十層保暖衣物。我的思緒總是飄向尼爾，我想知道他會如何應付這種生活，如何應對肉體上的挑戰，他的思想總能迅速運轉為難以回答的問題尋找答案，他面對這樣的生活可能因無聊而變得遲鈍麻木，但我認為從思想上的焦慮轉換到身體勞動，讓腦袋休息一下可能對他也有好處，多勞動身體而非運轉腦力對他來說是件好事，雖然他有一雙光滑纖細，完美無瑕的手。他的手在我的記憶中是如此鮮明，就與我眼前感受到的一樣真實，我想像他的手撫觸過我在陽光下曬得溫暖的皮膚、乾裂的嘴唇、疲憊的雙眼，用記憶中的方式按摩我發疼的頭皮，我不願看到那雙手也遭受我所承受的懲罰。

一道聲音從天而降。

我瞇著眼抬頭看向站在桅杆瞭望臺上的戴尚，他一邊笑著一邊指向遠方。

我一時忘形讓繩索從手中掉落，心跳加速著快步走到欄杆邊，遙望遠方的白色形體飛得愈來愈近。

第六章

我六歲時，母親經常和我一起坐在後花園裡觀看烏鴉棲息在高大的柳樹上，在冬天的幾個月，柳樹長長的柳葉會像地上的雪一樣轉白，猶如古稀老人的鬍鬚，藏在葉間的烏鴉如同赤裸的斑斑煤點。對我而言，儘管六歲的我還不諳世事，但烏鴉代表某種深刻的存在，有點像是孤獨，或者孤獨的反義詞，烏鴉代表了時間，也代表了世界；烏鴉乘載了牠們飛行的距離，飛向我永遠無法追隨的去處。

母親曾告訴我永遠別餵食烏鴉，否則牠們會產生危險性，但等她進屋後我還是照餵不誤，我會餵食牠們吐司麵包片或幾片榛果先生的柳橙蛋糕，先小心將食物藏在口袋裡，然後偷偷撒在結了寒霜的地面上。烏鴉開始期待我餵食，來得愈來愈頻繁；很快地每天都來。烏鴉會棲息在柳樹上盯著我的麵包屑看，總共有十二隻，有時更少，但永遠不會超過十二隻。我會等到母親忙碌時趁隙溜出去找烏鴉，走到烏鴉守候我的地方。

烏鴉開始尾隨我，如果我們走到商店，烏鴉就會飛到一旁，棲息在屋頂上，當我沿著石牆走上山丘，烏鴉會在頭頂盤旋，烏鴉也會跟著我到學校，停在樹梢等我放學。牠們是我揮之不去的同伴，而母親也許直覺感到我需要讓烏鴉成為專屬自己的小祕密，所以一直假裝沒有注意到頭上那幾朵忠實的烏雲。

某天，烏鴉開始送我禮物作為報答。

總有幾顆小石子或閃亮的糖果包裝紙留在花園裡或落在我腳邊，或者迴紋針和小髮夾、幾條首飾或垃圾，有時是貝殼、石頭或塑膠碎片。我把每個禮物都放在一個盒子裡，年復一年後收藏逐漸豐富，即便我忘記餵食，牠們依舊送我禮物，烏鴉屬於我，我也屬於牠們，我們彼此相愛。

就這樣過了四年，烏鴉每天都與我相伴，直到我不只離開了母親，也離開了我那十二隻同類，有時我會夢見牠們依舊兀立在那棵樹上等待一個永遠不會出現的女孩，帶來一份又一份珍貴的禮物躺在草地上乏人問津。

薩加尼號，北大西洋

遷徙季節

即使目前還在旅程初期，但鳥兒已經非常疲憊，能找到牠們算我們幸運。鳥兒以直線飛向我們，彷彿天空裂成一片片飛舞的碎片落在船上，整艘船上都是，至少有二十隻。牠們收斂翅膀，平靜凝視著世界在眼前晃過，很樂於能搭上船。我全身的肌肉讓我定在原地，生怕把鳥兒嚇跑，但我屏住呼吸站在原地愈久，愈清楚鳥兒不會受任何事情驚嚇——牠們全然不受我的存在所打擾。戴尚從桅杆瞭望臺爬下，其他人也停下手邊正在做的工作和我們一起走到甲板上看鳥，眾人慢慢走近牠們。

「如果不是看見了一隻鳥，你可能早已遺忘了……」巴茲爾說。我們懂他的意思，很容易忘卻曾經有多少鳥兒在天空翱翔，忘卻鳥兒曾經是如此常見的生物，忘卻牠們是多麼可愛。

阿尼克率先失去興趣，試圖命令我回去做船務，但是我對他比了中指，他只好放棄。我只在深夜最冷的時候才進去船艙，鳥兒在船上的剩餘時間裡，我都坐在甲板上盡可能靠近鳥群，同時寫信給尼爾，這是我記錄人生的方式：對他鉅細彌遺地詳細描述燕鷗，牠們是如何用鳥喙搔抓羽毛下方，牠們是如何在船上運用我願意不計代價學會的語言互相呼喚。當牠們感覺到氣流時是如何展開翅膀，讓氣流抬升羽翼，然後就在此處盤旋，在空中飛翔，似乎不需要任何理由，只是單純因為飛翔是件開心的事。我為他紀錄下這一切，希望他讀到這些文字時也能充滿鳥兒的勇氣，就像風呼嘯時充滿鳥兒的羽翼一樣。

恩尼斯出現在甲板上，然後在我身旁坐下，燕鷗至今已和我們一起航行了二十四小時，他獨自來到甲板不是來與鳥兒共度時光，他鬢角上的一抹灰白在午後陽光的照耀下閃閃發光。

「我想你對風暴的看法是錯誤的，」我說。

「你的鳥在哪裡？」恩尼斯問道。

我指向她，她棲息在艦橋最高處，腿上一塊塑膠片從羽毛中突出，她的雙眼睛緊閉；我想這代表她正在睡覺，她的伴侶可能是船上其中一隻鳥——畢竟這種鳥類不太可能單獨嘗試長途飛行。

「鳥為怎麼不起飛？」恩尼斯問道。

「現在幾乎沒有風，所以鳥趁機搭船休息。」

「我們可以把鳥趕飛嗎？」

我瞪了他一眼。「不行，恩尼斯，我們不能把鳥趕飛，鳥想飛自然就會飛，然後我們再跟上。」如果我有能力，我會一路載著鳥兒向南航行，保護牠們在旅途中免受困頓，不過話說回來，試圖保護生物拋棄遷徙的本能真是再愚蠢也不過了。

恩尼斯一言不發地離開，走回艦橋上。我隔著佈滿鹽份的玻璃瞄了他一眼，然後回頭看著這些比他可愛的生物。

黃昏時分起風了，我沒有離開我的位置，不能浪費一絲寶貴的時間。船員們輪流送食物給我，抽出少許時間和我坐在一起，詢問我關於鳥類的問題：鳥怎麼知道要飛去哪裡？為什麼要飛得這麼遠？為什麼最後只剩這幾隻倖存，為什麼是這幾隻，是什麼讓這幾隻能幸運倖存下來？我不知道答案，無法確知，但我已盡力回答，無論如何他們要的也不是答案，只是讓人想起愛上一種不同於人類的生物是什麼感覺，這是一種無名的悲傷，鳥類消逝無蹤，動物不見蹤跡，當世界只剩下我們，這裡會有多孤獨。

我不是唯一一個想盡可能在甲板上消磨時間的人，昨晚馬拉凱突然覺得需要用毯子把燕鷗裹好，然後把鳥帶進他的船艙裡，如此才能保障鳥兒的安全和溫暖。我只好告訴他將鳥圈禁無法讓這些鳥完成最後一次遷徙，且現在這麼做還為時過早，鳥兒的體力依然非常強健，仍然樂於飛翔。我撞見莉亞對著鳥兒唱歌，巴茲爾違反命令一直偷偷餵食鳥兒吃牠們不感興趣的麵包屑，餵鳥是件蠢事，因為我們本來是打算跟著鳥兒去捕魚。

此時船員們都出現了，我曾預告他們一但天氣發生變化，鳥兒就會離去，所以他們來到甲板道別。

第一隻起飛的是我的鳥，我已經認定她是我的，因為她已鑽進我的內心，在我肋骨的保護下棲身。夕陽撒開一片金黃，她高高展翅盤旋在空中探測氣流，也許出於飢餓，也許出於慾望，無論她感覺到什麼，我想她抓到了對的感覺，因為她拍打一下翅膀彷彿飄上天空，毫不費力拋下所有桎梏，接著逐漸躍升到高空之上。

她的同類跟著她飛起，船員們揮手道別，祝福小鳥一路順風。

山繆用肥胖的手指擦去眼淚，他看著我目送鳥兒離去，攤開手無奈地說：「如果這些是最後倖存的燕鷗……」

他不需要把話講明。

「別飛太遠了，」我聽到阿尼克在其中一隻燕鷗起飛時輕聲告訴牠。

我再次在天空中找到我的那隻燕鷗，負責帶路的她身影愈來愈小，身形又減半又減半。

別走，我在心中低聲輕喚，不要離開我。

但我知道她必須走，這是她的本性。

第七章

愛爾蘭國立大學，高威，愛爾蘭

十二年前

「你翹課了，」我刷洗馬桶的時候，有個聲音傳來。

我轉頭瞥了一眼，然後回頭繼續洗馬桶。

「如果你連課都不聽，打掃這個屎坑有什麼意義？」

「這叫工作，還有更糟糕的地方要清。」

「乾淨有很重要嗎？」

我沖下馬桶後站直身體，對他說話的高姿態感到惱火，他擋住隔間門，站在我面前的他比站在講台後面時感覺高上許多。「請借過。」

林區教授歪著頭仔細打量我，他用觀察未知標本的探查性眼神盯著我看。他今天穿著西裝打著淡紫色的領結，看起來很傻裡傻氣的，但我想這就是他的目的。「如果你又翹課，我就得註記你缺席，你拿到的學分就會變少。」

我笑了。「請便，現在請你走開，否則我會把我的屎坑手套抹到你身上。」

他後退。「你叫什麼名字？」

我啪一聲脫掉手套，將手套扔進垃圾桶，然後把整袋垃圾取走，扛著袋子朝垃圾箱的方向走去。

「你在這裡做什麼？」他大喊。

還真會問問題，哪壺不開提哪壺。

下一次見到他時，我正在打掃大學咖啡廳外的庭院，在厚厚雲層中難得一見的微光下，他和幾位同事正在一起喝美式咖啡。他的目光穿越庭院緊緊盯著我；我不知道自己是如何察覺他的目光，因為我小心翼翼不想對上他的眼神，但我就是感覺得到。我開始接近他們，因為這是我的工作，我必須這麼做，所以我走到他們隔壁桌，那裡撒了一堆熱薯條。我彎下腰掃薯條時有隻海鷗降落並試圖從我手上偷走薯條，我笑了。

「好吧，你贏了，為了吃膽子真夠大的。」我把薯條留給這隻鳥，同時意識到已經有一段時間沒有在這個院子裡看過鳥了，過去你幾乎無法在庭院裡好好吃頓飯，因為會有一大群鳥打擾你用餐，現在安靜多了，不再有鳥群吵鬧爭食。

「抱歉，」一個女人的聲音說，我抬頭發現有個盤子推到我面前，是林區教授同桌的一位女性，她的盤子上滿是吃剩一半的食物。我見過她——她是生物系的另一位教授，年約三十多歲，風姿綽約，面露不耐。

「我不是服務生，」我說，而且每個人都知道必須自己回收餐盤。

「那你是？」

「清潔工。」

「所以……這個。」她更用力推盤子，所以我別無選擇，只能接下髒盤。

「我該把盤子端進去，對嗎？」

她把目光轉回我身上，面露驚訝之色，她瞇起眼，彷彿是第一次正視到我的存在，同時也認定她討厭我。「可以的話就太好了。」

「還要我陪你去上廁所嗎？我很擅長擦屁股。」

她張開嘴愣住。

我幫她把盤子端進室內，我不知道自己著了什麼魔，但當我走過尼爾・林區身旁，我向他眨眨眼睛，那一瞬間他給我一副大惑不解的表情，他的反應讓一切都值回票價。

我的自行車前輪胎被人刺破了，所以我牽著自行車沿著海角漫步，這是我在一天內第三次見到他，他坐在我最喜歡的那座長凳上，拿著一副雙筒望遠鏡觀察海鳥求愛、捉魚當晚餐。鸕鶿潛入水中，勇敢無懼地穿越黑暗的水面。

我在他身邊停步，太陽開始西下，但到了每年這個時節，從緯度這麼北的地點很難一睹夕陽藏在海角後的身影，也很難欣賞到夕陽旁側的一抹雲彩。這個世界的光一片灰白，此刻的大海波濤洶湧，充滿了熱烈和渴望。

過了一會兒我說，「嘿。」

林區教授嚇得魂不附體。「老天，他媽的，你嚇到我了。」

「算一報還一報吧。」

我的眼神掠過他的雙筒望遠鏡，他無語將望遠鏡遞了過來，望遠鏡底下的鳥兒不再只是一抹痕跡，而是顯得優雅精緻、果斷真實，像往常一樣令我屏息，這些生物擁有那雙能帶領牠們高翔的翅膀，卻表現得毫不在意。

「我是尼爾。」

我的眼神沒有從鳥身上移開。「我知道。」

他猛然站起，我立即知道有什麼事情不對勁，我放下雙筒望遠鏡，順著他指的方向找到那個形狀，然後再次舉起望遠鏡看仔細。那是一艘划艇，我認出這艘小船正是那艘原本停泊在岸邊的船，下水已超越這艘船的能力範圍，因為現在這艘船的職責純粹是宣傳阿南的花店，船身上到處都是奇怪的用具，還裝上塑膠花和長旗等等，還有，對了，船頭上還用金色的潦草字跡寫著阿南這兩個字。通常會有錨將這艘船固定在岩石上，也許是船錨不見或解開了，因為那艘船現在不再安全靠岸，而是在水中快速漂流，被一把鮮豔的紅黃色沙灘傘拖著逆風而行，划艇裡還坐著兩個男孩。

「他們被風吹走了，」尼爾說。

「接下來就會遇到離岸流了。」我可以看見離岸流就在遠方耐心無情地等待獵物，那是兩個不同方向海浪相遇時湧出的暗流。

尼爾開始脫鞋。

「你算游泳健將嗎？」我問他。內心的我已經蠢蠢欲動，我身體的本能知道該怎麼做。

「不太算是，但是——」

「快找救援，去找一艘船，或者叫救護車。」

「嘿！」

我一個鬆手將騎不動的自行車摔到地上，穿著鞋子奔跑起來，從此處下水非常愚蠢——沿著岬角有條路，是一處細長的地面直通大海；從道路尾端游到船隻那邊較為容易，而不是選擇直接逆流而上。這條地面並不平坦，我的腦裡閃過一些念頭：今早選擇穿上這雙磨損的運動鞋真是正確的決定；我必須盡量別把所有肺活量都浪費在奔跑上，因為待會游泳時會更需要；水會有多冷；男孩已經漂到多遠的地方了；那艘船看起來有多麼飄搖不定。

幾分鐘過去，我才跳入白尖的浪頭，我脫下的夾克在我身後墜落後捲入海的漩渦，我的鞋子散落在地，跳入大海的前幾步有一股熟悉的腎上腺素直達心臟。不論任何天氣、任何時刻，我一年四季都在這片海中游泳，我盡可能在早晨或晚間游，但這並沒有讓我學會如何打敗大海，甚至沒有讓我學會在海中生存，這麼多年來我只意識到大海的反覆無常，海可能在今晚奪走我的性命，就像我小時候那樣，或者可能等到我頭髮斑白時才將我帶走。我母親曾告訴我，只有傻瓜才不怕海。

游泳的距離已經夠遠，我深呼吸潛入水中，水溫很低，但我的感覺更糟，問題在於體溫會下降多快，但現在想這個沒有益處，擔心也無意義，我應該專注於抬起並伸展手臂、讓肩膀伸展出平滑弧度、讓穿著襪子的腳快速踢腿，最重要的是如何換氣讓肺部充滿空氣，換氣必須完美，一如節拍器滴答聲的穩定和篤定。

我經常停下尋找前方的船，同時調整我的游泳路線，每一次船似乎都離我更遠。海流非常可怕，我自己也心生恐慌，我央求自己回頭，我還不想死，我還有太多冒險之旅尚未實現，我一遍又一遍地想著：現在，現在已經回不了頭，你現在可能會和孩子們一起淹死在這裡，這究竟是為了什麼？但是我頭也不回一直游，游到離船隻夠近，孩子們能夠在風中聽見我的呼喊聲。

「把傘收起來！」

男孩們努力服從我的命令，但狂風在呼嘯，他們無法完成指令。

我的指尖終於搆到錫製船殼，然後攀住船的邊緣，我顫抖著雙臂努力把自己拉上小艇，這個動作難度太高，我想像自己又一次沉入海水的懷抱中終於得到解脫，直到——有隻小手抓住我的手腕試圖把我拉上船，他們支持我繼續與大海博鬥，我像動物般低吼一聲後把自己硬拉上船。

我一把抓過傘，拚命把傘闔上後，我們的漂行速度大大減緩，謝天謝地，船上有槳，我努力想划向岸邊，但很快意識到我永遠無法帶著孩子們划上岸。

「南邊有一個小海灣，」其中一個男孩說。

我第一次正色看著他們，這兩個孩子大約八、九歲吧，其中一個臉上有薑黃色的雀斑，另一人黑色的瀏海遮住深色的眼睛，兩人的神色都出奇平靜。

薑黃色雀斑男孩指向南方，我意識到他的方向正確，小海灣現在距離不遠，藉著海浪的推送更容易到達。我將船的方向轉向南，然後將一根槳放入水中，在海角周圍划出一道寬闊的弧線。

「這艘船撐不了太久，」我說，「你們會游泳嗎？」

「會一點。」

我們改變策略，我開始正確努力地快速划向最近的海岸線，但是船如我預期開始進水，我們的腳踝泡在水裡，接著淹到膝蓋。

「好吧，跳進海裡，游在我旁邊。」

我們翻滾入海開始游泳，噢，這些男孩和他們的勇氣值得敬佩，噢，但他們在海裡欲振乏力，只是拍打著小小的四肢，一點也沒有幫助，所以我只好用左手抓住他們外套後方的頸背，然後用右臂划水，用我的腳踢水，像一頭瘋狂的動物，也像一頭地獄野獸，用蝸牛般的慢速拖著他們前進。

二十分鐘或一、兩個小時後——誰知道過了多久——我們終於看見陸地，雖然我永遠無法勇敢承認自己無法繼續游下去，在肌肉負荷額外重量的狀況下我已搖搖欲墜，我原以為自己的肌肉很強壯，現在卻虛弱無力。這場救援很難善終，因為等在我們眼前的並非澳洲海灘上的柔細沙粒，而是鋒利的岩岸和陰沉的海浪。我費盡力氣率先爬上陸地，接著將男孩們拉到我身上，保護他們的身體免受海浪衝擊，但是當我拖著身軀步上鋒利的岩石時，我的身側爆發了滾燙的痛楚。

沒有時間逗留了，因為下一波即將到來的浪潮會更加猛烈撲向我，我必須讓我們遠離海浪拍打的範圍。我把孩子們扔向淺水區，要他們迅速爬離，他們照做了——在跌跌撞撞中成功爬上乾燥的岩石，我也全身而退逃出生天。在下一波海浪正要傾瀉而下時，我們三人已經沉沉坐定，我想輕易就能與土地融為一體。

我們靜靜坐著不說話，在海浪的轟鳴聲之外，我能聽見遠方傳來救護車的鳴笛聲。

真他媽的冷。

尼爾．林區教授騎著我的自行車抵達。「你們還好嗎？」

我們三人點點頭。

「你們的父母在趕來了，」他說。我過了很久才意識到儘管輪胎漏氣了，他還是努力騎著我的自行車來到我們身邊。一群人影正沿著小山逼近，尼爾把他的外套披在兩個瑟瑟發抖的男孩身上，但外套不合身，所以開始滑落。

我站著但全身發痛，現在痛感只是隱隱約約，我想劇痛會在事後湧現，令我無可抵擋，但我現在頭暈目眩，只能注意到自己的牙齒正在顫抖。

「你在流血，」尼爾．林區說。

「沒有，」我說，即便我確實在流血。

我彎下腰想扶起自行車；他馬上伸手去接，我們一起將車扶起，他把我的鞋子和外套遞還給我，我不知道他幫我拿過來了，所以說了聲「謝謝」，他凝視著我時距離太近，所以我回頭看著男孩們。

他們迎上我的眼神露出微笑，這就足夠值回票價了，我不想面對他們的父母、救護車、醫院和諸多發問，但他們的笑容對我而言意義深重，我對著他們面露微笑然後快速揮揮手，然後開始將自行車推向蓊鬱的山丘。

我回頭看了一眼，尼爾還盯著我看，似乎正暗示我該說些什麼，所以我說了我唯一能想到的一句話：「後會有期」，然後回家。

鮮血汩汩流下排水管，流到我皺巴巴的腳趾，我的腦中一片空白，蜷縮在淋浴間的地板上。熱水的溫度逐漸下降，很快就會完全變冷，我會再次凍僵，但我仍然無法動彈。

我忘了問男孩的名字，我想這並不重要，只是現在突然很想知道。我好想回到那片大海。兩塊岩石碎片刺進我的臀部，我的肋骨和大腿有一層皮被刮掉，瘀傷正在形成，游泳造成的肌肉痠痛深入骨髓。

我發現自己不能再愣著不動，我笨拙地站起身並關掉水龍頭，連擦乾身體的動作都需要費盡力氣，我坐在馬桶蓋上用鑷子夾出卡在我皮肉裡的碎石，我沒有任何消毒劑，所以只好穿上內褲和襯衣到廚房裡尋找龍舌蘭酒，少量用來消毒臀部，再倒出一小杯囫圇喝下。

我的室友發現我坐在廚房的長凳上，整瓶酒已經喝光一半，他們對此不感驚訝，只是伸手拿了酒杯與我共飲，酒很快一杯杯喝完，獨留我在原地坐在廚房的長凳上，只是現在我的龍舌蘭酒瓶已經全空，疼痛感也已融入背景，腎上腺素的沉重節拍還停留在我脈搏當中。我想走去室外卻定在原地，腳步還有些踉蹌，只因對生命和這個世界感到太過震驚，因而難以動彈。

我想起我的母親：她總是能意識到生命的奇蹟和危險，還有生命禍福相倚的本質。我回想是什麼讓她漂洋過海，爬上那個怪物的床，我好奇她是否一直很清楚他是什麼樣的人，我想她可能知道。我想她可能因為他的身分而興奮難當，即便這會讓她再次遭到拋棄。我想知道是否有什麼情緒能夠衝破那道憤怒之牆，逼使我父親用雙手緊掐另一個人的頸項？雖然他真的下手了，我想知道他這一生是否曾經閃逝過一絲悔恨？即便是瞬間頓悟到自己做出何等可怕的罪行？我想知道他在監獄裡腦裡想些什麼，即便到了現在，他的憤怒感覺起來是否仍像疲憊的老友或是熱烈的情人，也許他厭惡自己的憤怒，也許他已把他的憤怒深埋在被害者的喉嚨裡。

他媽的，我醉了，就這樣任由思緒蔓延。

我從長凳上滑落，晃晃悠悠地走到我與辛妮和琳恩共用的臥室，她們睡著了，辛妮微微的鼾聲就是證據。我遙想著大海漸漸入夢，但今晚海的節奏蠢蠢欲動無法安撫我絲毫，我的思緒太過活躍，難以平靜下來。

凌晨三點時分有人敲了我們的前門，我會聽見是因為我醒著盯著琳恩的鬧鐘看，敲門的聲音迴盪在屋內每一面薄如紙的牆上。不管敲門的人是誰，他都惹上大麻煩了，其他全部七名住客盡情罵出一連串髒話，不堪入耳到連水手聽見都會臉紅。

床鋪離前門最近的亨利起床應門，我們聽見他的腳步敲擊在地板上的聲音。

「幹嘛？老兄，你知道現在幾點了嗎？」

「我想現在是三點零二分，」有個聲音回答，我認出那個聲音。「不好意思，打擾了。」

我在昏昏沉沉中坐起。

「法蘭妮．史東住在這裡嗎？」那個聲音說，接著一陣抱怨聲傳遍整座莊園。

我跌跌撞撞走向門口，辛妮和琳恩拿她們的枕頭丟向我的頭。

尼爾．林區站在我們的前門台階上，全身沐浴在銀色的高威月光下，他穿著他今晚稍早時候穿的衣服正在抽煙，看起來瘦弱蒼白。他身上究竟有什麼特質讓大家如此著迷？我看不出來，至少他口中沒在宣揚鳥類時看不出來。

「你在這裡做什麼？」

「我就不進去了。」

我眨眨眼。「正確的決定。」

「要抽一根嗎？」他拿起他捲的煙。

「啐，不要。」

「這個拿去。」這次他拿給我一袋印花布裡裝的物品，我好奇地從中翻找，找出幾樣物品：繃帶、消毒劑、止痛藥和一瓶琴酒。

「謝謝，我的意思是我自己也有……」

「算我多管閒事吧，」他無奈地攤攤手。「你救了人，然後就一走了之，你傷勢那麼嚴重，甚至沒有人來得及跟你道謝。」

我思考他說的話。「所以你來這裡是要跟我道謝？」

他聳聳肩。「是的，我想是吧。」

「好吧。」

他抽完一根煙後用腳踩熄，然後伸手要拿他的煙草包。

「你打算把煙頭丟在那裡嗎？」

他的目光跟隨我的視線看見地上的煙頭，然後微微一笑。「怎樣，你想要？」

「撿起來可以嗎？真噁心。」

他彎腰時笑了。「天啊，本來是我要下水救人的，請原諒我在這種時刻反應有點遲緩。」

他站直時已經收斂笑容。「我以為你會死在今晚，還有那些男孩也會一起死。」

接著是一陣靜默，我聳聳肩，不知道他希望我說什麼。

「你是一心打算求死嗎？」

我皺起眉頭，因為這個問題讓我不爽，他不是也準備下水救人了嗎？有人能夠站在那袖手旁觀嗎？「教授，請問你來這裡做什麼？」

尼爾．林區遞給我一只文件夾，我在黑暗中花費了一點時間才看清首頁上的文字：愛爾蘭國立大學註冊申請表。

我很不悅，臉頰一陣熱。「這什麼？」然後我說，「你怎麼知道我住在哪裡？」

「我問了你老闆，他告訴我你不是學生。」

「所以？」

「所以我大方邀請你繼續來上我的課，直到你正確申請並註冊學籍，因為我就是那種人。」

「不必了，謝謝。」

「為什麼不？」

「不關你的事，順道一提，你這種行為」——我用一個手勢示意他這個人的存在——「很不上道，我根本沒有跟你說過我的名字。」

我試圖將文件還給他但他不願收下，他不需要知道我十年級根本沒有結業，所以沒有大學可讀。

他的袋子裡有第二根預先捲好的香煙，我看著他點燃一根火柴後將火焰點在香煙尾端，香煙燒出一圈小圓光。他深吸一口時眼睛緊盯著看，彷彿在執行一個宗教行為，我在腦中想像他嘴巴和舌頭上的惡臭。

「你可以把文件丟掉或燒掉，你想怎樣都可以，」他說。「但請你先看過，而且要繼續來我的課。」他微微一笑，他不該掛著這太危險的微笑。「我不會說出去的。」

他正打算離開，我心裡想著：別問別問別問別問，然後我還是問了。「你為什麼要這麼做？」

尼爾停步了，越過肩膀回頭看著我，他的髮色和眼睛都是深黑色，皮膚彷彿散發著銀色的光芒，他說，「因為你要和我一起共度餘生。」然後補上一句，「後會有期。」

我回到屋裡時幾乎無法呼吸，我躺在地板上的單人床墊，無視室友的咯咯訕笑，她們偷聽見我們談話中的每字每句。

我再次陷入大海的掌控之中：他在註冊表的頁面中藏著一根黑色的鳥羽。

我等待整屋的人重新入睡，然後用羽毛炙熱的尖端碰觸我的嘴唇，用手撫遍自己全身，心中幻想著尼爾・林區。

第八章

薩加尼號，北大西洋

遷徙季節

整艘船的喇叭聲響徹雲霄，我唯一的想法是感謝上帝，即便喇叭聲表示我們正在沉沒，即便這表示出現了另一座冰山或一場完美的風暴，我都不在乎——任何能讓我脫離這場困境的事情都好。我在倉促起身中一把抓了防風衣披在保暖內衣上，然後用腳跳著穿上靴子，我總會因為受傷的右腳而失去平衡，接著我跟著莉亞跑了起來，其他船員已經狂奔而過，跑向通往甲板的樓梯。

巴茲爾衝我笑。「他媽的，他一定有什麼發現。」

我回以微笑，心裡想著不是恩尼斯發現了什麼，而是鳥的功勞。我跟隨其他人走上階梯，走進聚光燈照出的耀眼光束，有兩盞聚光燈照亮了停止前進的船，一束強光在水面上平穩擺動，我們都衝向欄杆，想看看他究竟發現了什麼。黑色的海面上閃爍著淡淡銀光；看起來似乎有數百條魚在水面下蠢動，幾隻燕鷗飛在魚群上方，正在海面上潛入潛出、飽餐一頓。

船員們興奮地大吼，這景象確實罕見。

「開始動作吧！」恩尼斯在他的陽台上大喊，我扭過頭看見他的笑容裡閃現水銀似的光芒。

馬拉凱和戴尚趕緊轉動兩根槓桿的曲柄，我意識到有一艘小艇正在沉入海面，阿尼克在欄杆上懸空然後優雅地降落在那艘小艇上，動作就像一名舞者，他降到海面上並斷開鋼索。我看著他把小艇開到水中，身後拖著一疊厚厚的漁網。莉亞站在曲柄旁確保漁網展開時不會卡住或糾結，阿尼克在黑暗中將漁網拖到很遠的地方，漁網頂部邊緣繫著我非常熟悉的黃色浮子，作用是讓邊緣能浮在水面上，底部邊緣則用探測繩重壓。阿尼克用魚網拉出一個巨大的圓，然後圈住魚群。

「現在是怎樣？」我問。

在我身邊的馬拉凱指著漁網。「當阿尼克完成作業，等船長一聲令下，我們會將這些重量同步到一起——像是追趕魚群——阻止魚游出底部，然後揚網機會把漁網提拉到甲板上。請你準備好，法蘭妮小姑娘，你以為之前的工作已經很辛苦了嗎？真正的工作現在才要真正開始，我們要把魚打包帶走。」

阿尼克拉出大圈後連接兩端，完成的速度快到讓我非常吃驚，他操駕那艘小艇穿越水面就像天生就該吃這行飯，那可是長達一公里半的漁網。馬拉凱曾說小艇手全都是亡命之徒；他們必須這樣獨來獨往。我現在目睹那艘小艇開出一條孤獨的航線，終於懂得他話中之意。

鋼索繃緊了。

「收網，」恩尼斯大喊。

我們都看著鋼索開始拉動重物，我看不見水底下發生什麼事，但浮子猛然扭轉，好像下方的漁網正在移動。銀色的魚鱗瘋狂洶湧，漲到水面上的魚在恐慌中翻騰。這幅景象有種妖異感，彷彿我們捕捉到一尾兇猛的海獸，正要將之拖出海中深淵。

鳥兒高飛離去，捕魚的盛宴嘎然而止。

我忽然間充滿了焦慮。

曲柄停止運作。「準備抬升！」莉亞大喊。

馬拉凱和戴尚將阿尼克和他的小艇拖回甲板上，三人趕緊套上塑膠工作服和大橡膠手套，他們發出準備就緒的信號，然後在甲板上等待收網。

恩尼斯控制揚網機時大喊大叫要所有人待命，然後起重機猛然一拉，慢慢將沉重的漁網從海中抬升，海水隨著機械的咆哮聲噴湧而出，我看見魚群開始在眼前成形，有成百上千條魚被抬起，上層的魚拚命拍打身軀。即便早先看過漁網的尺寸，卻也沒有預料到是此等數量。

我不忍卒睹卻無法移開視線，我必須用某種方式阻止這一切，然而我當然無法阻止。

巴茲爾發出勝利的高呼，我可能快要嘔吐出來，我真的要站在這裡看著這些生物遭到屠殺嗎？魚類與鳥類有何不同，魚類的生命難道不值得我用生命來捍衛嗎？

我的目光落在漁網裡的某個物體上，這個東西與其他物體的質地不同。我皺起眉頭靠得更近，在黑暗中觀察雖很難看清，但我敢確定這東西並不是魚。

「那是什麼？」

馬拉凱和戴尚順著我指著的手看過去，皺起眉頭。

「給我光！」戴尚大喊。

與恩尼斯站在一起的山繆將聚光燈打向戴尚指出的位置，於是我們都看見了，看得一清二楚，那是一隻巨大的海龜，如今被漁網捕獲。

「停！」馬拉凱和戴尚同時喊道。「船長！」

恩尼斯聽見他們的聲音後停下起重機，漁網就這樣在海面上擺盪，巨大的重量搖晃著小船。恩尼斯從陽台上怒喝跑下，一路跑向欄杆，「鬆開締括綱！」他命令巴茲爾。

「什麼？老大，漁獲量很大！」

「鬆開。」

重量造成的震動逼使我緊緊抓住欄杆，一隻手開始抽筋，我一面看著這隻可憐的生物，同時快速與和另一人同步工作，海龜的鰭在魚群令人窒息的重量中輕輕拍動，身體有一半從網中伸出，我害怕海龜因為嚴重纏結而無法重獲自由。

締括綱開始鬆開，漁網底部的縫隙也開啟讓魚群湧出，魚群啪的一聲落回海中，數以千計的魚群掀起一股浪潮，讓船身大力搖晃。許多魚陷在網中徒勞地蠕動，海龜也在當中蠕動著身軀卻無法掙脫。

「讓海龜上船，山姆！」恩尼斯大喊。「輕一點！」

巨爪緩緩擺動著落到甲板上，一攤漁網圍繞在海龜周圍，每個人都衝過去幫忙，直到恩尼斯大吼著要我們停止。

他選擇一條路線來到海龜埋在漁網堆中的位置，然後他將線軸拉開，直到看見海龜。我看著恩尼斯在海龜身側小心翼翼解開海龜的四肢和頭部，心臟彷彿要從喉嚨跳了出來。海龜猛想咬他，但他的動作是如此溫柔，小心翼翼不願傷害到她，我看到他的手一度擱在她巨大的龜殼上，溫柔地撫摸著。

「你跑到這麼遠的北方做什麼，小烏龜？」他輕聲問道。

牠的鉤狀嘴張開又合上，盡可能想抬起頭。恩尼斯一解開糾纏在牠身上的漁網我們便將漁網拖走，清理出通往欄杆的道路，海龜的體型龐大，需要恩尼斯、巴茲爾、馬拉凱和戴尚一齊出力才能抬起。

直到海龜從船上落回水裡，深潛入海，濺起巨大的水花，我才鬆了一口氣露出笑容，我用手背擦掉臉頰的淚水，目送海龜消失在大海深處，想像自己跟隨她一起潛入黑暗之中。

男人們正從漁網中釋放走散的魚群，一邊將魚兒扔回大海。

恩尼斯靜靜遙望著大海，阿尼克將一隻手搭在他的肩膀上，這是我第一次看見他表達內心的善意。

「這就是人生，」恩尼斯聳聳肩，阿尼克點點頭。「我們來把網收好吧，」他告訴其他人。船員們不知疲倦，回頭開始解開並收起巨大的漁網。

恩尼斯看了我一眼。「有什麼好驚訝的嗎？」

我張了張嘴卻說不出話來，我想說的是我不知道漁民的貪婪也有限度。

「休息一下吧，」恩尼斯見我沉默，只好這麼說。

「我可以幫忙，我一直在接受訓練。」

「你會幫倒忙，親愛的，休息一下吧。」他請我離開時幾乎沒看我一眼。

我尷尬地站在甲板上，但同時也鬆了口氣，我為魚群鬆了一口氣，魚群早已游到我們捕魚的範圍之外；也為鳥群鬆了一口氣，鳥群早已飛離去找下一群魚；更為海龜鬆了一口氣。我不理會船長的命令，一頭栽入其他船員的收網工作，同時在心中想起那隻海龜，我一圈接著一圈盤繞浮子時想到的是她的雙眼，當海龜困在高空的網中動彈不得、假設自己的末日已經到來時，我忘不了她當時眼底的神情。

我的水泡破掉後留下的死皮卡到潤滑油，我對此無能為力，因為今天引擎的工作需要我動手幫忙。莉亞正在處理船用抽水泵，無論船用抽水泵是什麼東西。「用來把船上多餘的水抽掉，」她咕噥著，像往常一樣彎腰處理某種油膩膩的東西。

「你在弄這個東西是要做什麼？」我問，在引擎低沉的咆哮中提高我的音量。

「疏通，各種垃圾都卡在葉輪片裡，把扳手遞給我。」

我聽她的命令照做，我看著她開啟抽水泵並將她的手深深推入其中，她拉出一團油膩的碎屑，看起來像是垃圾，然後捏成一團直接扔到我腿上。

「噢，很好。」

「放到桶子裡，然後丟進海裡。」

水桶就在她旁邊；她其實可以直接把這團垃圾丟進水桶而不是丟給我，但是，呵，當然她會想丟給我，我按命令工作時逮到她在偷笑。在完成之前我必須再搬運好幾桶散發陳年魚腥味的淤泥到主甲板上，每一次呼吸我的胃都在翻騰。莉亞清潔抽水泵機械裝置時，我看著她用肌肉發達的手臂工作，非常羨慕她擁有這樣的力氣。

「你一直都當水手嗎？」我問她。

她聳聳肩。「修船已經十年了，當機械師的時間更久。」

「是什麼動機吸引你做這份工作？」

她又聳聳肩。

「你是法國哪裡人？」

「萊敘利斯，在巴黎，我們全家為了我哥的足球生涯搬到那裡，」她補充道。

「他是足球員？真酷。」

她搖搖頭但不願細談。

「搬到那裡之前你住哪裡？」

「瓜德羅普島。」

「那是什麼樣的地方？」

莉亞再次聳肩。

「你還真好聊。」我嘆了口氣但其實感覺還不錯，最近幾天我一直在聽馬拉凱說話，他無時無刻都在喋喋不休。

他的單親媽媽舉家從牙買加搬到倫敦後，他和三個姐妹在布里克斯頓長大，他早年對女生用情很深，為了追一個比他大十歲、完全追不到的女生，他踏上了一艘漁船，但他聲稱自己從不會拒絕這種挑戰。這顯然是在他愛上戴尚之前很久的事了，他們因為想在一起而被踢下最後一艘船。戴尚的父母離開韓國一個小村莊後前往他們想像中最繁華、最自由的城市：舊金山，戴尚說他們其實不知道自己在做什麼，只是順其自然，但他的父母很快就鼓勵他成為一名實驗行為藝術家或者女性主義哲學家，如果他想的話，但他沒有這麼做。他出於叛逆成為一名輪機工程師，儘管他有嚴重暈船的問題，他還是跳上他找到的第一艘拖網捕蝦船，令他挫敗的是他父母欣喜若狂。馬拉凱不是唯一多話的人——山繆就算只喝一點點酒都會閉不上嘴，而且他無時無刻都能哭，他來自紐芬蘭，不，他沒有在每個港口都留下孩子，但他後代的數量確實不合理，正如他自稱自己非常多情。巴茲爾的故事就沒那麼多情了：他的童年在船上度過，因此決心不步上他父親的後塵成為一名水手，我猜想他父親是個硬漢。巴茲爾確實在雪梨參加過一個烹飪節目，但在失控暴怒後被逐出這個節目，幾乎是潛逃出國以避免醜聞纏身，後來還是走回他生命無可避免的道路——討海人總會回到大海，無論他們情願與否。至於阿尼克的故事，其他人幫我補充了許多片段——他和恩尼斯在薩加尼號上共事的時間比任何人都久，而他們共事的過程肯定存在某些祕辛，只是沒有人會告訴我。他們說阿尼克的母親曾經在安克拉治教授物理學，令人難以置信的故事是他年邁的父親還在帶領旅客參加雪橇犬之旅，且熱愛哈士奇勝過任何人。

儘管他們像所有人一樣千差萬別，但我敢說所有這些水手的本質雷同，他們在陸地上的生活中皆有所缺憾，所以出發向大海尋找答案，無論答案是什麼，我毫不懷疑他們每個人都能找到屬於自己的答案。他們是來自陸地的移民，熱愛奔向那片大海，以海為家讓他們擁有了一種不同的生活方式，他們也熱愛這艘船，儘管船員間可能會爭吵打架，但卻彼此相愛。

他們都以自己私密的方式哀悼海上生活的終結，他們知道這種生活終會走到終點，只是不知道他們屆時是否能生存下來。

我無法忽視暈船的狀況，無法再承受輪機艙的氣味和聲音，我走去廁所想把胃裡的食物吐出來，莉亞對著我悶哼了一聲。愈發洶湧的浪濤讓我撞向一旁小隔間的牆上，我不得不抓住馬桶，海浪徹夜變得愈加殘暴，我發現自己開始與戴尚搶廁所，船員則表現出幸災樂禍的態度。我身體的所有內容物屢次遭到痛苦驅逐；嘔吐就像一座奇異的地獄，我想恩尼斯預料風暴即將來臨畢竟是正確的判斷。

山繆見我可憐給了我一片暈船藥，藥物讓我昏迷好幾個小時，我醒來時仍是晚上，但海相已然平靜，我設法走上甲板時看見阿尼克站在船頭，但我認為他並不想看到我出現。

「他不喜歡向南航行，」巴茲爾說，我注意到他坐在黑暗之中，手中捲著一根大麻煙。「他從來沒有向南航行過。」

我沒心情與巴茲爾搭腔，但我其實從來都沒有心情應付他，也許只有煩躁感會如影隨形。我在他身旁坐下，與他一齊聽著大海的聲音。「為什麼？」

「北方才是他的家。」

巴茲爾給了我一根大麻煙，我吸了一口，那股暖意很快觸動了我，讓我的思緒變得模糊。

「那他為什麼要離開？」我問。

「不知道，真的，我們只知道是關於他和恩尼斯的事，他們之間有一些能追溯到很久以前的交易或協議，這就是為什麼阿尼克無論如何都要與船長一起航行。」

真有趣。

「我在風暴來臨時都在睡嗎？」我問時聞著空氣中是否有雨的味道，但仍然只聞得到海的鹹味和油的氣味。

「還沒開始呢，」巴茲爾說。

我凝視著晴朗的天空，夜空中繁星點點。

「我們都準備好了，」巴茲爾補充道，他察覺我的疑慮。

「我應該要擔心嗎？」

「再抽一根吧。」過了一會兒，他說，「我家族是愛爾蘭人，很久以前。」

「罪犯嗎？」

他咧嘴一笑。「之後的幾代人吧，他們只是想追尋更好的生活。」

「比什麼更好的生活？」

「總比窮好吧，這不就是所有人口遷移的理由嗎？貧窮或戰爭。你父母哪一邊是澳洲人？」他問。

「我爸那邊。」

「你父母怎麼認識的？」

「不知道。」

「你從來沒問過？」

我搖搖頭。

「但是你媽，她是愛爾蘭人，對吧？」巴茲爾追問。

「嗯。」

我看著他吐出一股濃煙，他的聲音聽起來已經恍惚了。「我曾認識一個女人，她從生到死都住在克萊爾郡的板岩灰石旁，你可以讓她飄洋過海，但你永遠無法從那片海岸帶走她的靈魂。」巴茲爾看著自己的手，循著生命線觀察，彷彿在尋找某種軌跡。「我從來沒有這種感覺，我愛澳洲，澳洲是我的故鄉，但我從來沒有覺得我可以為那個地方而死，你懂嗎？」

「因為那不是你的故鄉。」

他皺著眉頭，感覺被冒犯了。

「那裡也不是我的故鄉，」我補充道。「我們不屬於那裡——我們來自其他國度，我們把醜陋的國旗插在澳洲土地上，我們屠殺並偷竊，並聲稱那裡是我們的國家。」

「天啊，老鄉，這裡還有一顆破碎的心，」他嘆了口氣說。「那我為什麼在愛爾蘭也沒有回家的感覺呢？」他問的方式好像這一切都是我的錯。「我十八歲的時候去了愛爾蘭，以為我會找到自己的故鄉，」他聳聳肩，又吸了一口煙。「卻怎樣都找不到。」

我無法繼續聊這個問題了。「你還要繼續做這行多久，巴茲爾？」

他看著我，煙霧從他的嘴裡噴湧到我臉上。「我不知道，」他承認道。「山繆對這一切都很篤定，他說上帝會供養我們，魚群會回來的，只要我們還在呼吸就會一直捕魚，我過去很聽他這一套，但現在關於漁業的國際制裁有太多討論了。」

「你覺得有這個可能性嗎？」

「誰知道。」

「你不……為什麼你們當中沒有任何人關切自己的職業生涯？」

「我們當然關切，捕魚曾經是很好的賺錢方式。」他交叉雙臂等待我理解這句話，然後補充道，「但當前這個狀況不是我們造成的，你知道的，全球暖化正在消滅魚類。」

我盯著他看。「除了過度捕撈和有毒物質污染水域，你認為是誰導致了全球暖化？」

「拜託，法蘭妮，這話題很無聊，我們不要討論政治。」

我無法相信他說的話，我真的不能，我彷彿站在山腳下無力攀登而上，我已筋疲力盡，因為巴茲爾和他自私的小小世界而筋疲力盡，也對自己的偽善感到筋疲力盡，畢竟我和他同樣是人類，也需要為此負責，所以最後我癱倒在座位上閉口不言。

這是你自己的決定，你認為這個目的值得搭乘漁船走這一趟，所以你必須承受這份罪惡感。

「那你呢？」他問。

「我怎樣？」

「你的家在哪裡？」

我想，如果我有過家，也已在很久以前就淡忘了。

巴茲爾遞給我一根煙，我們的手指碰觸在一起，噢，我回想這種肌膚相親的感覺，內心有股痛楚猛然湧現，與洶湧澎湃的海浪聲此起彼落。

「你的家在哪裡，法蘭妮？」巴茲爾又問我，我心裡雖想著為什麼要告訴你，嘴卻吻上了他，因為我對他完全沒有感覺，這感覺起來像是種自我毀滅的行為。他吻起來有煙草、大麻和香煙的味道，但我嘴裡一定也有同樣的味道，而且嘔吐之後口氣可能更糟。他用沒拿著煙的那隻手抓住我的手臂，面露驚訝時笨拙摸索的動作似乎反映出他體內巨大的需求，也許他不知道自己懷有這種需求。

我結束這個吻然後坐回原處。「對不起。」

他吞吞口水，用手順過他的長髮。「沒事。」

「晚安。」

「晚安，法蘭妮。」

我的睡眠再次中斷，首先是夢見關於我母親的噩夢，然後是某種溫暖的液體從我手腕滑落，我在昏沉中坐了起來，心中感到迷惘。我在移動，那疼痛，那熟悉的潮濕感，那股蝕鏽味就像那晚的記憶。

我深吸一口氣想讓我的頭腦鎮定下來：你不是在監獄裡，你在船上。搖晃變得更加劇烈，船隻來回翻滾，在昏沉的衝擊中大力拉扯我的手腕，摩擦著綑綁住我的繩索，濕淋淋的鮮血滴流到我的手臂。

我用一隻手解開滑落的袋口結，我對這個結非常自豪，因為這個繩結不容易學會。我決定開始在晚間把自己綁在床上，因為顯然有某部分的我想要逃離這座船艙尋找大海，我至少能增加自己跳海的難度。

我解開繩子，像個布娃娃一樣從床上滾落。

「你沒事吧？」莉亞問道，然後，「你醒了嗎？」

「但願如此。」我解開身上糾結的床單，匆匆穿過鎖著的艙門，像鋼珠在牆面間彈射般緊張激動，我搖搖晃晃衝進樓梯，被最底部的梯級割傷了兩隻小腿。「法蘭妮？你在幹嘛？不要！」我走到甲板上，儘管現在是清晨時分，黑黑的天色還是風強雨驟，我幾乎無法站直身體，就要被暴風雨捲走。這世界突如其來的殘暴幾乎剝下我一層皮，一時間我愣住不動，然後我的腳下一滑差點落水，幾乎喪命，只有抓著欄杆的手指讓我命懸一線。我找到立足點然後衝向第二個樓梯間，我必須找到恩尼斯，必須找到航海圖和追蹤點，必須找到我的鳥。攀登的動作很危險；我的指甲劃過梯級而斷裂，肩膀刮過金屬而擦傷，我的腳不停打滑，一次又一次擦傷我早已血痕斑斑的小腿，但很快我就抵達艦橋。我猛然打開門摔進了黑暗和寧靜之中，門在我身後砰一聲關上，我頓時嚇呆了，外面的呼嘯聲在我耳邊迴盪。

「你他媽在幹什麼？」他問我。

我從恩尼斯嚴厲的表情上移開視線。「這……天候狀況很糟，對嗎？」

船一個搖晃，我們都斜翻撞到牆上，我現在明白發生什麼事了，是風暴在洶湧的海浪中上下推動我們，先是湧上一道浪尖，然後——嗖嗖——滾落到另一側。

「兩個錨都放下了，引擎油門全開，船還是被海浪推向後方，如果我們只後退幾英里，那就算幸運了。」

「萬一天候變得更差該怎麼辦？」

「船會吃太多水，」他瞇眼看著我，「你活該被甩進海裡，反正你總是四處漂流。」

「我沒有四處漂流，我是為了來這裡找你。」

我無法識別的情緒滿盈他的藍眼。「為什麼？」

我們翻閱一道巨浪，我的胃部翻攪到極點，不得不抓住他的座椅靠背。

「因為鳥，」我說。

恩尼斯拿來一件救生衣，並將救生衣套在我的頭上，動作中懷有一絲憐憫。

「恩尼斯，鳥在哪裡？」

他對著我的腳點點頭。「脫掉你的靴子，親愛的。」

「為什麼？」

「以防我們不得不下水游泳。」

就這樣，即使到了現在，即使在發生這麼多事情之後，那種瘋狂的刺激感又回來了，那是我一生都在追尋的刺激。讓危機引發興奮是錯誤之舉，但我卻如此興奮，至今依舊興奮不減，唯一的區別是我曾經為此感到自豪，現在卻我卻感到無比羞愧。

第九章

高威，愛爾蘭

十二年前

我在大學圖書館的電腦上耗掉一個下午，試圖找到梅爾．史東和約翰．托佩。梅爾在網路上幾乎搜尋不到——至少找不到正確的梅爾．史東——但我在正確的地區和年齡區段中找到了幾位翰．托佩。我正在抄下地址時，尼爾．林區懷裡抱著一堆書走過一排電腦，他沒有看我一眼，卻牢牢牽引我的目光，我彷彿受到地心引力或者某種缺乏科學證據、無以名狀的力量所吸引。自從近一個月前他來我住處說出那件荒謬的提議以來，我們一直沒說過話。我去上過他的課，但他也沒看我一眼，也許這全是他詭計的一部分，因為他不費吹之力就讓我為他瘋狂執迷。

我猛然坐直，他走過後我才暫時拋下電腦搜尋的事，將那張小紙條揉一揉塞進我的牛仔褲口袋，我在無意識間決定從圖書館尾隨教授。他蜿蜒曲折的步行路線帶領他穿越各式建築，我感覺自己正踏著他的腳步、經歷他的選擇、在這寶貴的幾分鐘內扮演他的生命。他是誰？他從哪裡來？這一刻他在想什麼？他為什麼要那麼說，為什麼要說出那句毀滅性的話，他是認真的嗎？他是否知道，我不知何以一直在等待有人把我砸成無數碎片，等待有人將我瓦解，我才不必總要尋求自我毀滅？我想像他的皮膚長在我身上，想像自己依偎在他的自我當中，我想知道他是否像我一樣曾想擺脫這一切，他是否曾經想像為了另一個人而離開自己原來的生活？誰會想念他？有哪些人愛他？

他不會在走廊或轉角發現我，也不會在傍晚的陽光下發現我潛伏在樹後。他先解鎖自行車，抽出一點時間與一名學生聊天，然後騎上車並踩著踏板離去。

我解鎖自行車並尾隨在他身後。

教授騎得很快，但我很輕鬆就能跟上，反而有幾次被迫放慢速度以免跟得太近，他帶領我穿越城市，在紅綠燈處停下，然後牽車步行走過鵝卵石鋪成的戶外購物中心，捕捉下音樂家趁著陽光賣力表演的吉光片羽，接著騎出城外來到草長天闊的地方，這裡的位置更遠離大海，但金光閃閃的綠色田野景緻仍然如此美麗。他繞著一座蜿蜒的山坡減速，每次覺得就要跟丟他時，我都會在瞬間重獲理智決定調頭，卻每次又能再看見他，於是只好一直尾隨下去。老實說，還有誰能對我產生此等影響力？曾經有誰？我深知這不過是他創造出的幻覺，但我卻依然緊緊跟隨。雄偉的樹木排列在狹窄的道路上，遮擋了兩側的小牧場，樹蔭讓這個世界更顯黑暗，我們彷彿騎上一條看不見盡頭的隧道。

尼爾抵達一扇拱形門後打開門鎖，然後騎著車穿越車道，我見狀稍事停留，放下一隻腳撐住車，然後再驅車尾隨而入。在我們面前的是某座磚砌莊園，幾乎可稱作一座城堡，好幾層樓高的建築物配上廣闊的庭園，前方停著一輛Lexus。

現在他若一個轉身就能將我看得一清二楚，能看見我的身影框在捲曲的鐵門和常春藤當中，我好奇自己屆時該如何自圓其說，如果我找得到理由。但他沒有轉身，讓好奇心佔據上風的我騎著車穿過大門，決心擁抱我的瘋狂，決定承受他的羞辱。我沿著蜿蜒的車道和石砌噴泉的周圍前行，直到看見尼爾消失在那條小徑，我將自行車藏在修剪整齊的偌大樹籬後方，躡足沿著房屋的周圍行進。

這棟宅邸背面的景象與正面大不相同，這裡荒蕪雜亂，有高大的樹木、恣意生長的植物和長得太長的草，有座湖鋪展出一片銀色波光，湖的邊緣繫著一艘輕輕搖晃的小艇。尼爾消失在遠處一座藤草蔓生的小建物當中，我走近一看，建築的屋頂是用蛛網玻璃打造，四面八方的窗戶皆覆蓋了塵土，幾乎無法看穿。如果瞇著眼睛，可以看清他的身影正在植物和工作台之間移動，他現在就在那裡，就在懸垂的多肉植物之間，時而消失，又再度出現，接著又消失了。他吸引我走到溫室後方；我被他的行走的方向迷住，因而踩進一條溝渠而扭傷了腳踝，我咬著嘴唇忍住不爆粗口，攀住窗台又找到他的身影，此刻我忘卻了痛楚，因為溫室後方豎立一座巨大的籠子，裡面關著滿滿的鳥。

全身的血液都湧上我雙頰，我離開窗戶試圖喘口氣卻呼吸不過來，所以我走回溫室入口，然後走進裡頭，穿越那些鮮豔的色彩，彷彿置身夢境。肯定有幾十隻鳥兒的聲音在我體內迴盪，我能感覺到牠們的羽毛拍打著我的肋骨，在鳥兒啁啾和尖叫的嘈雜聲掩蓋中，尼爾聽不見我的聲音。這裡有雀鳥、知更鳥、烏鶇和鷦鷯，我一眼就能辨認出這些鳥，他正在籠中餵食鳥兒穀粒，鳥兒拍動彩色的翅膀彷彿在他周圍生出一股旋風，突然間，我雖然還沒有下定決心，卻也走進籠裡。他看著我的表情既驚訝也不那麼驚訝，我在鳥羽的包圍中吻上了他。

我們血脈賁張地緊緊相擁，這也許是對我第二人格的認可，那個與我自身人格相當的第二人格，但在他的篤定中我也發現自身的覺醒，發現了一次真正的冒險，人生至此終於出現可能足以讓我駐足停留的一次冒險。

他退開說，「我們結婚吧，」我放聲大笑，他也笑了，但我們一次又一次接吻。我想我們已經失去理智，這是如此荒唐，我們的行為既愚蠢又荒謬，但我同時也想著，我的人生終於走到這一步：終於走到孤獨的終點。

薩加尼號，北大西洋

遷徙季節

「放輕鬆，」過了一會兒之後，恩尼斯這麼說，暴風雨讓我們倆陷入某種不安的麻木狀態。

我抬眼看他。

「不會走到那種地步。」

「游泳？」

他點點頭。「我們會沒事的。」

他坐在他的船長椅上，因為這張椅子用螺栓固定於地板，每隔幾秒鐘他都會繃緊神經抵抗船身的傾斜和搖擺，我不斷從座位上摔下，所以現在乾脆躺在地板上避免受傷，我的腳能抵銷向前的衝擊力，恩尼斯在我的頭部後方放了一件救生衣，避免我向後滑動時受傷。他不希望我出現在這裡，但他也不會冒險讓我到甲板下。

船艙的空間感覺非常狹窄，黑色的暴雨猛打窗戶，我們兩人困在此處等待風暴過去，彷彿外頭有一隻天獸一心想要毀滅我們，或者根本沒有注意到我們，畢竟我們的存在是如此渺小。我的眼睛定定盯著筆電螢幕，盯著風暴路徑上的紅點，燕鷗如何能在此風暴下生存下來，這個問題已超乎我的理解範圍，但我知道牠們終會倖存，我能感覺得到，我從未對任何事如此篤定。

恩尼斯伸手去拿電腦，同時移動了一下電腦的方位，以便他也能夠監看到那顆紅點。

「你怎麼會失去你的孩子？」我問。

他不回答。

「你和孩子的媽之間發生了什麼事？」

恩尼斯表現得像是充耳不聞，直到他——微微聳肩，這算是一大進步。

「是誰決定結束的？」

他瞥了我一眼，表情像是希望我閉嘴。「她決定的。」

「因為你出海？」

「不是。」

「阿尼克說你不喜歡我，是因為我沒有受過任何船上訓練，他說這很危險。」

恩尼斯哼了一聲。

「原因僅止於此嗎？」

一片靜默。

我舔舔乾裂的嘴唇。「好，雖然你出於某種原因討厭我，我們還是可以完成這趟旅程，你和我可以做得到，沒關係，我可以承受，或者我們可以談談，也許可以讓我們兩個相處起來輕鬆一點。」

他過了很久都不回答，我想這表示他選擇了第一個選項，事實上我不懂自己有什麼必要感到困擾，在所有重要目標當中，恩尼斯尊不尊重我根本無足輕重，也不需納入旅途的過程，然而隨著時間一天天流逝，他對我的厭惡深深鑽進我的皮膚，也許是因為我在他船上的工作艱辛不堪，我有點希望他至少能夠尊重這一點。

「不僅如此，」恩尼斯終於承認。

我等他吐實。

他說出口時眼睛無法直視我，「我知道你是哪種人。」

「哪種人？」

「那種環保人士。」

「噢，天哪，你現在說話就像他媽的巴茲爾。」

「我不在乎你有什麼信念，那是你的事，但是為什麼要帶著那樣的目光來到我船上，用那種方式看待我們呢？」

「什麼方式？」

「好像我們是人渣一樣，好像我是人渣一樣。」

我在震驚中停頓了一下。「我不認為你是人渣。」

他沒有回答。

「恩尼斯，我沒有。」

他又不回答，很明顯他不相信我的說法，我的心天旋地轉，試圖想釐清他的看法是否正確，除了昨晚對巴茲爾說了心事之外，我從未對他們任何人吐露過我的真心話，但我想我並不需要掩飾，因為我不認為他們是人渣——根據我精準的判斷，我其實已經開始喜歡上這些人——但我心裡總會有某部分對他們的所做所為感到嫌惡，也許曾幾何時，這個世界還能容忍人類捕獵和嗜食的方式，但如今再也無法了。

我吞吞口水，坐起身抓住桌腳。「我不是故意的，」我說，「抱歉，我只是不懂。」

「你的命很好，還有不懂的資格。」

我的手一滑，卻忘記在向後滑時保護頭部，所以頭重重撞了一記，疼痛刺穿我的雙眼，讓我淚眼模糊。「我以為你是個強硬老練的水手，不會受到任何傷害，」我承認。「我以為你不會在乎我的想法，我的意思，是我這個人根本不算什麼，恩尼斯，我只是個陌生人。」

他看了我一眼，眼中閃過一道光芒，但他什麼也沒說，因為他總是無語沉默。

一股精疲力竭的感覺深入我骨髓，我想以我現在的狀態一定能睡個好覺，不讓噩夢攪局，在搖晃之中進入只有那堵高牆才能打破的睡眠狀態。如果我是一隻深海生物，風暴對我而言不過是海面上的風光，不過是這世界的彩繪屋頂，根本不足掛齒。

「一向如此嗎？」我疲倦地發問。

「只是剛好運氣不佳，」他的回答誤會我的意思了。「會有更糟的狀況，也會有很多好的時候。」

我點點頭時湧起一股海浪，我突然劇烈思念我的丈夫，他也喜歡暴風雨。

「我一直在閱讀，」我說，「我能告訴你我對大海的了解嗎？」

恩尼斯又沉默了，我認為這表示他不想聽，所以我閉上眼睛想像我想說的這些話。

但他說，「你說吧，」我心中一股緊張蔓延開來。

「海洋永遠不會停止沿著全世界移動，先從極地地區緩慢下流，其中一些海水結成了冰，其中一些海水變得更鹹更冷並開始下沉。沉入深海寒冷中的海水會沿著海底向南流動，穿越一萬二千英尺深的黑暗，抵達南冰洋並掠過來自南極的冰冷海水，然後橫越大段距離直衝太平洋和印度洋，此時海水慢慢變暖，愈來愈暖後上升到海面，最後轉回原點再次向北流，一路流向廣闊的大西洋，你知道海洋環遊世界需要耗費多長時間嗎？」

「多久？」他在逗我，但態度異常溫柔，於是我笑了。

「一萬年。」

此刻的恩尼斯與我感同身受，他怎麼能抗拒？是什麼人發現了此等非凡奇蹟？是像我丈夫這樣的人，他一生都在探究他人避之唯恐不及的問題。

「這片折騰我們的海洋？」我說，「她在六千萬年前並不在原地，但地球轉動讓她成為今日的模樣，現在的她比過去任何時候更加狂暴固執，最後這一點我不是從書上看來的，是山繆告訴我的。」我說話的時候漸漸閉上雙眼。「我們根本不了解她，真的，我們也不了解她內心深處的想法，我們是唯一擁有海洋的星球，在所有已知的宇宙中，我們是最適合海洋存在的唯一星球，不太熱也不過冷，這是我們活著的唯一理由，因為海洋創造了我們呼吸所需的氧氣，當我們用這個方式思考時，會覺得能在身在此處真的是一個奇蹟。」

「是你爸媽教你講故事的嗎？」恩尼斯問，這個問題嚇了我一跳。

「我……是的，我媽。」

「你在外面漂泊，她有什麼意見？」

「她不知道。」

「你爸呢？」

「也不知道，但他知道的不多，如果他知道我的名字，我可能會很驚訝。」

一陣安靜時風在呼嘯。

「你有小孩嗎？」恩尼斯問我。

我搖頭。

「你還年輕，多的是時間。」

「我從來不想要孩子，我們為此爭執了好多年。」

「現在呢？」

我思索良久，真相是我無法說出的傷口。「你懂海嗎，恩尼斯？」我反問。

他不置可否地哼了一聲，閉上了眼睛。

「我對海算是有點了解，」我說。「我一生都愛海，但我永遠無法靠近她，無法深入她，我一生錯身體了。」

我知道他內心有些什麼改變了，我能在空氣的刺痛中感覺得到，某部分的他正在溶化。

我們隨著海浪前後搖晃，我不再擔心那些鳥兒了，也許因為風暴正在緩解，也許是因為我在說話。尼爾一直非常希望我能研究自己熱愛的領域，希望我能以他能理解的方式學習，就像現在這樣——在真實世界中學，但我一直滿足於用其他方式了解鳥類，只藉由觸覺和感覺了解牠們。

「有一個地方，」恩尼斯說，他說話永遠像這樣慢條斯理，「在遠洋，在太平洋，叫做尼莫點。」

「是以《海底兩萬里》的角色尼莫船長命名嗎？」

他聳聳肩。「這是全世界最偏遠之處，離陸地的距離比其他任何地方都要遙遠。」他說話的聲音渾厚低沉，在抽象的意義上，我認為如果我有父親的話，一定是這種感覺，如果他這一路上都表現得這麼隨和就好了，這是深陷風暴中的孩子們應該享有的安慰。

「這個地方數千公里內都沒有安全的環境，」他說。「沒有比這裡更殘酷、更孤獨的地點了。」

我瑟瑟發抖。「你曾到過那裡嗎？」

恩尼斯點點頭。

我翻了個身，蜷縮成一顆疲倦的人球。「我想去那裡。」

也許是出自我的想像，但我彷彿聽見他回答，「總有一天我會帶你去。」

「感覺如何？」

「很安靜。」

「好。」

但這次航行後不會再有任何旅程了，不會再有海洋需要探索，也許這就是為什麼我充滿平靜，我的人生一直都像一場沒有目的地的遷徙，這本身就毫無意義，我無緣無故離開，只是為走而走，而這也讓我心碎了千次萬次。如今我終於找到目標，這對我來說算是一種解脫，我想知道留下是什麼感覺，我想知道我們之後要何去何從，身後是否有人跟隨，我猜想我們無路可走，我們會變得一無所有，唯一讓我難過的是再也見不到尼爾。我們所有人在這一生能夠相聚的時間是如此短暫，這似乎不太公平，但緣分卻彌足珍貴，也許這就夠了，讓我們的身體融入大地，將能量還諸大地，同時也滋養土壤裡的小小生物，給予土壤養分，也許這是對的，我們的意識終有一天會得到安息，思想會得到平靜。

當我離去時，我將孑然一身，沒有後代繼承我的基因，沒有藝術品來紀念我的名號，沒有紀錄，沒有功績，我思考這樣的生命究竟能造成什麼影響力，這樣的生命聽起來既沉默又微不足道，就像是無人涉足、無人待見的尼莫點。

但我深知，若想評判一個人的影響力，可以藉由這個人留給世界的貢獻和遺產來衡量，但也能夠用從這世界竊取的資源來衡量。

第十章

在鳥舍接吻的同一天晚上，我們結婚了，我們騎上自行車一路騎車回到鎮上，在二手商店停下，幫他買了一套老式的棕色西裝，也幫我買了一件柔軟的淺桃色絲綢長裙，尼爾在某戶人家的前花園駐足，摘了幾朵白花插在我的頭髮和西裝的翻領上，他知道所有花朵的名稱，但只選了一大束香豌豆，下一站是到喬伊斯的超市買了一條麵包和一瓶香檳。他一直在低聲講電話，靠他的錢和人脈快速幫我們辦一張結婚證書，並找來一位能到場的證婚人，對尼爾．林區來說，這不僅僅是一場儀式性的婚禮，不，當然不是。

我在港口踢掉鞋子赤腳走到海邊，向前迎接大海。他問我想在哪裡結婚，我說這裡，就在這個地方，這裡正是有人告訴我那個故事的地方，就是那個女人變成一隻鳥的地方，那天我有某部分的內心也遺留在此，我不知道現在是否能失而復得，或者會再遺落某些部分。我們全身覆蓋著一抹藍，藍色滲透了這個世界，讓我們的肌膚與這片藍連為一片。證婚人到場後合法讓我們完成婚禮，我們甚至當場讀出臨時想出的誓言，後來發現誓言不堪入耳，只好笑著重寫，我可以看見白色天鵝的優雅頸部曲線從我眼角滑過，天鵝正等待我們用買來的麵包餵食牠們。我能看見他耳旁的一顆痣，他笑容的右側有一個酒窩，他黑褐色的眼裡有黃色的斑點，我過去從未見過。我們向證婚人致謝後送她離開，這樣我們就可以讓雙腳懸在海邊坐下，喝著香檳餵食天鵝，聽著鳥兒低鳴。我們沒有特別聊什麼，只是一邊自嘲一邊痛飲香檳，過程也存在難解的沉默片刻，但他只是握著我的手，夕陽西斜之際天鵝游走，在黑暗之中，淚水滑落在我的臉頰和他的唇上。

這行為徹底瘋狂，而我卻不帶一絲懷疑，心中沒有些毫疑問，只有一種命中注定的感覺，這場邂逅早已安排好，我有一天會親手毀掉這一切，但現下這個片刻屬於我，屬於他，屬於我倆。尼爾的看法不同，他認為這出自於我自身的選擇，他說當法蘭妮・史東做出選擇時，宇宙就會迎合，她安排自己的命運，一直以來都是如此；她是一股自然的力量，而他是一種安靜的存在，為此照看著她也愛著她，自始至終永遠不變。有趣的是，對我而言，我總覺得自己才是跟隨著他的那個人。

我們在新婚之夜凝視著狂野的大西洋時，尼爾告訴我，他結婚是因為他在我們認識之前就夢見過我。

「當然，我夢中的人確切來說並不是你，但夢裡的某種感覺跟你那天晚上在我實驗室裡摸海鷗時一模一樣，後來當我目睹你拯救那些差點溺水的男孩，那感覺太熟悉了，我便認出是你。」

「那是什麼感覺？」

他思考了片刻說，「有點像科學。」

我相信他當年是刻意用譏諷的方式表達——雖然我有些許失望。但我錯了，直至今日這仍然是他對我說過最浪漫的話，只是當我明白，為時已晚。

高威大學醫院，愛爾蘭

四年前

他們以為我睡著了，但在黑暗中我聽得見他們輕柔的聲音。

「我們不知道到底發生了什麼事。」

「她承認了，她說她是蓄意的。」

「她還處於驚嚇狀態，證詞可能不算數。」

「最好他媽的算數。」

「你知道她走了多遠嗎？」

「就算你和那個婊子讀過同一間學校，也不能心軟。一定要送她進監獄，你現在自責也無濟於事。」

「我沒有自責，我只是不懂。」

「對，不懂也好，娜拉——你不是殺人兇手。」

我翻了個身極度想睡，但我的手腕銬在床上，枕頭凹凸不平，還有我的腳，噢天哪，我的腳痛得像在燃燒，燃燒，燃燒，他們說我可能失去了幾根腳趾，但與我心底尖叫侵蝕的灼燒感比較起來，腳上的痛根本算不了什麼。

薩加尼號，北大西洋

遷徙季節

有什麼東西發出尖銳的聲響。

我被金屬相互摩擦的高頻聲音吵醒，猛然站起時發現恩尼斯正對著對講機快速交談，我從未聽過他話說得這樣急。

我在狹小的船長室狼狽爬起，發現風暴還沒有過去，狂風肆虐的狀態與過去一整天一樣猛烈，我花了一點時間聽清楚恩尼斯說的話。

「——正在撒網，所有人員請準備，重複——我們找到魚，正在撒網。」

「現在？」

恩尼斯看了我一眼然後嚴肅地點點頭，薩加尼號在狂風中幾乎無法起錨，我能看見十英尺高的海浪拍打著甲板，甲板想必非常濕滑，誰都看得出來走上甲板一定會失足落水。我在恩尼斯的螢幕上看見聲納圈，這是用以測量海洋深度和任何體積變化的的裝置，他指著紅色的尖峰，並不打算向我解釋。儘管我可能判斷錯誤，但我認為這表示在海面下兩百公尺處蘊藏大量的海洋生物。

透過大雨之牆，我勉強看出船員們正冒險走上甲板，只看得見他們螢光橘的工作服和防風衣，他們今天戴著白色頭盔，正在迅速採取行動將鋼索拖拉到位，並將鋼索連結到漁網，阿尼克今天似乎處於最危險的處境，因為他正乘坐小艇下降到洶湧的大海上。

「他會沒命，」我說。

恩尼斯正在透過無線電與甲板上的戴尚持續保持聯繫，戴尚負責轉達甲板上的現況並接收船長的命令。

「他下去了！」戴尚報告，「我現在正在檢查絞纜盤，繩索都放出去了，每個人都閃開了！巴茲——」

無線電斷線，我看見巴茲爾滑倒了，我暫時看不見他的身影，然後又看見他正緊緊抓住一件索具。

「報告，戴尚，」恩尼斯冷靜地說。

「他沒事，船長，他上船了。」

恩尼斯仔細研究另一台螢幕。

「那台是什麼？」我問。

「漁網上的感測器，讓我能看見網在哪裡。」他又走向無線電，但這一次無線電連結到阿尼克耳裡的耳機。「我能再看看你大顯身手嗎，阿尼克？」

「收到，船長，這……海面狂風暴雨……我會盡力而為。」

「操，」我喘著氣閉上眼睛。我看不見阿尼克的小艇穿越風暴，他在下方海面的某處上下顛簸，試圖靠自己操縱重達一噸的漁網。

「他沒事，」恩尼斯說，「他已經掌握狀況，我們到位了，戴尚，接他回來。」

男人們迅速作業將阿尼克拖回船上，在暴雨和風浪的襲擊下急忙回到捕魚工作上。這真是一場噩夢，而我遠離這場災難只在這裡袖手旁觀的感覺可謂超乎現實，我覺得自己罪大惡極。

「收網，」恩尼斯發出警告，並開始控制全局。「起網。」他的命令很緩慢，船身的傾斜度令我非常擔憂。「操，」他說，聲音小得幾乎聽不見，「這次滿載而歸。」

「船長，我們的揚網機承受很大的張力，」戴尚報告，「鋼索拉到極限了。」

「穩住。」

「那堆魚有多重？」戴尚不可置信地問道。

「重約一百噸。」

甲板上有人大喊大叫，我把鼻子貼在玻璃上想看看下方發生什麼事，漁網幾乎要拉出水面時，其中一條鋼索嘎然斷裂。

「找掩護！」我聽到有人大喊，每個船員都撲到甲板上，但對其中一個人來說為時已晚：鋼索猛然甩出，砸中某個人的身體，把這具身體拋出撞上舷牆，就像一只洋娃娃或一個玩具，某種沒有重量和生命的脆弱物體。我驚恐地倒抽一口涼氣，聽見下方傳來驚慌失措的叫喊聲，不管那具身體屬於誰，看起來已經動也不動。

此時漁網雖仍撐住但已搖搖欲墜，更強大的張力作用於揚網機和所有滑輪上，我覺得船隻的傾斜程度益加嚴重。有人正從A字繩索爬到揚網機頂端，那人快爬到頂端時，我認出是馬拉凱高大的運動員體格正隨著大浪擺動不定，他隨時可能翻落海面，而如此酷寒的海水能讓他喪命。

「他在做什麼？」我質問他。

「連接備用鋼索。」

「你就不能把魚放走，結束這一切嗎？」

「漁獲量太大了。」

「你他媽的在開什麼玩笑？」

恩尼斯不理我，所以我向外衝進暴風之中。

「法蘭妮！」我聽到他大吼，但我一個低頭走下金屬階梯，死命抓住，我渾身濕透，穿著防風衣似乎無濟於事，因為酷寒的程度令人震驚。當年我們住在海邊冰冷小木屋裡，冬日早晨的冷風透過牆上的木板條呼嘯而入，你以為自己會因此而死，真的那麼以為——噢，現在可比當時冷太多了。水流進我的防風衣，流下我的脊椎再灌進我的手套，將我的指尖凍僵，我想我的耳朵已經凍得掉落。我殘存的神智想到這些可憐的船員還在船上瘋狂作業，盡力工作。甲板上暴風雨的尖聲呼嘯震耳欲聾，阿尼克蜷縮在山繆倒下的身體上，我壓在他們上方，莉亞、巴茲爾和戴尚仍在英勇搏鬥，用純粹的肌力將曲柄固定在適當的位置，嘴裡源源不絕噴出一連串咒罵，而馬拉凱則拚命嘗試重新連接鋼索。

我的注意力轉移到山繆身上，他昏迷不醒。「幫我把他弄進去！」阿尼克大喊，所以我們一人抓住他一邊腋窩，把體型龐大的他拖過傾斜搖晃的甲板，我腳下一個打滑重重撞在甲板上，頓時無法呼吸。我還記得這種感覺，感覺就像快要淹死，我驚慌失措大喘著氣試圖找回呼吸卻做不到，天空彷彿開始旋轉然後直直落在我臉上，阿尼克將手放在我的肋骨之間說，「慢慢來，慢慢呼吸，放輕鬆，」直到我再次找回呼吸，發現自己沒有溺水，然後我們不斷移動、拖拽、滑倒，終於走上梯子頂端。

「我們要怎麼把他抬下去？」我氣喘吁吁。

阿尼克搖搖晃晃走下階梯，然後消失在視線之外，不幸的是，感覺他似乎耗費很長一段時間才拿著急救擔架出現，我們一起把山繆翻到擔架上方將他綁住固定，我很擔心移動到他的脊椎，但也別無他法。阿尼克走下幾步抓住山繆的腳，然後我們放手讓擔架滑到階梯底部。接下來的任務是將擔架抬起，重量似乎重達千噸萬噸，這對我來說太重了，我抬不起來——

「法蘭妮，」阿尼克冷靜地說，「沒人會來幫忙——他們太忙了，你必須把他抬起來。」

我點點頭然後彎曲膝蓋，我的肌肉比過去更強壯，甚至比我游泳那段日子更加強壯——這是監獄生涯所造就的體格，那個地方能把你磨練得更加強壯結實。我們把他抬起來蹣跚沿著走廊前行，隨著船的起伏搖晃，牆壁猛烈撞擊我們，再次把我肺裡的氧氣掏空。「繼續前進，」阿尼克喘著粗氣。我們做到了，我們衝進廚房，將他放在長凳上。

「他沒有呼吸，」我上氣不接下氣，「我想他失去脈搏了。」

「我去拿電擊板。」

但是他花了太久時間在一個櫥櫃裡翻找，所以我低下頭對著山繆的嘴吹氣，因為他太高，體型又太巨大，我只好爬上廚房的長凳跨坐在他的大肚腩上，我開始盡全力按壓他胸膛，感覺自己根本是白費工夫，因為他的身體太結實了，骨骼和肌肉在他的心臟上方設下重重屏障，讓我無法觸及他的心臟。我又對著嘴吹了一口氣，很長一股氣，我感覺他的身軀在我身下膨脹，那種感覺讓我深感不安。

「下來，快點。」

我倉促爬下，阿尼克拉開山繆防風衣的拉鍊，把他的襯衫割開，然後將小貼片擺在他心臟應在的位置，貼片的電線連結到一個設有螢幕的小黑盒。

「你知道自己在做什麼嗎？」我問。

「不知道。」

「我想你必須把一片貼在這邊，一片貼在底部。」

「你怎麼知道？」

我無奈地聳聳肩。

他的猶豫中閃過一絲遲疑，然後決定按照我說的做，電擊組正在自行充電，我們看著電荷愈來愈高，直到燈轉為綠色。

阿尼克的眼神狂亂，他伸手想壓按鈕但其實不需要按下——如果裝置無法檢測到心跳會自動電擊。電流在山繆巨大的身軀中震動，一時之間，他看起來變成一具血肉組成的空殼，但山繆沒有死——不是這樣的，沒有——他倒抽一口氣恢復意識，過程比我想像中更快。他呻吟著嘔吐，吐得全身都是，我們不得不把他翻到一側避免他噎到自己。

「他媽的發生什麼事了？」他問。

「不知道，」我說，「你被擊中，全身癱瘓，然後你的心跳停止了，山繆。」

他又一次翻回正面盯著天花板看，我們心懷恐懼地看著他，我不知道何等傷害會讓一個人整個身體像這樣關機，我想像自己跳回他胸口再按壓一次，再次將我的呼吸吹進他冰冷的嘴唇之間，如果他再次昏迷，我必須這麼做。

但是山繆卻說，「我們如同沉船般死去，走向自己的歸宿……[6]」

我心中覺得震驚卻笑了出來——因為即便死到臨頭他還有心情吟詩——然後我接著說，「彷彿在自己的心裡溺斃。」

山繆淡淡地說，「你這個愛爾蘭人。」然後閉上眼睛繼續呼吸。

因為風暴和鋼索斷裂，我們失去了漁獲，山繆遭鋼索劃傷，在他的背部留下一道俐落的割

---

6 出自聶魯達的詩作〈Nothing But Death〉。

痕，船員們全都筋疲力盡，因為失去漁獲而心痛，也為山繆而擔憂。恩尼斯非常氣自己，完全不跟人說話。

我呢？

我的羽翼已經折落。

因為燕鷗身上的追蹤亮點已經不再閃爍，被暴風雨吹熄。牠們彷彿被拖進連陽光都無法照亮的海中深處，就像命中注定。

第十一章

女子監獄，愛爾蘭

四年前

每次有聲音傳來，我都會畏縮一下，我的神經劇痛，麻木感已經消退，現在所有聲音聽起來都非常刺耳。

因為我處於還押候審的狀態，我的律師可以在一週中的任何一天過來看我，有一名警衛帶我走到一間開放的會客室，他引領我走到一張桌子，頭頂的玻璃窗高高嵌在牆上，就裝設在天花板附近，那扇窗雖只開了一條縫，但仍比我的牢房好上太多。

我苦等了彷彿一世紀之久。瑪拉·古普塔是一名難纏的出庭律師，年約五十多歲，她帶著她長相英俊且極為聰明的年輕助理唐納·林肯一起過來，我相當肯定他至少比她年輕三十歲。依照過去與她見面的幾次印象看來，他們已經睡過的可能性相當大，我心中有個遙遠的部分因為這一點而喜愛他們，因為這一點而喜愛瑪拉，但我能愛人的那部分現在處於徹底沉默，我的心早已冷卻。

因為。

那個由恐懼構成的世界是我的新家，我害怕自己無法在這裡存活下來，也害怕自己活下來。

「你還好嗎？」瑪拉問我。

我聳聳肩，我的身份令我無以言表。

「你的錢夠嗎？」

我面無表情地點點頭。

「法蘭妮，我們需要談談新的鑑識證據。」

我等她說，同時注意到她手上戴著一只精緻的金錶，我好奇這隻錶的價值，在花了八年痛苦光陰慢慢了解尼爾的父母之後，我可以肯定這隻錶價值不菲，我突然考慮想要再次解僱她，我解僱過她兩次，然後又重新僱用，林區家族達到了他們想要的目的，他們只希望我離開這裡。

我也曾經渴望巨大又不切實際的東西，但現在我只想要我的丈夫。

「法蘭妮？」

我意識到自己沒注意聽瑪拉說的話。「抱歉，可以請您再說一遍嗎？」

「請你專心聽我告訴你的話，因為事態很嚴重。」

嚴重，哈。「你能幫我爭取時間外出嗎？他們不讓我出去。」

「我們正在努力解決這件事，但正如我所說，你需要跟心理學家釐清你的幽閉恐懼症。」

「我說了。」

「法蘭妮，她說你坐在那邊三十分鐘一句話也不說，她無法對你進行診斷。」

我不記得了。

「我會再安排一次會面，這次請你盡量說話好嗎？我們現在要談談證據。」瑪拉的眼睛非常大。有人咳嗽，那聲音讓我驚跳起來，在筋疲力盡的狀態下嚇得我屁滾尿流，幾乎無法正常行動。瑪拉抓住我的手幫助我集中注意力，也逼我專心聽她接下來要說的話。

「有新的鑑識證據，檢方聲稱這證據表示這起謀殺不是一場意外，你我都知道是意外，但現在看起來是預謀犯案，我需要你的證詞來幫助我駁回，所以我需要你再告訴我一次，到底發生了什麼——」

「預謀。」

「表示你想犯案，」唐納補充道，「事先制定犯罪計畫然後執行。」

「我知道預謀是什麼意思，」我說，看著他臉色通紅。「是什麼證據？」

「我們會解決的，法蘭妮，先聽我說，這會改變案情發展，」瑪拉說。「他們不想要判過失殺人，他們希望你被判兩宗謀殺罪。」

我盯著她，直直盯著她，兩位律師都沒有說話，也許是想給我時間思考，但我已經盤算過成千上萬次了，我一直在等這一刻，所以我握著瑪拉的手說，「你不應該接這個案子，我早就告訴過你了，對不起。」

薩加尼號，北大西洋

遷徙季節

「我很遺憾，」我告訴莉亞燕鷗淹死時，她這麼說。如果我的燕鷗無法從風暴中倖存，那麼鳥群中的任何其他隻鳥也不太可能做到。「我真的很難過，」她又重複說了一次，我看得出她也因發生的憾事而大受打擊。

我點點頭卻想不出能說些什麼，我只告訴她這件事是希望她替我通知其他船員。我胸口像是破了一個大洞，閉上眼睛就看見那些鳥一隻接著一隻沉入那片深海墳墓。

今晚的晚餐時間很安靜，可憐的山繆躺在床上起不來，所以沒有他在場安慰大家。巴茲爾碩大的膝蓋直往我雙腿之間挖，讓我覺得非常討厭，我厭惡他的碰觸，但我缺乏移開的空間。路線已經確立，我們要前往紐芬蘭拉布拉多省的聖約翰斯，山繆的家人在那裡等他，他能夠在那裡接受醫療照顧，同時修復船隻斷裂的鋼索，但到了那裡之後該往哪走，我並不知道，恩尼斯他說他不想穿越大西洋——因為航程遙遠，那又不是他熟悉的海洋——但我們唯一可以追隨的只剩大西洋路線的鳥了。

也許他已厭倦追鳥。

我不知自己能否再次說服他，但我還是硬著頭皮走上艦橋。

這是我第一次不見恩尼斯掌舵，而是阿尼克站在他的位置上，眼睛直盯著地平線，「他在哪裡？」

「休息，他已經好幾天沒闔眼了，讓他睡吧，法蘭妮。」

我癱倒在椅子上，沒有打開筆電螢幕查看那些紅點，阿尼克的眼神時不時定在我身上，目光中帶有一絲沉重。

「你是打算告訴我趕快回去工作嗎？」我問。

「你會聽我的話嗎？」

「可能不會。」

阿尼克的大嘴揚起笑容，這是我第一次見他露出真正的微笑，他用另一種語言說了些什麼話，我等待他解釋意思但他卻轉頭繼續掌舵。

「那是什麼語言？」我問。

「因紐皮雅特語。」

「因紐特人的語言嗎？」

他點點頭，「阿拉斯加北部。」

「那是你認識恩尼斯的地方嗎？」

他又點頭。

「你們怎麼認識的？」

「在船上認識的，不然呢？」

「船上是什麼樣子？」

「問題也太多。」

「我有成千上萬個問題。」

他又恢復原來皺眉的表情，但出乎我意料的是他說了，「船上有生有死，生與死都很真實。」

我注視著眼前那片大海，隨時預期會在地平線上看見陸地。「抵達那裡需要多久？」我問。

「兩天，也許吧，你打算怎麼做，現在那些鳥……」

「鳥沒有全部死亡，」我說，然而……「我不知道。」我無法停止摳掉結痂，我的手不斷流血。「如果恩尼斯決定不要繼續追……」

「你也會找到別的辦法，」阿尼克直言道。

但他不懂，我試了好幾個月才找到一個船長同意我上船。

「鳥沒有全部死亡，」阿尼克附和道。

我深吸一口氣，他說得對，但我無法停止看見鳥兒的身體沉入那片模糊之中，我無法停止回想起我對山繆人工呼吸時他胸膛裡空洞的感覺，那種感覺讓我不寒而慄。「他甦醒前的那一刻，在我們電擊他之前……」

阿尼克側頭看著我。

「太可怕了。」

「是。」

「有一瞬間他彷彿已經離去，他似乎已經不在他的身體裡，我往他的嘴裡吹氣，他的身體就像一顆氣球一樣鼓脹起來，他就這樣……就像一個空皮囊。」

阿尼克點點頭。「依我祖母的說法，她會說他在那個瞬間已經靈魂出竅，進入了冥界，是我們把他呼喚回來，也許他會為此感謝我們，也許他不會，有些人認為強迫靈體離開冥界是不厚道的行為。」

「所以你和從冥界回來的人聊過嗎？」

「他們說他們有過這種經驗。」

「你相信他們嗎？」

我希望他說相信，我非常希望，但他只是聳了聳肩。

「他們是怎麼形容的？」

阿尼克想了一會兒，我意識到自己傾身太前，有從座位上滑落的危險。

「他們說那裡沒有規則或懲罰，」他說，「他們稱之為失重狀態，且那裡非常美麗。」

突然間我哭了出來。「每個人都會去那裡嗎？」

「他們是這麼說的。」

「連我們也會？連我都會嗎？」

「是的。」

「我們愛的人呢？」

「當然也會。」

我閉上雙眼任由淚水從臉頰滑落，他所謂的靈魂，我能感受到我的靈魂正在努力尋求解脫，試圖找到通往彼岸的路，只是我的肉身不允許，現在還不允許。「所以她也在那裡等我。」

「誰？」

我睜開眼睛，迎上他棕色雙眼中的凝視。

「我的女兒。」

他嘆出一口氣肩膀垂落，他的眼睛現在也淚水滿盈。

「法蘭妮，」阿尼克說著伸出一隻手放在我的髮上，我們就這樣看著大海，等待陸地出現，但願我們永遠看不見岸。

第十二章

薩加尼號，紐芬蘭外的拉布拉多洋流

遷徙季節

今早船隻臨近紐芬蘭海岸時，船員的心情悽愴，我們已經放棄搜尋魚群的願望，沒想到對他們而言這份失落感竟會如此深刻。當他們無法再置身海上，你很容易看出大海對船員來說扮演多麼大的驅策力，以及捕魚能為他們帶來多麼強烈的歸屬感。

山繆警告過我拉布拉多洋流有多兇險，以及抵達時若遭遇墨西哥灣流相會時會是什麼狀況，但我還是無法想像，我們持續以如此快的速度直衝目的地，我不相信有任何狀況能夠阻擋我們。兩條並排流動的洋流一股極冷，一股溫暖，在我們接近陸地時形成了一層濃霧，我站在船頭抓住欄杆時竟無法看見自己舉到面前的手，更別提我們在搖晃航行中可能遭遇的岩石。

鐘聲在頭頂響起，我想像海鷗的淒厲叫聲和在霧中撲騰翅膀的聲音，這樣的海岸應該有數百隻海鷗。

我們正在減速，甲板上的船員們現在相互喊叫，燈塔的光束掃過時在濃霧中為船隻劃出一條路徑，鐘聲以與我呼吸同步的穩定節奏敲響，恩尼斯不費吹灰之力引導我們進入聖約翰斯港口，但我知道這樣的錨位為船員帶來了壓力，他們整個上午都很緊張，他們無法控制天氣，也無法控制船長的技術。

我緊張的原因與其他人不一樣：我拿的是假護照。

嗯，這說法不完全正確，這不是假護照，只是不是我的護照。

我先聽到的是別的聲音，我注意到風聲中加入愈來愈多人的叫喊聲，濃霧中有人影逐漸成形，是一些高舉標語的人形：停止屠殺！海洋屬於魚類，不屬於人類！結束殺戮！

我深呼吸倒抽一口涼氣；我在胸口握緊雙拳，近乎猛烈的呼喊聲中充滿我再熟悉不過的怒火：這是屬於我丈夫的憤怒，化為這些人反覆的吟誦和叫喊聲，即便力量微不足道，他們仍想阻止人類製造出的瘋狂不幸，就算災難注定要發生。

莉亞走到我身旁，她的眼神冷酷，下巴堅毅。「不要看他們，」她斷然說。

我看見一張標語，尺寸比其他標語更大——我們還要毀滅多少生命？——一股深不見無底的羞愧感在我心中釋放，如今的我竟然站在那張標語的對立面。

再次踏上陸地的感覺十分奇異，即便我只在海上待了幾個星期，陸地的感覺已經顯得很不自然，我腳下的土地踏起來太過堅硬，彷彿每走一步都會讓自己更加複雜。我沿著舷梯走到海關站，確保自己混入薩加尼號的船員之間，有人交給我一張表格填寫，我在上面填寫自己是來自都柏林的萊莉·洛奇。過分積極的海關人員整個過程一直用鷹眼盯著我，但櫃檯後面的人只是粗略看了我一眼——我告訴自己記得露出一個大大的笑容，希望這個表情能稍微模糊我的五官特徵——然後他在護照上蓋了章後便讓我通行。

有一道圍欄將我們與抗議者隔開，但我可以清楚聽見他們的聲音，可以辨別出他們每個人的面孔，每個人都一臉嫌惡地看著我們，都帶著一種懷疑又困惑的神情，那是我一直努力不要表現出的反應。隊伍近尾端有個戴條紋毛帽的男人揮舞著一道標語，上面寫著：魚類正義，漁民去死，這兩句話讓我渾身流過一陣寒意。我與他的目光相遇，那一刻這個人彷彿可以直視我的內心，用目光就能判定我是個衣冠禽獸。

「來吧，」巴茲爾拉著我的肘部說，「別讓他們稱心如意。」

我們一直向前走，直到街道淨空，然後等待救護車將山繆送往醫院。

「你還好嗎？」莉亞輕聲問我，我們兩個站得稍微有點距離。

我撇頭看了她一眼，「為什麼要這樣問？」

「只是覺得你看起來神經兮兮的。」

這位法籍機械師開始觀察我，我經常感覺到她那雙黑眼盯著我看，有時當我對上她的目光時她會迅速別開，我一直不懂，直到這一刻我才確定她的興趣究竟是出於對我精神狀態的關心，還是其他更私人、更痛苦的理由。

恩尼斯和山繆一起搭乘救護車，我們其他人則分乘計程車，我在車程中透過窗戶凝視著蜿蜒曲折的城市，崎嶇的山丘上築有色彩鮮豔的房屋，視野仍然籠罩在濃霧中，予人一種不真實的感覺。

我們看見恩尼斯疲憊地癱坐候診室中，陷坐在椅子上。「有人在對他進行診療，我打電話給蓋米了，她正在路上。」

四十分鐘後山繆的妻子蓋米抵達，她穿著厚重的皮靴和貼腿褲，一襲粗織毛衣蓋住她的健壯身軀，她大步走過門，頭髮和山繆一樣通紅，額頭上滿是汗水之外雙頰也顯得潮紅。她緊緊抱了一下恩尼斯並用力拍拍他的背，一雙藍眼滿懷憂慮地掃視四周。「他人在哪？」

恩尼斯領著她去，然後我們又安靜下來等待，我並不擅於等待。

「他們結婚多久了？」我問戴尚。

「想想他們現在生了十幾個孩子，應該有三十年了。」

「太離譜了。」

「真的，山繆是個多情種，你問他就知道了。」

「我有問過他，他已經說過很多次一樣的事。」

我們放了一天假，投入於戴尚帶來的紙牌遊戲之中，莉亞和我出去買食物，幫大家外帶煎蛋捲和咖啡回來。下午蓋米終於重新現身，看起來既疲倦又蒼白。

「他們要留這個白痴住院過夜，他正在服用大量抗生素治療感染的狀況，而且院方想監測他的心臟，醫生認為他的心臟可能有問題。」

「是心臟去顫器造成的嗎？」我問。

蓋米的目光搜尋到我，語氣緩和下來。「不，親愛的，在他受傷之前心臟就有狀況了，是你救了他的命。」蓋米看了恩尼斯一眼，「那條該死的電纜可能也救了他一命，否則我們可能會等到為時已晚才知道他的心臟有問題，恩尼斯．馬龍，我還真沒料到我會有感謝你的一天。」

我以為這是個玩笑，但沒有人笑得出來，恩尼斯微微歪了一下頭表示承認，蓋米盯著他看了良久，表情難以判讀，然後她攤攤手。「好了，該走了，家裡有好幾隻貪婪的小獸等我餵飽，你們也來家裡好好盥洗和吃飯吧。」

最後恩尼斯和莉亞上了蓋米的車，其他人則租車前往蓋米和山繆位於城外某處的家。

「我希望發生這種事已經讓你得到教訓了，恩尼斯．馬龍，」蓋米說，也許她認為用全名稱呼對方可以讓自己說話更有氣勢。她的口音與山繆相同，是愛爾蘭與加拿大混合而成的獨特「紐芬蘭腔」，「雖然在海浪中的隊友死傷從來也沒有阻止過你的行徑，」她冷冷地補充道，「大家會以為是你自己把船員丟進海裡的。」

這個說法非常殘酷，我好奇她提到的可憐人是誰；我好奇恩尼斯與這些人的死亡有何瓜葛，與他的悔恨有關嗎，我不該對此感到驚訝，派阿尼克走進暴風之中的人就是他不是嗎？不正是他決意捕魚差點害山繆喪命？也害慘我們其他人嗎？

我發現自己對船長的意念產生一種不安的理解，在這之前我曾有兩次意識到類似的意念——在我自己身上，還有在我丈夫身上——我知道這種意念深具破壞性，恩尼斯要賭多大才能得到他想要的一切，他一定要得到神話般的黃金漁獲嗎？他還要賠上多少性命？

「他現在回家了，蓋米，」恩尼斯在後座輕聲說，我從後視鏡偷偷看了他一眼，他的頭疲懨地靠在車窗上，凝視著我們左側的大海，慾望的重擔看似如此沉重。

「太遲了，恩尼斯．馬龍，他媽的太遲了。如果你再給我惹上任何麻煩，我會把你揍得半死。」

「如果會打擾到你的話，我們留在城裡就好。」

「別瞎說了。」

「這不是船長的錯，」莉亞執意辯駁，「我們都知道風險，決定踏上航海這條路還以為自己能活著下船，這念頭本身就很愚蠢，這點你是知道的，山繆也知道。」

蓋米從後視鏡裡看著這個年紀比她年輕許多的女子。「所以你認為利用船員的忠誠來苛待他們，這樣算公平？操縱他們的忠心，讓他們按照你說的去做，然後也幫你擋子彈？」

沒人說話。

蓋米看著我，我為她的下一波攻勢做好心裡準備。「所以，這位又是誰？他是怎麼把你拉進這個爛攤子的，親愛的？」

「我是自投羅網。」

「那麼祝你好運，上帝知道你會需要好運，現在如果你看著前方的山，就可以稍微看見我們家了。」

我們在路上繞過一個彎道，一座燈塔出現在海角邊，直直聳立在天空。

「不會吧，」我說，「你們真的——？」

蓋米看著我臉上的表情時笑了。

燈塔的位置太過偏遠，並非自動燈塔，但仍然有人值守，蓋米告訴我她家族的故事，還有他們是如何代代相傳守望燈塔，我從她身上深深感受到家的感覺。我下車走在岩石上，這片大地也有一樣的感覺，家就存乎於天空之中，存乎於咆哮的海洋當中，也在狂風的哀鳴之中，她跨步走在這片土地上，她走進燈塔的方式更體現出家的感覺；她用一種具體切實且不容爭議的方式與這個地方相互擁有，這樣自願被深深束縛在同一個地方是什麼樣的感覺？

「你還好嗎，親愛的？」恩尼斯問我，從後車廂裡拿出我的背包遞給我。

我點點頭跟著他走進燈塔，毗連燈塔的房子真的非常普通，不是過往留存下來的古蹟，而是普通的住家，天花板很低，設有壁爐，一大群孩子讓屋內一團雜亂。

孩子們太令我印象深刻了。

有一度我努力告訴自己別盯著她們看，然後我放棄了，我高興地看著孩子們從大通鋪走出，或者有些從外面的山上回家，人數沒有戴尚說的十幾個那麼多，而是六個長得一模一樣的女兒，最小的六歲，最大的十六歲，每個人都有一頭奔放的紅髮和長雀斑的蒼白皮膚，全都沒穿鞋，看起來體格強壯，身上有點髒但神態無拘無束，且她們全都用一種饒富興味、聰明機智又惡作劇的表情盯著我看，我在知道她們的名字之前就已喜歡上她們，也許源於她們的愛爾蘭風情，也許因為一股熟悉感，也許是因為她們之間的相似度令我既驚奇又感到新鮮。

她們每個人都興奮地擁抱恩尼斯、莉亞，然後是其他從租車裡下來的船員，卻心懷戒備地看著我。

「我是哈莉，」老大與我握手時向我自我介紹，她的頭髮最為凌亂，在這晴朗的日子裡，她的眼睛看起來比大海更深。

「這是藍藍、小珊、珂爾、布琳和芙德。」

我向每個孩子問好，努力記住她們奇異的名字。

「別擔心，沒有人能記住我們所有人的名字，」有個女孩說，我猜想她的名字是布琳。

「我會盡力而為。」

「有時我會讓她們戴上名牌，」蓋米坦承。

「你是愛爾蘭人？」哈莉問我。

我點頭。

「我們也是愛爾蘭人！」芙德說。

「原來是同鄉，」藍藍補充道，「你來自哪個地區？」

「高威。」

「共和國，」哈莉說，「那你支持結束獨立戰爭和英國對北愛爾蘭的殖民嗎？」

我眨眨眼。「呃……你到底以為我幾歲？」

哈莉發出不耐煩的聲音，決定在此話題上我並不值得她多費唇舌。

其餘的大人都團聚在廚房的大桌旁，而我則被客廳裡的孩子們包圍，壁爐火還在熊熊燃燒，即使現在太陽高掛——外面的冷風還是穿透屋內，讓空氣變得寒冷。

「你們有天一定要去愛爾蘭，」我告訴女孩們，陷坐在一張深色皮革扶手椅當中。「你們會適應的。」

「我們可以跟你待在一起嗎？」哈莉問我。

我語出驚訝地說，「當然。」

年紀最小的女孩芙德爬到我腿上，找了個舒服的位置坐下。

「哈囉。」

「嗨，」她說著用她纖細的手指纏繞我的頭髮，心滿意足地哼著歌。

「你喜歡歷史，對嗎？」我問哈莉。

她點點頭。

「母親希望她上大學念歷史，」藍藍說。

「別吵法蘭妮，你們這幾個黏人精。」蓋米從廚房裡喊道，她脫下厚重的大毛衣後，我可以看出她手臂和肩膀的肌肉非常發達。

女孩們不情願地飄走，我連忙說，「不，不要走。」

從那之後我就有了六隻跟屁蟲，哈莉連珠帶砲對我發問，芙德似乎總想抱抱；珂爾一句話都不說，但她看著我的表情好像掌握了宇宙的奧祕；藍藍和布琳似乎更喜歡打來打去，但沒有離我們太遠；不管誰說了什麼，小珊都報以善良的微笑。

「你想參觀我們的菜園嗎？」芙德問道。

我看見巴茲爾和蓋米正在廚房裡爭論晚餐的菜色，巴茲爾的態度非常無禮，竟在別人家的廚房裡發號施令，而蓋米則是第一個氣場強大到足以反抗他的人。戴尚和馬拉凱又在打牌，互相引誘對方陷入戰局。莉亞在研究汽車——我能聽見她正在試圖修理蓋米的引擎。阿尼克消失在外面某處，我不知道恩尼斯去了哪裡。

我笑了，因為我最想看的就是菜園，芙德決定要我背她，所以我把她背起來走出戶外，她用小手輕輕抓住我的喉嚨。

「我們已經採收好幾個月了，」小珊解釋道，我們走上一座小山丘，山丘上滿佈一整片壯觀廣闊的菜園，「在夏天期間採收的。」

「你們種什麼菜？」我問，提步往苗圃間蜿蜒的石頭小徑上走去。

「這裡種的是洋蔥，」藍藍指著洋蔥告訴我，「那幾塊比較遠的苗圃上種的是馬鈴薯，但暫時已經全部採收了，這裡還有甜菜、紅蘿蔔、花椰菜，嗯……那是什麼，珂爾？」

「羽衣甘藍，」珂爾輕聲說，用手指撫過鮮豔的紫綠色葉子。

「羽衣甘藍是珂爾的最愛，」藍藍說，「不覺得它們很像玫瑰嗎？」

「還有很多，」小珊說，「到處都種了香草，薄荷之類的。」

「薄荷，呃，」布琳說，一邊厭惡地捏著鼻子。

「你懂園藝嗎？」哈莉問我。

「略懂，沒有你那麼懂。」

「如果你不懂園藝，怎麼能指望自己活得下去？」

我忍住笑。「你說得對，我應該學，畢竟船上生活很辛苦。」

「嗯，沒錯，」她同意道，「我是說等你回到家的時候。」

我點頭。

「我們只吃自己種的農產品，只吃我們自己雞下的蛋，還有我們自己在海裡捕到的漁獲。」

「可是我們好久沒有吃到魚了。」布琳嘆了口氣。

「其他肉類呢？」我問，「你們也養牲畜嗎？」

「我們不吃肉，」哈莉說，她微微挺起胸膛，看起來真的令人畏懼三分。「爸爸說我們不需要吃肉。」

是嗎，山繆在船上肯定是吃肉的——難怪我說我是素食主義者的時候，他的表情如此心虛。

「真厲害，我好羨慕，」我的說法讓哈莉強勢的目光中少了一絲懷疑。

「我們一直在拆網，看到了嗎？」她指向花園的盡頭，那裡有一個金屬骨架上面掛著一段網子。「嘿，不要去那邊，」她一邊叮嚀藍藍和布琳，她們爭先恐後衝進一塊苗圃，現在弄得全身髒。

「為什麼？」我問哈莉。

她聳聳肩，「最近都沒有鳥跑進來偷吃菜了。」

「那是因為沒有鳥了，」藍藍說，表情一副理所當然。

我吞吞口水。「真是令人難過。」

哈莉聳聳肩。「我想是吧。」

「但菜就不會再被偷吃了！」芙德從我肩膀上高興地喊道。

接下來我們參觀雞舍，此處就像一座巨大的迷宮，裡面有讓雞隻睡覺的木屋，和一片草叢讓雞隻在當中抓扒。總共有二十三隻雞，性情非常親人，我們可以抱著雞撫摸，雞隻帶有斑點的羽毛摸起來如絲般柔滑，輕柔的咯咯叫聲聽起來有種慈愛的母性，我喜歡這裡。

我們下山走到長長的沙灘時已近黃昏，大部分的女孩們都向前走，但芙德還在我背上，負荷感覺愈來愈重，但我無論如何都不想將她放下。

其中兩個女孩消失了，她們把兩匹巨大的黑馬牽到海灘上，她們都向我揮手，一個旋身騎到這幾隻生物光禿禿的背上踢了一下，馬開始襲步沿著海岸慢慢跑了起來，強有力的馬蹄聲如雷貫耳，揚起滾滾沙塵；她們騎在馬上看起來渺小又矮小，當下卻與馬匹合而為一。

芙德扭動著身軀，想下來與她的姊姊們在沙灘上玩耍，所以我坐在沙丘上看著兩名騎手從沙灘上飛馳而下，金色的夕陽將天空染成一道粉紅，大海閃著金屬般的粼粼波光，我把腳和手埋在沙中，感覺粗糙的沙粒緊貼在我的皮膚之上，我想讓自己今夜安住在這片沙中，但我的心思卻在千里之外，我本希望能為今夜的甜蜜活一次，我本想吞噬今夜，讓我的血脈搏動，現在我卻一無所有。我孤獨離散，這樣的生命與死亡並無二致。

恩尼斯在沉默中現身，坐在我身旁，他幫我端來一杯紅酒，也幫自己拿了一杯啤酒。他之前刻意閃避我，因此他的出現讓我非常驚訝。

「她們很可愛，對嗎？」他問，眼睛看著女孩們。

我點點頭，「你的孩子是什麼樣子？」

我不期待他回答，但他說，「我不知道，我已經跟他們不熟了。」

「他們叫什麼名字？」

「歐文和海姿爾。」

他的聲音中有些緊繃，所以我不再追問他的孩子。

我的好奇心轉移到別的事情上。「所以阿尼克怎麼會成為你的大副，這個沒人敢告訴我的偉大祕密是什麼？」

「這不算什麼祕密，」恩尼斯說，「只是因為這段過去不足為外人道，在薩加尼號之前，我們一起在另一艘船上工作，這艘船因為一場風暴而沉沒了，船上除了我和阿尼克之外，每個人都淹死了，我們兩個人能活下來是因為我們攀住一根桅杆且緊緊抓住對方，我們在水裡等了三天才有人發現，所以如今我們絕不會在彼此不在的情況下航行，僅此而已。」

我沉默了，這個答案與我預期相去甚遠。我的身體開始哆嗦，心中試圖想像在這海水裡泡了這麼久會是什麼感覺，終於懂了曾經一起撐過生死關頭的感情，一定會讓你與另一人永不分離。

「你為什麼要跟我說話？」我終於問。

恩尼斯看了我一眼，「看你可憐。」

我翻了個白眼。

馬兒如雷般疾馳而過，掀起暴風般的聲浪，兩束紅色毛尾從身後流淌而出，與動物的黑色鬃毛糾纏。

「魚群會回來的，」恩尼斯突然說。

「不，不會，有人類在的話就不會。」

「總有周期——」

「這是大滅絕，恩尼斯，魚不會再出現了。」

我驚訝地發現他的面色扭曲，看得出他不願承認。

「你為什麼要這樣折磨自己？」我問他，「好像在懲罰自己一樣，為什麼？」

「因為我一無所有，對我來說已經一無所有了，除了這件事，還有我的孩子，他們甚至已經不再是我的孩子了，除非我能繼續前進，除非我自己能有所作為。」

「如果我說錯了請糾正我，但金錢跟獲得監護權有什麼關聯？」

「我如果失業又身無分文的話，就永遠搶不回他們了。」

「那你就回去開計程車，打掃房子，當服務生倒啤酒什麼的都好，如果你不能陪在孩子身邊，就不能算是個稱職的父親。」

他搖搖頭，我覺得他聽不進我的意見，無法真心接受。我盯著他看，有某種感覺透過我的毛孔緩慢沉沒，我終於辨認出他身上的特質。

恩尼斯和我是一樣的人。

他曾說我認定他就是那種人，認定他是個人渣，事實上我心中確實對他有所評判，但是當我與他承受同樣的心魔時，我有什麼資格評判他強迫性的自毀行為呢？

「我他媽的就是無法停止，」恩尼斯承認道，他灌下一口啤酒，我想是為了讓自己冷靜下來。「這是一種病。」

有一次我也對尼爾說出同樣的話，用這種方式形容我為何無法為他駐足留下，用來解釋為什麼我總要離開他且一次又一次地傷害他，但現在恩尼斯這麼說聽起來無非更像藉口，感覺非常自私。

恩尼斯繼續為自己開脫，也許是在尋求某種赦免，但他找錯人了——因為我無法赦免他。

「捕魚在我家族已經有幾百年的歷史，家族一代又一代都是漁民，我們沒有別的專長，我成長過程唯一受到的教育就是找到黃金漁獲，成為一代代執迷於此的男人中第一個成功者。」

他沉默了一會兒，然後輕聲補充道，「捕魚是我唯一擅長的事，除了當一個父親和一個好男人之外，我總還有辦法能夠做自己吧。」

我無法給他答案，依賴和自由，我從來沒有同時實現過。

恩尼斯握住酒杯的手顫抖著，「如果我為了跟孩子團聚必須付出一切，那我願意，但我必須好好結束，我必須……先達到某些成就。」

「即便讓船員處於危險之中。」

「是的，」他的聲音嘶啞了，「即便如此。」

女孩們跳上跳下，出於罪惡感，我們之間的沉默中有種揮之不去的沉重，但當中也浮現對彼此新的理解。

「如果你別讓其他人捲入其中呢？」我問。

「我靠自己一個人做不到。」

「你能不能和我一起做到？」

恩尼斯看著我。「就我們兩個？」

我點點頭。

他緩慢搖頭，「不行，沒有辦法。」但他目光中有某些想法改變了，我感覺自己似乎劃亮他心中的那根火柴。

「晚餐好了！」

我們同時轉身，看見巴茲爾從屋子裡大吼，恩尼斯站起身，鬍鬚上的一抹灰白在光線下變成了銀色。

「我等女孩們一起走，」我說，我想要一個人待在這裡。

白色馬蹄又厚又重，馬匹的肌肉和背上的小小身軀中有一種真情輕輕震顫。年紀最小的芙德才六歲，我女兒現在本來也應該是同個年紀了，她的頭髮像我一樣烏黑，也像她的父親。

第十三章

紐芬蘭，加拿大

遷徙季節

「你為什麼在哭？」

我睜開眼睛時發現芙德坐在我面前的沙灘上，其他女孩牽著馬回頭走回山上，現在太陽已經完全西下，星星在夜空上鋪成一道閃閃發光的銀毯。

「我很愛哭啊，」我說著擦掉臉上的淚水。

「哈莉也老是在哭，母親說那是因為她有前世，前世的事情一直偷偷溜回來害她哭。」

我微笑。「這個說法很有趣。」

「而且如果是媽媽說的，很有可能是真的。」

「是啊，可能是喔。」

「來吧，你不餓嗎，法蘭妮．佩妮[7]？」她因為這個名字笑了，也逗得我笑了出來。

「是啊，我餓壞了。」她牽著我的手往屋裡走，燈塔的光束像潮水一樣無情地盤旋，時而隱沒，時而消失。

大餐桌的盡頭加了一張牌桌，但要讓十四個人同時圍坐還是有點擠，蓋米沒有將她的孩子放逐到另一個區域，她們在晚餐時的表現乖得無可挑剔。

「敬爸爸，」珂爾用如夢般的低語說道，我們都舉杯敬山繆。

晚餐上桌，是美味的冬季燉蔬菜。巴茲爾克制住自己慣常的荒謬行為，只是繞著桌子走來走去，確保每個人的碗上都擺上一根迷迭香和檸檬片，大人的酒杯都斟滿了酒。我很驚訝地發現自己很欣賞他對食物的挑剔、他的熱情、他對細節的講究，他發現我盯著他看，便對我眨眨眼，破壞了這一刻。

「我還沒搞清楚你帶來這個新的女生是誰，」蓋米說，所有的目光都轉向我。

「她是我們的鳥類學家，」馬拉凱說，「她的鳥會帶我們找到魚群。」

「已經沒有鳥了，」芙德抗議道。

「還有一些，」我告訴她，「鳥只是躲起來了。」

「哪些？」哈莉問。

「北極燕鷗，」我說。突然間我回到當年，我丈夫第一次在實驗室告訴我北極燕鷗的名字，我和他在一起，看他流下真正的眼淚，這是我第一次見到他流淚，他對我描述這些小鳥遷徙的旅程，牠們無比的勇氣。「牠們是全世界所有動物中遷徙時間最長的，一路從北極飛到南

7 諧音趣味，有一著名兒童繪本故事中有隻母雞的名字叫 Henny Penny。

極，然後再折返。」

「你跟著這些鳥，法蘭妮？」蓋米問，「是為了研究牠們？」

我點點頭。「我放了三個追蹤器，」我吞吞口水。「現在剩兩個，抱歉。」

「那為什麼你要獨自旅行？」

「這是研究調查方法的一部分。」

「你沒有團隊嗎？你完全靠自己一路追蹤這些鳥？」她緩緩搖頭，目光沒有從我身上移開。「是什麼讓一個人選擇這樣孤獨的生活？」

所有人沉默著等待我回答。

我雙手交握放在膝蓋上，靜靜感受這個問題。「人類生命的本質總是孤獨，但鳥兒就不是這樣了，牠們曾經引領我遇見我丈夫。」

聽起來很瘋狂。

沉默蔓延。

「真他媽的有病，」巴茲爾突然說。

「注意你的措辭，巴茲爾，」戴尚說，女孩們都咯咯笑了起來。

晚餐後女孩們決定唱歌，我猜她們會唱很多歌，她們花了五分鐘爭論第一首歌要唱什麼，直到哈莉終於宣布她們要為我專門演唱愛爾蘭歌曲，希望我別那麼想家。

但是歌曲五音不全，突然間我彷彿回到基爾費諾拉，想起我的遠親在廚房裡為我演奏，也回到我母親的海邊小屋，讓我想起她，更讓我想起我丈夫和我們之間的距離，還有我的女兒，那個我掙扎著擺脫的孩子，我掏心深愛的孩子，那個我失去的孩子。我想起年紀最小的芙德，她的手指盤繞在我脖子上的感覺，她的熱氣吹在我的耳朵上，她就這樣敲開我的傷痛，讓我彷彿再次將我的小女兒擁在懷裡，她太安靜、太珍貴，沒有呼吸，失去溫度，無論我如何試圖將這個畫面拋諸腦後，這種心痛也永無結束之日，她在我手中輕到像是沒有重量，那感覺令我再也無法承受。

我走向門口，身體幾乎失去知覺，我幾乎感受不到外面寒冷的溫度，我關上身後的門之前聽見藍藍問，「我們惹她不開心了嗎？」阿尼克的聲音回答她，「是因為更黑暗的事讓她不開心，」我走向山丘、海岸和大海，我脫下所有衣服涉水走到冰冷的水中，心中的痛無邊無際又無比虛空。

我躺在海裡，感覺比以往任何時刻都更加迷失，因為我不願意想家，我不想渴望那個我亟欲拋下的家。

身為一個能夠愛卻無法留下的生物，生命對我是如此不公。

最後，找到我的人是莉亞、蓋米和哈莉，他們在海邊用毯子把我裹起，我聽見有人一遍又一遍說著「讓我死吧」，然後蓋米親吻我的額頭，哈莉撫過我的頭髮，她們緊緊抱住我，我們一齊顫抖，我意識那麼說的人正是我。

「不要走，」哈莉在我耳邊低語。

但我做不到。

特隆赫姆，挪威

八年前

「喂？」

「嗨。」我聽著他的呼吸良久。

「你人在哪？」他問我，聲音聽起來很累。

「特隆赫姆。」

我給他一點時間理解並重新整理思緒，我對他太予取予求，我在消磨他對我的感情。「為什麼你會在特隆赫姆？」

「因為我本來在奧斯陸，但城市的燈光讓我無法看見極光。」

「可是你看見極光了？看起來如何？」

「我正在陽台上看，這是我見過最壯觀美麗的風景，尼爾……你會喜歡的。」

「誰的陽台？」

「一個朋友的。」

「你人平安嗎？」

「嗯。」

「你在誰的陽台？你能把他們的名字和地址傳給我嗎？」

「我晚餐時認識的一對夫婦，安和凱，我待會傳訊息給你。」

「你錢夠用嗎？」

「嗯。」

「你打算何時回家？」

「快了。」

他停頓了一下，我背靠著牆滑落地板上，絢麗的綠色和紫色在天空中舞動，我可以穿透電話感受到他，他的感覺是如此強烈，彷彿可以觸摸到他，感受到他在我臉頰上呼吸，聞到他的氣味。我因此頭暈目眩，因為他離我這麼近卻不在我身邊。

「我在這裡很孤單，親愛的，」我說，淚水灑落我臉上。

「我在這裡也很孤單，親愛的，」尼爾說。

「別掛斷。」

「我不會。」

我們沒有掛斷，久久不願掛斷。

紐芬蘭，加拿大

遷徙季節

她們將我安置在床上，腳上堆滿熱水瓶，我內心遙遠的某部分感到尷尬，但現在的我只想要安靜。

當安靜找上你時會幻化為另一頭野獸，當你終於擁有安靜時，它會轉向你，原來的完美也蕩然無存。

起身時我的關節疼痛；腦袋在尖嘯，我趕緊從走廊走到樓梯，儘管外頭很冷，我還是找到走回室外的路，反正我已經什麼都感覺不到，然後我走到岬角坐下遙望狂野的大西洋，思緒飄回最初和你在一起的那些日子，我最親愛的，我總是不由自主地想起你。

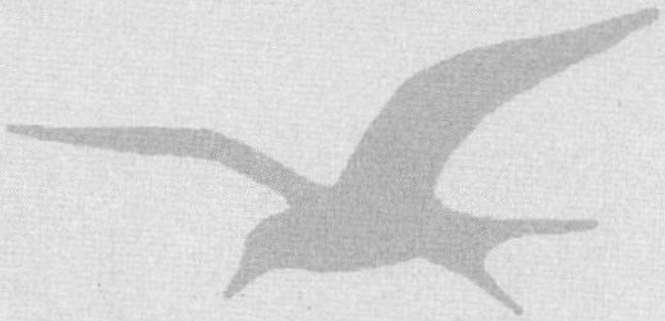

第二部

第十四章

高威，愛爾蘭
十二年前

剛開始時，我感覺到的是一種搔癢，然後逐漸深入，變成一種刮傷、磨擦和窒息感，我唯一能做的只有咳出我身體長出的一根根羽毛，我無法呼吸，連呼吸一次都做不到——

「法蘭妮！」

有什麼東西壓在我身上，把我壓在地上，噢天哪，是一個人的身體——

我丈夫把我按在床上，我縮起身體，四肢突然受到束縛的感覺和無力感讓我敗退。

尼爾立即爬回原位，他舉起手說。「放輕鬆，沒關係。」

「你在做什麼？」

「法蘭妮——我醒來時發現你打算掐死我。」

我盯著他看，試圖喘過氣來。「不……窒息的人是我……」

他睜大眼睛。「你剛剛掐住我。」

恐懼在我內心纏繞蔓延，我從來沒有在別人身旁睡過夜，從來沒有在另一個身體旁邊醒來，昨晚我們結婚，今早我卻試圖殺了他。

我踉蹌起身卻被床單絆住，所幸及時跑到廁所嘔吐，他跟著我，試圖幫我攬起頭髮，但我甩開他不想被他碰觸，我太羞愧了無法接受他的觸摸，吐完後我漱漱口，幾乎無法直視他。

「對不起，我夢遊了，有時還會有其他行為，我應該先告訴你的。」

他試圖理解這句話。「好，好吧，操你媽的，」他微笑了，「我算鬆了一口氣。」

「鬆了口氣？」

「我還以為你是真的後悔昨晚跟我結婚。」

他的語氣裡夾帶一絲反諷，我也發現自己嘴角揚起錯亂的微笑。「我睡著了。」

「一定是做了很可怕的噩夢。」

「現在也想不起來了。」

「你說你窒息了。」

在我的嘴和肺裡抓扒——我顫抖著，盡最大努力封鎖這份記憶。

「你經常夢見自己窒息嗎？」

「沒有，」我撒謊，然後繞過他走去廚房，胃裡的食物全都沖進下水道讓我餓壞了，他的公寓非常簡約，依我的品味來說也過分現代，但我們昨晚談過要找個新住處，搬到某個專屬我們的空間。

我搜索他的冰箱，但他只有超級健康的穀物和種子，現在我需要一些油膩的食物來吸乾我們昨晚喝下的所有酒精。「我們要不要去吃早餐？」

「這對你來說真的沒什麼大不了的嗎？」他困惑地問道，「我該預期自己每天晚上都會被你掐死嗎？還會發生什麼事？你會離開屋內嗎？會有危險嗎？」

醒來後我首度強迫自己直視他的臉。他又來了，把我按在床上，每一處肌肉都比我強壯，他眼中帶有震驚和堅定，這就是他被嚇醒時我臉上的表情嗎？「不會再發生了，」我說，「我保證，我可以吃藥治療。」又是另一個謊言，沒有藥物有效，但我不想讓他害怕——為我害怕或害怕我。我不希望他的眼中再出現那種畫面，因為他能感覺到我的感受，他也能感覺到，我醒來時發現他用手把我壓住時，那種卑微渺小的感受。

還有三個晚上也發生同樣的事件——確切來說我沒有掐住他，而是在公寓裡扭動或走動，搗毀廚房櫥櫃。尼爾害怕我會傷到自己，我不願承認我夢遊發生的機率比平時更加頻繁了，原因是我從未感到與現實如此脫節，與一個陌生男子住在這間陌生的公寓裡，但我請他幫我把他臥室裡所有尖銳物品和任何多餘家具都搬走，也請他裝設一把能從裡面上鎖的門鎖，將鑰匙存放在某個我無法找到的地方。

我沒有告訴他這讓我非常緊張。

我沒有告訴他我今晚試圖入睡時牆壁彷彿在收縮，天花板像要塌落，我想破門而出或砸破窗戶，只想離開這間他媽的公寓、這座城鎮，甚至是這個該死的國家，但我什麼都沒告訴他，只是把手腕綁在床柱上，因為我不想在睡覺時掐死我可憐的丈夫。

「我們今天要做什麼？」

尼爾解開我的手腕，這樣我就可以翻身看著他。

「你不必上班嗎？」

「上班有什麼意義？」他問道，「什麼都不會改變。」

聽到他這麼說令我非常驚訝，但我不該這這麼想；畢竟激情後總會帶來憂鬱，我沒有提醒他教育永遠深具意義，而是吻了他，我們在晨光中做愛，但我因為夢中羽毛的記憶而全身緊繃，加上手腕酸痛，因此對他喪失了親密感，只覺得和一個男人躺在床上，而他不肯正視我一直在掩飾自己恐怖醜惡的一面。

後來他又問我們今天打算做什麼。

「你想做什麼都好，」我說。

「真的嗎？你沒有任何打算嗎？」

「我今天休假。」

「我知道，但除了工作之外，你沒有任何計畫嗎？」

我皺著眉頭看他。

他笑了，「我昨天聽見你講電話，以為你已經安排好要去杜林拜訪某個人。」

「你偷聽？你這個小人！」

「這間公寓很小。」

我做了個怪表情。

「你打算開車去，還是我載你去？」他問。

「如果我想自己去呢？」

「那你就自己去吧。」

我打量著他，想看出他話中是否有詐，他看起來是認真的，所以我聳聳肩裝出滿不在乎的態度。「如果你想來就來吧，但你可能會覺得很無聊。」

他走向淋浴間。「只有本來就無趣的人才怕無聊。」

前往杜林的車程中，大半時間都缺乏音樂或談話，只餘安靜在蔓延。片刻覺得舒適，下一秒就尷尬起來，車裡很悶，所以即使外頭很冷，我還是把車窗放下。

我們離目的地愈近，事實就愈來愈昭然若揭，我開始確信這是一場錯誤，我必須回頭，這道門只會通向傷害：這就是為什麼母親從未親自帶我來到這裡。

「所以，來聊聊你們當地的口音吧，」尼爾在安靜中說道，我想是因為他感受到我的不安。

「要聊什麼？」我問道，目光一直盯著右方那片海。

「我不知道該怎麼定義這種口音，」他承認道，「有時我認為這可能算英式英文，有時你聽起來像美國人，然後又是純粹的愛爾蘭口音。」

「所以說你在不知道我來自哪裡的情況下娶了我。」

「嗯，」他說，「那你知道嗎？」

「知道我來自哪裡？」我轉向他但欲言又止。「我……好像不知道。」

「所以這趟旅程就是關於這件事嗎？」尼爾問道，對著在我們面前延展的道路點點頭。

我也點頭。

「那好吧，太好了。」

那座小房子坐落在山坡上的山脊，從車道上我們可以看見綠色斜坡一路斜向大海，岩石和地形崎嶇的小牧場在其間縱橫交錯，四處都有山羊錯落出現。

尼爾負責敲門，因為我做不到。來應門的人垂垂老矣，滿面風霜，臉色鐵青瞇著眼看我們，想弄清來客是誰。

「午安，先生，」尼爾打招呼，「我們找約翰．托佩？」

「我就是，不要又是關於土地的事，然後老傑基不在。」

尼爾笑道，「與土地無關。」

我清清嗓子——至此無法再由尼爾出面了，因為他對於我為何出現在這裡一無所知。「我想知道你是否認識艾莉絲．史東。」

約翰盯著我看，眼睛瞇到幾乎要閉上。「你在開玩笑嗎？」

「不是。」

「那你就是那個小女兒了，我聽說你可能在世，現在看看你，都長大了。」他深深嘆了口氣，邀請我們進屋。

我整個過程都很緊張，不確定會發生什麼事，但此刻感覺起來比過去任何時候都更接近真相。

屋裡的陳設很簡單，到處都是女性留下的痕跡，某個故人留下的生活，舊蕾絲窗簾的邊緣如今顯得骯髒，書架上曾經可愛的瓷像大部分都碎裂缺損。厚厚一層灰塵覆蓋屋內每一個表面，骯髒的窗戶只能透出絲絲光線，目見這地方的寂寞讓我瞬間感到一陣悲傷。壁爐架上擺著一張照片，上頭是年輕許多的約翰，當年的他長了一頭亂到難以置信的橘髮，旁邊則是一個黑髮女子，可能是他的妻子梅爾，中間還有一個小女孩，一頭漆黑的頭髮就像她母親一樣。約翰示意我坐下，我還沒來得及多看幾眼。

「你的來意是什麼，親愛的？如果終究是關於土地的問題，那麼我們是有事情該討論。」

我皺起眉頭，感到大惑不解。「不，先生，我只是來問關於我母親的事，基爾費諾拉的瑪格麗特．鮑恩斯告訴我你可能認識她。」

他笑了起來，笑聲很快就變成哮喘般的咳嗽。「啊，現在我懂了，瑪格麗特的腦子不清楚，完全不記得誰來自哪裡了。」

他走進廚房，尼爾和我聽著他拖著腳步走來走去。

「需要我幫你嗎，約翰？」尼爾問，但只聽見約翰悶哼了一聲，然後端著一只花紋托盤回來，上面放著一盤消化餅和兩杯水。

「謝謝你，」我說著拿起一只玻璃杯，注意到水杯上有污垢，約翰一定是已近乎失明。

「我會馬上告訴你的，小妞，因為你似乎什麼都不知道。」

「我很感激。」

「艾莉絲是我女兒。」

原本躁動難安的雙手定住不動，我的整個世界都無法動彈。

「我已經很多年沒見過她，但那邊那位就是她。」他指著壁爐架上的照片。

我用顫抖的雙腿站起身，伸手去拿照片，震驚已經令我喘不過氣。從近距離看，小女孩長得與我一模一樣，我不知道——我從來沒有看過母親在這個年齡的照片。我走回座位把照片架在腿上，指尖按在她臉上，還有她的濃密黑髮和身上穿的小紅裙。

「照片是在岸邊拍的，」約翰說，我們現在就可以看見那片海岸，一路向下延伸到這座崎嶇的山坡底部。

我清清喉嚨。「但是如果……如果你是我的外公，為什麼沒有人送我來與你同住？」

「為什麼會發生這種情況？」

「嗯……我是指母親離家的時候。」

「她離開了？」

我面無表情地點點頭，「在我十歲的時候。」

約翰的肩膀一垂，他的表情在放鬆的片刻少了一些皺紋，我能在他淚眼汪汪的小眼睛裡看出貨真價實的悲傷。

「你能告訴我嗎？拜託？我對我的家人一無所知。」

「啊，是這樣的，因為那是我的包袱，也是一段黑暗時光。」

尼爾握住我的手輕捏，這讓我很吃驚；我全然遺忘他的存在。

約翰粗糙蒼老的手指交握擺在膝蓋上，因為年紀太大手指有些微發顫。「梅爾是我的妻子，她是個喜歡流浪的女子，總是漂泊無根，但她每天都在那片海洋裡游泳，所有小伙子都佩服她、欣賞她，但這我來說很難接受。她會突然失蹤，你懂的，一次會消失個幾天，我告訴自己沒什麼大不了，她還是我的女人，那個奇怪又可愛的女孩，每個男人都想得到她，但是艾莉絲出生時我卻突然生出一個念頭，覺得她是其他男人的種。」

我再次端詳照片，他說的千真萬確，這個小女孩長得一點都不像面前這個男人。

「梅爾指天發誓她是我的，我們過了一段相安無事的日子，但這個念頭吞噬了我，有天我再也受不了，我告訴梅爾，要把女孩帶回屬於她的地方，不管是哪裡，不管她屬於誰，我和她們母女倆都結束了。

「所以梅爾和我離婚了，她將姓改回史東，也讓艾莉絲跟著她姓，她們不想和我有任何瓜葛，就這樣過了二十多年，直到我收到艾莉絲的一封信，告訴我梅爾已經過世了。」

他現在將目光從我身上移開，看向窗戶。「當年你還沒有出生哪，小妞，」他輕聲告訴我，然後沉默良久。

我很樂於見到他緩一緩，很高興尼爾還緊握著我的手，他手裡的溫暖牽著我，過去從未有人這樣握著我的手。

「你說她離開了，孩子？」約翰終於問我。

我再次點頭。

「我希望母親不會將那個詛咒遺傳給女兒。」

「我想確實遺傳了。」而且遺傳給外孫女。

「艾莉絲不想把你留給我非常合理，」約翰最後說。「我對她來說根本不算個父親，只是……我總會在午夜夢迴間醒來，後來我確定了一件事，那就是我全盤皆錯，她畢竟是我的孩子。」

我的淚水忍不住從臉頰滑落，一滴淚水滴在照片上，扭曲了我外婆的臉，將她淹沒，我擦去淚珠，好讓她能重獲呼吸。

「你後來去哪裡了？」約翰問。

但我不想告訴他，我不想讓這個人知道關於我的任何事，他是個將家庭棄若敝屣的男人。

「投靠我父親，」我撒謊。

「他是個好人嗎？她有找到一個愛她的好男人嗎？」

「他是個好人，一直在等她。」這完全是胡說八道，但這個漫天大謊卻像盔甲一樣安全包覆了我。

天開始暗下，夜幕即將降臨。

「她還好嗎？」約翰唐突問道。我聽出他身體裡的痛苦和渴望，我自己也有同樣的痛苦和渴望，我內心某個醜陋的小小部分因此憎恨他，因為他無法幫我找到她，因為他對我母親的所知竟比我少，而另一小部分的我也因此而愛他。這一切太難以承受，來得太快了，所以我站起身。

「她很好，」我說。出於某種無以名狀的理由，只是因為這樣說能讓他感覺暖心，我補充道，「她說了你很多好話，我是指她對父親的記憶……」

約翰用顫抖的雙手摀住臉，這太可怕了，這麼多年就這樣荒蕪，我必須離開這裡。

「謝謝你接待我們，」我生硬地說，「我們該走了。」

「你們不留下來吃晚飯嗎？」

「不了，謝謝。」

我側身走近門口卻離不開。

「你還會回來看看我嗎，親愛的？」

我呼出一口氣，忽然覺得好累，「我想不會吧，不過謝謝你。」

只是當我走到門口，才發現我緊綳的手指還揑著那張照片，要將它放回壁爐架上的感覺痛不欲生。

「再見了，約翰，」我費盡力氣說出口，然後又說一句，「謝謝你。」

我走到外頭，有陣風從海面上吹來，我可以聽見尼爾和約翰還在說話，然後他快速將我送上車。

他沒有帶我前往高威，而是沿著蜿蜒的小路穿越明亮的小鎮，行經小鎮到達海岸線，粉紅和淡紫色閃現在天空，落到地平線時彷彿燃燒起來。

駛往阿倫群島的船從這裡出發，我希望我們能登上船，但船不會到這麼晚還開；我們駛入停車場時空蕩無人，所以我們下車走到岩石上，沉穩而兇猛的大海在咆哮，聲聲呼喚。

「那邊那個人——他是你的家人，」尼爾說。

「他不是。」

「他可能是。」

「為什麼我要認一個從來不想要我的人？」

尼爾看著我，我的頭髮拂過臉龐，我把髮絲往後撥。

他說，「除了你，我討厭所有人。」

我開始微笑，我想他一定是在取笑我，但他抓住我的手臂擁著我，我的笑聲消失了，我的內心被點燃，某種不同的情緒甦醒過來，他仰天大吼。

我內心爆發出一股激動，我感到無盡的悲痛，只因一個善妒的男人，那麼多歲月就這樣被拋棄，這麼多光陰被虛擲。所以我遠遠對著約翰尖叫出聲，也為了他而尖叫，為了他的孤寂，因我母親下落不明，因我從未見過我外婆，因我嫁的這個瘋狂男子而大聲尖叫。我嫁的這個男人可能和我一樣瘋狂，我們就這樣一直叫，一直叫，然後我們笑了出來，彷彿活在自己世界。

之後我到海裡游了一會兒，又回到他身邊，我們坐在岩石上看著黑暗逐漸染上天空，他用一隻手臂摟著我，我盡可能貼近他，這是一天當中我最不喜歡上岸的時間點，但有他在岸邊等待我，感覺好太多了。

「你媽呢？」他問。

我的舌頭很容易編織出謊言。「她還住在我長大的海邊木屋裡。」

他想了想，「那為什麼我感覺你是在找她？」

我不回答。

「你知道她人在哪裡嗎，法蘭妮？」

我搖搖頭，喉嚨一緊。

「你長大之後就沒有和她說過話了？」

「我一直在找她。」

他沉默地凝神靜聽，然後他問，「你爸呢？」

「我沒有父親。」

「他發生了什麼事？」

「不知道。」

我好奇自己是否會告訴尼爾關於我父親的真相，或者我會將之深埋進黑暗腐爛的所在。

「那她為什麼要送你去跟他住？」

「她把我送到唯一能去的地方，送去他住在新南威爾斯州的母親身邊。」

「澳洲？該死。」他抓抓自己剛冒出的鬍鬚，「難怪你的口音是這樣，原來是混合口音，你和奶奶住在一起多久？」

「你問這麼多問題做什麼？」

「因為我想知道答案。」

「你以前沒問。」

「對，我沒問。」

「那你之前為什麼不問？為什麼要現在問？」

他不回答。

「為什麼我們兩個人都都沒問過對方半個問題？」我追問，「我們太蠢了。」

「已經後悔了？」他問。他是指婚禮，如果那樣算得上是婚禮。

有一度我認為答案是「是」，顯然我們應該要非常後悔，只是當我張嘴回答時答案卻是相反，我在驚訝中驚覺這才是真話。

我們都看見一隻被渦流捲走的白鷺。「這風對你而言太大了，親愛的，」尼爾對著牠喃喃自語，這隻鳥被拋了出去，消逝在視線中。

「我和她住了幾年，」我說，「她叫伊迪絲，但我經常來來去去，最後她去世前我和她相處的時間並不長。」

「她是什麼樣的人？」

我試圖找到適當的形容詞，但我的思緒不願重回過去，不願回到那座農場和每一寸艱苦的邊緣，還有當中的孤寂。「很無情的人，」我說。

尼爾將我臉上的頭髮輕輕撫開，親吻我的太陽穴。

「我媽不是那樣的人，」我喃喃自語，「她很溫暖，很可愛，但也迷失了自我。」我非常愛她，她也有流浪的基因，但她為此害怕，所以求我不要離開她，在我出現之前她一個人好好的，然後失去我卻讓她想要一死了之，她是這麼告訴我的。但是我喜歡上一個男孩，我想和他一起去海灘，我他媽的沒有告訴她就去了，我為什麼要那樣做呢？我離開她整整兩天——甚至可能是三天，所以當我回家時已經太遲，她已經離去，她早就警告過我了。

「她就這樣走了？」

我搖搖頭，他沒聽懂。「我才是走掉的那個人。」我看著他，準備好說出一個事實，那個最難以承受的事實。「我總會離去。」

他沉默了片刻，接著問道，「但你還會回來嗎？」

我把頭靠在他的肩膀上；又靠在他的手上，這似乎是一個安全的地方，是我足以珍惜的港灣，但他的歸屬又在哪裡呢？他歸屬於一個女人的懷抱，而這個女人每晚都會一再死去，還有什麼命運比這更殘酷？

多年來，我總會暖暖想起在杜林的那個晚上，那晚是我第一次知道自己屬於他，當他表現出迷惘時，我拋棄已久的回憶又再度復返。

「我以為你討厭死掉的生物，」尼爾說。

我還記得我們是如何沿著岩石一路走去，直到發現那隻海鳥落在岩石之間，脖子斷裂，翅膀以劇烈的角度扭曲彎折。然後那鳥完全從我的腦海中離去，那幅畫面就像一道光芒般閃逝無蹤。

第十五章

利默里克監獄，愛爾蘭

四年前

我獨自等待那個珍貴的片刻，我將牙刷粗糙鋒利的末端刮過手腕，這比想像中更痛，我又刮了一次試圖加深傷口，我知道我的施力正確，因為鮮血像黑夜一樣湧現，溼滑的牙刷從我手中滑落，我再抓好後接著刮另一隻手腕，希望能夠終結這一切——

她跪下並用力握住我的手臂，身上聞起來有種廉價糖果的甜味，她把我臨時找到的自殺凶器丟出我能拿到的距離之外，嘴裡正在大聲呼救，我哭泣著求她讓我死，請讓我死——

我的獄友名叫貝絲，在我試圖終結生命後的幾天內我們未曾對話，我認為她不會再和我說話了，無所謂。她和我不會像其他牢房裡的女人一樣在夜晚哭泣，我們不會像她們那樣大喊大叫，不會為了取悅守衛或者相互激怒而說出一些下流猥褻的話，我認為她們大喊大叫是為了表達淪落至此的憤怒和恐懼。不，貝絲不理會我，我躺著害怕得瑟瑟發抖，害怕這些高牆和自己的所作所為，我已經身敗名裂。

僅僅過了一個月左右，我就從女子監獄中相對舒適，有床罩、廚房和香甜沐浴乳的單人房搬到利默里克監獄，那裡是截然不同的世界，更適合我，此處的牢房非常狹小，貝絲和我共用一個金屬馬桶，窗戶不透光，所以我無法看穿。

有許多因吸毒或酗酒而產生暴力行為的女性被關押在此處，有些有成癮問題，還有人犯下偷竊或蓄意破壞等罪行，還有虐待兒童的母親、無家可歸的女人；這裡也關了男人，畢竟這是一座混合監獄，男女犯之間沒有太多不同，具體將我們隔開的只有一扇門，真是太可怕了。這裡有各式各樣的罪犯，但只有我是殺害過兩個人的女殺人犯。

第一次發生時我已經關在這裡將近四個月，他們花了這麼長時間才意識到這個殺人犯非常無害，甚至患有緊張性精神分裂症，我不說話也幾乎不進食，除了他們讓我們外出清洗或散步之外並不打算走動，但就算我默不作聲，還是得罪了拉莉．沙耶——也許是因為我的眼神——而她把我打得鼻青臉腫。一個月後又發生了一次，三個星期後又一次，霸凌我已成為她的習慣，我是個很容易對付的目標。

遭到第三次攻擊後我被送回醫務室，肋骨骨折，下巴骨折，一隻眼睛的血管都爆裂了。我疼痛難當，但貝絲只是看著我然後站起來，這是自一開始我自殺那天以來，她首度盯著我看了那麼久。

「起來，」她用貝爾法斯特口音說。

我不會起來，因為我做不到。

她一把抓住我的手腕把我扭起來；放棄抵抗就不會那麼痛了。

「你如果不阻止她，這種事永遠不會停止。」

我無精打采地搖搖頭，我不在乎被揍。

然後貝絲說，「不要死在這裡，不要死在監牢裡，如果你一定要死，那就放出去之後再死。」

她的話讓我平靜，有個想法逐漸成形。

「把手舉起來。」她也舉起手，像拳擊手一樣握拳，這似乎很荒謬，我不是這種人，我無法打架。她猛抓著我的手臂擺好位置，我的肋骨發痛，肺部喘息，脊椎彎駝。

她揍了我一拳，我疼痛萬分，喘氣捂著臉頰。

然後貝絲看見了，我眼中閃過一絲憤怒，我仍有殘存的意志力，畢竟我尚未完全死去，她激發我的意志力，也讓我重獲新生，好吧，為什麼不呢，我下定決心做好計畫：我要等放出去再死。

第十六章

紐芬蘭，加拿大
遷徙季節

我走過露水打濕的草地，穿越晨霧籠罩的植被，經歷一個幾乎不眠的夜晚，我本應處於最差狀態，但今早我發現自己精神抖擻，所以決心繼續前行，我沒想到這次旅程會如此輕而易舉，那麼我有什麼權利在遭遇第一道障礙時就放棄呢？

儘管時間還早，但當我推開後門走進溫暖的廚房時，燈塔裡已經沸沸揚揚。

他們正在看新聞，船員和孩子們都擠在客廳，他們忘了幫壁爐火加煤，我眼看著火焰就要熄滅，讓我覺得一定是出了什麼大事。

戴尚看了我一眼——其他所有人的目光都盯著電視螢幕——然後他低聲說，「商業漁船被召回了。」

我沒有印象有這回事，「什麼？什麼意思？」

「商業性的捕魚行為已經定義為非法。」

「在哪裡？」

「所有地方。」

「等等——所有漁船？」

「該死的每艘漁船，」巴茲爾說，「在可預見的未來，所有漁船都要強迫著陸，如果你不肯聽從，他們就會扣押漁船的所有權，賤人。」

「注意措詞，」蓋米厲聲說，這次她的孩子們沒有人笑得出來。

「所以我們被困在這裡了，」莉亞說。

我看著恩尼斯，他沒有說半句話，但面色慘然。

這已經醞釀許久，對經濟衝擊莫大，對仰賴海洋維生的漁民來說更是個可怕的傷害；對我的計畫來說是飛來橫禍，對可憐的恩尼斯來說更是投下一記震撼彈，他搶回孩子的可能性已然破滅，但即便如此，我還是忍不住在內心微笑，因為這個消息一點也不糟糕，不算很糟——而是太棒了，這是一個巨大的轉捩點，我們終於向前跨出一步，過了這麼久，當權者終於做出決定。身在此處的我雖然感覺離尼爾有千山萬水之遙，但我確知他會露出什麼樣的微笑。

聖約翰酒店的房間狹小幽閉，裡面擠著四個男人和兩個女人，我坐著從敞開的窗戶裡探出頭抽煙，那支煙是巴茲爾的，他坐在我對面；他抽一支煙的時間裡我已經抽了三支。恩尼斯不想叨擾蓋米，所以我們回到城裡等待山繆的狀況傳來，人人無精打采，試圖釐清下一步該怎麼走。我們的船長整個下午都沒有現身，阿尼克說恩尼斯已經離開這裡，前去私下為薩加尼號默哀。

我們前往海岸防衛隊，針對即將生效的新法律以及我們要如何處置船隻取得進一步的資訊，如果我們無法停靠母港，那麼這艘船將被凍結三十天，然後恩尼斯可以直接將船開到他位於阿拉斯加的停泊處，無需繞道、也毋需水警陪同。

我是唯一無路可走的人，如果我回到愛爾蘭，警方會因為我違反假釋規定而將我逮捕。所以我唯一的選擇，是找到另一個方式跟上剩下那兩隻戴有追蹤器的燕鷗。

「你還好嗎？」巴茲爾低聲問。

我沒理他，腦裡正在翻來覆去，「我可以再抽一根嗎？」

他把煙遞給我，在我把煙抽走前暗中撫摸我的手指。

「你怎麼了？」

「沒什麼。」我只是不想被碰觸，尤其是被你碰觸。

巴茲爾皺起眉頭湊得更近，用一種踰矩的方式凝視著我，我真想把他的臉推開。「法蘭妮，我喜歡你，你不用擔心。」

我張著嘴差點笑了出來，「你以為我是在擔心這個？」

「嗯，不然呢？」

他的自以為是和狂妄自大簡直深不見底；這次我真的笑了，看見他臉一陣紅。我們沉默地坐著抽煙，香煙在我嘴裡留下了惡臭，無法讓我感到絲毫放鬆。

「我要去散個步，」我宣布。

「想要人陪你嗎？」馬拉凱問，但我搖搖頭。

「我想把一些事情想清楚。」

我走下碼頭和一些擱淺在此處的水手一起抽煙，一直有傳言可能會發生這樣的事，但沒人料想到會這麼快，快到沒有人能想到他們熱愛的職業會就此結束，我問他們有什麼計畫，大多數人說會回家，先賣掉船再另做打算，也許尋覓其他謀生的方式。他們當中有些人已有備用計畫，其中一個水手是臉上刻滿如風紋般深深皺紋的老人，他默默流下幾滴清淚，但當我試圖安慰他時他卻搖頭說，「我不是為了我的工作而哭，是為了我們為地球帶來的暴力而哭。」

我走過幾家旅遊出租船公司，想知道我能否租下一艘私家船帶我航向遠方，我很懷疑自己是否有那個能力，該死的，如果我不偷不搶，要怎麼在這樣緊急的情況下賺取大量現金？

進城時我曾看見轉角處有一家酒吧——我前去酒吧點了一瓶健力士啤酒和威士忌，酒吧的壁爐正在熊熊燃燒，所以我坐在壁爐前方，我身旁有個年輕人帶了一隻小獵犬，名叫黛西，黛西聞聞我的手然後站在我腳邊讓我拍拍她，獵犬主人的名字我已經忘記，他曾試圖和我攀談，但他發現我聊不來時便覺得無聊，開始四處尋找健談的人聊天。

莉亞坐下，又遞給我一瓶健力士啤酒。

「我不需要保鑣，」我說。

「你當然需要，你如果沒人守著，就會直接走進海裡。」

我喝完威士忌後繼續喝下黑啤酒，黛西的耳朵摸起來如絲般柔軟，深不見底的巧克力色雙眼深情凝視著我，在我撫摸她的耳朵時她的眼睛慢慢閉上。

「你認為我們可以除去薩加尼號的商業性質嗎？」我問她。

「怎麼做？」

「我不知道，拆掉揚網機？漁網、冰櫃……卸除所有的捕魚設備。」

她用憐憫的眼神看著我，這讓我很生氣，「你真的很絕望吧？為什麼？」

「我還有工作要做。」

「為什麼鳥死在哪裡對你來說很重要，那些鳥？牠們終究難逃一死不是嗎？就算鳥死了又怎麼樣？對我們來說沒有任何差別。」

這個問題讓我喘不過氣來，我啞口無言，對冷漠之人無言以對。

我突然想到這是因為莉亞太過緊繃，我幾乎可以透過她的下巴看見她正在咬牙切齒，她當下在處理的是自己的情緒危機。

「還是有船讓你工作，」我輕聲告訴她，「沒事的。」

「你為什麼要跟巴茲爾上床？」莉亞突然問道，「他那麼混蛋。」

我盯著她說，「我沒有跟巴茲爾上床。」

「他不是這麼說的。」

我張大嘴巴，但說真的，這有什麼好驚訝？

「你這樣懲罰自己是為了什麼？」莉亞問道。

「這很重要嗎？」

「這對我很重要，可能對你丈夫也很重要。」

「我丈夫離開我了。」

這下輪到她啞口無言，「噢，抱歉，為什麼？」

我緩緩搖頭，「我對他不好。」

「你身陷黑暗之中，」她不耐煩地說，「我懂，我也曾深陷其中，但你他媽的還是要振作起來，海上很危險，我沒辦法一直照顧你。」

「我不需要你，我們不會回到海上，記得嗎？」至少我們不會一起出海了。

她垂下眼睛。

我站起來時她也起身，所以我不得不告訴她，「我只需要獨處一下就好，可以嗎？抱歉，我散個步就好了，等會見。」

離開酒吧的中途必須行經賭博區，坐在老虎機前的人正是恩尼斯，我猶豫了一下然後走到他身邊。

「嘿。」

他一遍又一遍按下按鈕，彷彿自己也化身一台機器。

馬拉凱曾提到恩尼斯有賭博問題，我現在看得出來了。「想呼吸新鮮空氣嗎？」我問。

他咕噥了一聲，聽起來像是在說不要，接著一口喝下他的自由古巴調酒。

「你在這裡玩多久了，恩尼斯？」

「還不夠久。」他的聲音聽起來很醉。

「你有……贏了什麼嗎？」

沒有回應。

「我覺得你應該跟我回飯店——」

「滾開，法蘭妮，」他斷然說道，「滾出我的生活。」

我照辦。

外頭愈來愈冷，我往海邊走，但只走了半個街區就隱隱感到不安，我停下腳步，不知道現在和兩秒之前有什麼事改變了，但我突然有股不對勁，覺得需要回去飯店，但我的腳程不夠快，我加快步伐，可以看見遠處飯店發出的光芒。

本能永遠可靠，因為身體不會背叛你。

有個男人擋住我的去路。

「萊莉．洛奇？」

我認出他來，是那個戴著戴條紋毛帽，能夠直視我內心的抗議人士，我一語不發但內心已雷霆交加，他究竟是如何得知這個名字？

「你是薩加尼號的船員？」

「不是。」

「滾開。」

「好。」我想從他身邊走過，但他的手落在我的手臂上，讓我汗毛直豎。

「你知道你和你的朋友對這個世界做了什麼好事嗎？」

「我同意你的看法，」我飛快說，「這是錯誤的，但制裁已經讓這一切結束。」

「你以為這就夠了？就這樣讓你們這些人逍遙法外嗎？放屁！」他開始火冒三丈，我不知如何是好，不知該如何化解這個狀況。

「聽著，我不是他們的一員，我一直試圖——」

「我看見你了，婊子，所以告訴我你的船長在哪，我不能讓你們逍遙法外。」

我內心的獸性蠢蠢欲動。「他媽的我不知道。」

他是個魁梧的男人，體型至少比我大一倍，所以當他把我推回牆上時我能感受到他的力量，我在同樣古老的本能中感受到那股力量，這種本能是一代代女性所賦予我的，她們遺傳給我的腎上腺素充斥我全身的系統，我在身體的揮拳、踢踹、戰鬥、性交和殺戮中感受到這股本能。我現在就想揍他，我真的很想，但我沒有這麼做，而是讓自己保持靜定然後感知一切，我知道自己可能會遭受極大的痛楚，更糟的是讓身體受到侵犯，甚至是死亡。我毫無預警一口咬住他，我內心天殺的怒火想把全世界都燃燒殆盡。

他猛然後退，對我的反應感到驚訝，然後他大笑著掐住我的喉嚨，將我壓在牆上想讓我窒息，然後將我的頭抓起來撞牆，一股疼痛直刺我的脊椎。

「告訴我他們在哪裡。」

但我拒絕告訴他，所以他賣力將我拖到轉角，拖進一條更黑暗的巷弄，如論他為自己設定了何等崇高的追求，都已被仇恨所毒害；我在他下手之前就看出來了，而他的方式是要讓我為他的仇恨付出代價。他的手撫摸我的褲襠搜尋牛仔褲的鈕扣，但此刻的我已經受夠了。

我用盡全力尖叫，在心中默默祈禱並感謝貝絲，接著一拳揮向他腹部，然後是第二拳、第三拳，他在驚訝中鬆手，一記右直拳正中他喉頭，另一擊正中下巴，這是一記重拳，比我揮出過的任何一拳還硬，因恐懼、憤怒還有你膽敢碰我的憤怒而變得更硬——一記直拳正中鼻樑，一記鉤拳直中肋骨，我必須在他站起來反擊前盡可能落拳，他雖然無法預料任何一次攻擊，但仍在痛苦中設法快速出拳，我試圖防禦但卻不夠強壯，這拳一次擊中我的前臂和頭部，在天旋地轉中我單膝跪地準備攻擊他的鼠蹊部，但他當下預料到我的意圖，擋住我後抓住我的右手扭轉，讓我痛苦尖叫起來。沒有人聽見，我發出了這麼多該死的噪音，不敢相信沒有人來救我。我孤身一人，他就要扭斷我的手臂，我能感覺到自己氣喘吁吁，心臟跳動著抗拒的狂怒，當憤怒滿脹我全身，我用左手掏出一直塞在靴子裡的摺疊短刀，心中想著去你媽的，我拒絕被侵犯，所以我轉身舉起刀，一把刺進他的脖子。

他震驚地倒抽一口氣，他的手鬆開了。

鮮血如瀑布般灑落在我倆身上。

有人來了，我想，周圍有動靜了。

「他媽的該死——」有人這麼說，有人要求報警，有人要所有人他媽的閉嘴，有人用手臂扶我起身，那把刀從我手中掉落。「沒事了，」有人在我耳邊說。但那個人還在看著我，直直看著，一直盯著我，一邊用手抓著脖子試圖止血，然後他跪倒在地，我想他已經靈魂出竅，我也魂不附體。

「慢慢來，」那個聲音說，是恩尼斯把我扶起來。

他半拖半扶帶我走往某個地方，是回飯店嗎？我因震驚感到麻木。

其他人現在也出現了，用更快的速度拉著我們向前走，這個方向根本不是要回飯店，而是一路衝向我們的船，我想是因為有人跟在我們後面，所以我們跑了起來，腎上腺素飆升，腳在木板上拍打，有人低聲發出緊急命令。我眨眨眼，發現自己已經上船，那些人像瘋子一樣忙著想讓船開始移動；我眨眨眼，薩加尼號已經平穩駛離海岸進入大海；我眨眨眼，發現自己身在一個不認識的房間裡，我內心某個部分認定那是恩尼斯的船艙，也許吧，我不在乎，遠處的他正在說話。

「你不孤單，親愛的，」他說，「放輕鬆，你不是一個人。」

他真的這樣認為嗎？

「他死了嗎？我殺了他嗎？」

「我不知道。」

我作罷不再追問，此時我的意志潰堤，疲倦湧入，唯一能做到的是不昏厥過去。我眨眨眼，發現自己躺在床上。

「我們要離開了嗎？」我問。

「我們已經離開了，」恩尼斯說，「睡一下吧。」

「我是不是害大家惹上麻煩了？」

「沒有，親愛的，」他說，「你讓我們自由了。」

但我永遠不會自由，我想知道這是否是我父親殺人那天的感受。

第十七章

新南威爾斯州南海岸，澳洲
十九年前

伊迪絲今晚和小羊群一起待在外頭，她舉著步槍呈蹲踞姿勢，觀察四周是否出現飢餓狐狸的雙眼反光，好幾個晚上她也命令我照做，無論我怎麼抗議都沒用——我已經告訴她一千次我拒絕殺害任何動物，就算為了保護我們的生計也一樣，無論如何，保護羊群是老驢芬尼根的職責，但她仍然讓我在寒夜中站崗，步槍在我不情願的雙手中顯得異常笨拙。「到了那個關頭，就算你不願意扣下板機，你也得面對，」她用她的方式說道，用她不容狡辯的方式，而我至今從未發現任何一隻掠食野獸，所以我也不知她的說法是否正確。

無論如何今晚是我的大好良機，我已經找到她藏在床底下上鎖的寶箱，我費盡心思偷了她的鑰匙後複製了另一把鑰匙，因為我知道她是那種東西遺失太久一定會注意到的女人。對於困在一座偏僻農場上的我來說，複製鑰匙其實並非易事，而且我要等到十六歲才能拿到學習駕照，那距今還有整整一年的時間，所以我不得不付錢給瘦子麥特，請他幫我把事辦好，他是我們學校裡嗑藥嗑得最茫的孩子，所以顯然不太可靠。接下來還得等待羔羊產季，一旦第一隻小羊從母親疲憊的身體裡狼狽落地，我們就需要保護小羊不受所有掠食者傷害——不只狐狸，還有老鷹，有時還有野狗，現在這些掠食動物愈來愈飢餓，因為野生獵物變得益加稀少。這幾夜是我確定伊迪絲不會逮到我的唯一機會：如果有必要，她會堅定、沉默又嚴厲地躺在那裡守到海枯石爛，直到她化為一攤枯骨。

可能伊迪絲對這個箱子的呵護程度讓我有些偏執，但無論如何，自從我搬到這座混蛋農場後，這個箱子就引起我的興趣。我的祖母是一個性情嚴厲的女人，你知道的，她從不告訴我關於我父母的任何事——我是說真的，除了咆哮著發號施令之外，她根本不與我說話，如果我無法將她的奴役勞動完成到她要求的完美程度，她就不會允許我去上衝浪救生訓練，這可算是我在這個國家唯一喜歡做的事，因為我剛拿到銅牌，現在負責救生巡邏，她似乎完全不重視這件事——但我確信她這個箱子裡頭藏有某些祕密。我選擇不打開她臥室的燈，因為她從牧場可能會看見，我在黑暗中匍匐前進，肚子緊貼在地上四處翻尋，直到能感覺到箱子冷硬的邊緣。我把這沉重的箱子拖出——比我預想中更重——然後衝進我的房間打開箱子。

盒子的重量源自幾枚軍事動章，動章的主人是我祖父，我在驚訝中看出我祖父顯然是一個輕騎兵團的成員，我閱讀動章上的銘文，用手指撫過金屬試圖拼湊出事情的真相，為什麼她不提起他或在房子裡擺放祖父的任何照片？她的婚姻有什麼事情不足為外人道，以至於她必須將所有殘餘的斷片都深鎖起來，杜絕所有好奇的目光？

我將視線從動章上挪開，繼續拿起一堆各式文件，有些是商業文件——農場契據、抵押聲明等等——還有一些類似的資料，我沒看就擱置一旁。我不知道自己在找什麼，真的不知道，也許只是想找到某些跡證來證明我沒有被送錯農場，也許我是被任意送去一個女人的農場，但她沒有兒子，因此不可能是我祖母，她從不提起他，也不提起我母親，我不知道他在哪裡，靠什麼為生——我甚至不知道他的名字。

成堆照片散落一地，灑在地毯上，我看見向上凝視著我的那張臉時倒抽一口氣，一股灼熱感脹滿雙頰。是他，我知道這就是他，因為那是年輕的伊迪絲抱著一個嬰兒，或是和一個小男孩在沙灘上散步，或是和一個少年在廚房的長凳上切菜，或是和一個年輕男子圍坐在篝火旁。某幾張照片裡的他留著嬉皮長髮，其他照片裡的他頭髮削得極短，他的臉龐英俊，擁有一雙黑眸，寬闊的嘴型彷彿生來只為了微笑。

然後是他和我懷孕母親的合照，他摟著她而她對著他燦笑，他們看起來是如此幸福美滿，身後的背景是牧場前院，正是我每天趕校車都會經過的那座牧場。我沒有意識到自己在哭，直到發現我父母的照片已經濕透。照片背後以凌亂的手寫體寫上他們的名字，多姆與艾莉絲，攝於聖誕節。

多姆。

我將這張珍貴的合照藏在枕頭底下，然後繼續翻看箱裡的其餘物件，我猜我想找的答案就藏在箱子底部，我能找到一個解釋，至少是部分解釋。

多姆尼克·史都華，入獄年齡二十五歲。

我停下盯著這個詞。

法律文件上還有其他字眼，我用瘋狂的目光捕捉這些詞彙，傳送到我轟然鳴響、方寸大亂的腦中。雪梨長灣看守所，無期徒刑，標準非假釋期為二十年，認罪，蓄意殺人，判處謀殺罪。

此時傳來砰的一聲！

我猛然站起時文件從我手中掉落，我匆匆將照片胡亂塞入箱子，那是一聲槍響，這並不表示她很快會回來，但我已經看夠了，這箱子裡的東西我不該打開，我不想與這些內容物有任何瓜葛，我浪費了這麼多時間看這些東西——

「法蘭妮！」伊迪絲喊道，然後她打開了我臥室的門，低頭看著我闖下的大禍，我們都沉默了幾拍，我從未見過她的眼神如此冰冷，我想這是我見過最可怕也最驚懼的表情，然後她說，「我開槍射到了芬尼根。」

我耗費太久時間才回過神來，「什麼？」

「那隻該死的畜牲正在趕走狐狸，我在黑暗中沒有看見他。」

「什麼？不。」

我繞過她跑到外頭的黑暗之中，小羊和母羊關在最近的牧場裡，位置在我們與大海之間，我奮力奔向柵欄柱然後停下來重重喘著粗氣，除了遠處一團黑色的身影之外我什麼也看不見。

「我想我撲殺他時，你可能會想陪著他，」伊迪絲說。

「他還活著嗎？」

「活不久了，子彈直接貫穿他的脖子。」

「我們不能打電話給獸醫嗎？或者現在就送醫！快點把他送上卡車！」

「沒有救了，法蘭妮，聽不聽我的話取決於你。」

「不過他是我的！」我拚命嘗試說服她。我是那個帶著他散步，餵蘋果給他吃、夾緊他蹄子、搔搔他耳朵內側的人，儘管這麼做讓我的手沾得灰黑，但我才是那個愛著他的人。

「這就是我叫你來這裡的原因，」她說。她是如此冷靜，如此冷酷，她不在乎自己做出什麼事，他媽的不在乎自己方才謀殺了我們美麗的老驢，而這隻老驢唯一做錯的事，就是在夜晚勇敢地保護小羊。

「你是個婊子，」我斬釘截鐵地說出口，這句話嚇壞我們彼此，因為我一生中從未對任何人口出惡言，獨獨只針對我可怕的祖母。「你他媽就是個婊子，」在憤怒、悲傷和無力感刺激下，我繼續說，「你是故意的，就像你從不告訴我多姆尼克的事。」

伊迪絲穿越金屬門，她為了我把門開著，手裡還拿著步槍。「你到底想不想陪他？」她問我的同時一邊穿越草地，走向那具苟延殘喘的身軀。

但我做不到，我無法接近他，我太害怕他離世之後會是什麼存在，會是什麼模樣，會留下什麼。

「那就關門吧，」伊迪絲說。

我關門，她朝芬尼根的頭部開槍，聲音太大也太恐怖，我一個轉身走向卡車，從儀表板上取下鑰匙並發動引擎，我他媽的一定要離開這裡。過去幾年我一直在開這輛卡車；伊迪絲讓我學開車，就算我沒有駕照，沒有金錢或財物，那張照片還藏在我枕頭下也無所謂：我希望照片永遠留在那裡，在任何人再次看到之前褪色、捲曲並化為一攤灰燼。

一隻強壯的手從車窗蜿蜒鑽出，從點火開關搶走了鑰匙，引擎嘎然而止。「嘿！」我大聲咆哮，但伊迪絲已經回頭往屋子走去。

我追著她，又慌又急想從她手裡拿走鑰匙，難道她不懂我必須逃離這裡，我不屬於這裡，我會在這裡窒息而死。

「你想離開，那很好，」她說，「但別想開走我的卡車。」

我沮喪地倒抽了口氣，眼淚奪眶而出。「拜託。」

「事情不會總是如你所願，孩子，身為人就必須學會優雅忍受這一切。」

這句話羞辱了我，我恨她。

她走進屋內，我坐在前廊上抽泣，為我唯一的朋友芬尼根而哭，也因為希望我母親在我身邊而哭，伊迪絲不在乎我，我認為我被送到這裡的那天也毀了她的生活，但至少我現在知道她為什麼那麼恨我了：我的存在一再提醒她生了那個爛兒子。

等我進屋已經過了好幾小時，我一直等到確定她睡著了才進門，我今晚無法再面對她，但當我走向我的房間時，我聽見後門傳來一個輕柔的聲音，我忍不住，那聲音驅使我躡手躡腳走到窗邊，看到她就在那裡，在圓球狀的燈光中坐在後門台階上，孤身一人拿著芬尼根耳朵上的標牌正在輕聲哭泣。

我用頭撐著身體，靠著牆壁滑落。

「對不起，奶奶，」我低聲說，但她隔著玻璃聽不見我的聲音。

早餐時一片寂靜無聲，但這很尋常。伊迪絲昨晚並沒有要回她的祕密箱子，所以我把箱子重新上鎖後放回她床底下，悔恨的重擔壓在我身上，我沒有碰我枕頭下面那張照片——也無法逼自己還給她，雖然我無法想像自己會想再看見那張照片。一整晚的輾轉反側，讓我現在非常疲倦，我吃完一整碗麥片粥才鼓起勇氣問，「他真的殺人了？」

伊迪絲點點頭，沒有從報紙上抬起頭。

「殺了誰？」

「雷揚。」

「雷揚是誰？」

「只是一個在附近長大的男孩。」

「你知道他為什麼要殺他嗎？」

「他從來沒有說過。」

我盯著她看，她只是漫不經心地聳聳肩，這個反應讓我目瞪口呆。

「他和我母親是怎麼認識的？」

「不知道，在愛爾蘭的某個地方吧。」

「你從來沒問過他？」

「不關我的事。」

「他們看起來有……相愛嗎？他什麼時候把她帶回老家的？」

伊迪絲從報紙上抬頭，透過她的老花眼鏡凝視著我。「這很重要嗎？」

我不知道。

「這與他殺了那個人無關，這點我他媽的非常確定，或者與他被判刑那天你剛好出生也沒有任何關係，就在那邊那座沙發上，你從愛莉絲身體裡出生時放聲大哭，是我把你拉出來，是我幫她止血，她因為孤獨而哭泣，無論他們之間曾經存在過什麼樣的愛，也擋不住她帶著你離開。」

她摺好她的報紙，將她的碗端到水槽放好。

「我需要你幫忙，幫芬尼根挖一個洞，」伊迪絲說，我點點頭。

「好的，奶奶。」

當她穿上靴子時，我問，「他是怎麼殺死對方的？」

「把他勒死，」我祖母回答。

第十八章

都柏林，愛爾蘭
十二年前

淅瀝瀝的寒雨滴落在我臉上，我沒有帶雨衣和雨傘，所以我平靜面對自己被淋濕的命運。天空一片灰濛的都柏林是個沉悶的地方，但當中卻包含某種神祕和變化無常，可能讓你深陷並迷失其中，我出發前往碼頭附近的圖書館。

早晨他去上班時，我通常會被他的吻喚醒，今天早上太早了，幾乎沒有一絲曙光探入百葉窗，我從他黑暗中的嘴唇看出他可能尚在夢境之中。我今天不必輪班，決定靠一些顏色、植栽、藝術品，或任何方式讓尼爾的公寓更有家的感覺，但身處這些高牆內，我覺得我的雙腳開始坐立難安，我的手指開始不安於室，愈想忽略這些感受，愈覺得喉嚨緊繃難耐。

我想到自己想參觀都柏林圖書館已久，所以我從高威跳上火車，現在終於抵達，我匆忙想避開傾盆大雨，享受輕鬆自由的呼吸。我躲進那座大建築，走過馬賽克地板，在高高的天花板下進入穹頂狀的閱覽室，我記得我第一次回到愛爾蘭時很喜歡這個空間，我不確定自己要尋找什麼，也許是族譜上的蛛絲馬跡，但我先站著享受這個空間良久，然後才沉浸在書頁之中。

經過一段時間，我感覺到包包在震動。

我漏接了來電，當我看見手機螢幕時心裡一震，油然意識到自己做錯事了，雖然我無法快速分辨自己到底做錯什麼事，螢幕上有八通尼爾的未接來電，三則訊息問我人在哪。外頭的夜幕已經低垂；我迷失在書頁的同時，一天已然過去，該死。

我立即撥電話給他。

他接聽，「你沒事吧？」

我盡量保持輕鬆的語氣，「我很好，很抱歉我漏接你的電話，我人在都柏林。」

接著是很長一陣停頓。「為什麼？」

「我想來圖書館。」

「就……突然想來？」

「我想是吧。」

「然後你沒想過要先告訴我。」

「我……」可怕的事實是我完全沒有報備的念頭，自我們結婚以來我沒有過這樣的行為，沒有讓雙腳隨意帶著我到想去的地方，我不是說這行為沒什麼，但我只不過離開了幾個小時，我本可以去得更遠，我可以去任何我想去的地方，只因某種本能告訴我這行為非常無情。

「午餐時間我回家看你，你不在家，我現在帶著晚餐回家，你還是不在家，我想也許你會……我只是不知道你人在哪。」

我突然感到一陣呼吸困難。「對不起，我應該先告訴你的，我沒想到。」

又是一陣停頓，停頓中有某種受傷的感覺，「你近期有打算回家嗎？」

「有，我沒想到那麼遠，但也許待一兩個晚上呢？」

「好，很好，那到時見了。」他掛斷電話。

我盯著我的手機然後走回雨中，現在真的下雨了，我一路走回火車站，然後買票搭上下一班返回高威的火車。

生物系生氣勃勃，這景象在周二晚上顯得詭異，其實在任何晚上皆實屬罕見，所有的燈都還亮著，系所廚房裡肯定至少擠了三十人。我小心翼翼走進，背靠著牆尋找尼爾，他不在家表示他在上班，只是我沒有預料到抵達這裡時會遇上員工聚會，我從火車下來就直奔此處，鞋子走路時嘎吱作響，頭髮也濕漉漉的。

我看見他身處一群男女中央，我亦步亦趨靠近，想知道他說了什麼讓這些人如此著迷，我從這個距離就可以看出他的面色彷彿烏雲罩頂。

「他媽的人類真是這個世界的瘟疫，」尼爾說。

就在這時他抬頭看見了我，我們的視線在這空間中相遇，我看見他鬆了一口氣，我也如釋重負，然後我看見比預期中更好的反應。

他走過來親吻我的臉頰。「你來了。」

我點點頭，我在火車上排練的所有解釋全都消散無蹤。

「發生了一場暴亂，有幾個狗娘養的盜獵者偷偷溜進一處庇護區，把最後一頭大象的象牙切掉了，」他沉重地說。

我的心很痛，我不忍聽，因為我們一直聽聞這些消息，但什麼都沒有改變，我可以哭，但對尼爾而言痛苦更加冷酷，我想他真的開始失去希望了。

我還沒來得及想到該說什麼，他就搖搖頭、緩慢深長地嘆出一口氣，然後從附近的桌上幫我倒了一杯紅酒。「來吧，」他低聲說著，把我帶到他的同事面前。「大家，這位是我的太太法蘭妮。」

有兩名男性教授的姓名我聽完就忘了，有一位名叫漢娜的實驗室助理，還有那個把髒盤推給我的金髮講師——雪儂．伯恩教授。我對上她震驚的眼神——她認為自己一定是聽錯了。

「太太？」

「太太，」尼爾確認道。

「很高興認識你，」我說。

「太棒了，」雪儂簡短握了握我的手，「這是什麼時候的事，尼爾？」

「六個星期前。」

「開什麼玩笑，怎麼沒邀請我們？」

「我們沒有邀請任何人。」

「你真的是保密到家！你們在一起多久了？」她追問。

尼爾露出一個狡黠的笑容。「六個星期。」

這群人陷入尷尬的沉默。

「很瘋狂吧，」我說著打破了緊張的氣氛，眾人發出打趣、不安或理解的聲音。

「所有的愛情，」其中一個男人說，「都很瘋狂。」

另一人說，「我太太稱之為狂熱之夢。」我喜歡這兩個人。

我看著尼爾點點頭，「說得好，」我幾乎不認識我嫁的這個人。

「我從沒想過尼爾會對工作之外的任何事情感興趣，」雪儂說。

「我也想像不到，」尼爾說。

「很勇敢，不是嗎，」漢娜說，她的雙頰通紅。

我心懷感激地迎上她害羞的目光。「確實很不簡單。」

「雪儂是生物系主任，」尼爾告訴我，「你該跟她坐下來好好聊聊，雪儂，我告訴你——法蘭妮對鳥類學懷抱驚人的熱情，她非常聰明。」

雪儂的目光掃視我沾滿泥巴的牛仔褲，她穿著一襲海軍藍羊毛洋裝搭配高跟鞋，一頭凌亂的金髮顯得優雅，而我滿頭大汗、綁著凌亂辮子的黑髮讓我看起來像是只有十二歲。我其實並不在乎，但我的視線投向尼爾，想從他的表情看出他是否注意到我們兩人外表上的差異，但他沒有。

他沒頭沒腦地說，「有群烏鴉在她小時候就愛上了她。」

我臉上一陣熱。

「什麼意思？」雪儂問道。

很明顯我不打算回答，尼爾卻解釋道，「她每天都餵食那群烏鴉，烏鴉開始跟著她，帶禮物給她，這段關係持續了許多年，那些烏鴉愛上她了。」

「不會每天，」雪儂說，「冬天時不可能。」

我抬頭看著她然後點點頭。

「這不是真的，」她簡潔地說，「烏鴉會遷徙。」

「鳥類會去有食物的地方，」尼爾說，「鴉科鳥類有能力辨別人類的臉孔，一旦法蘭妮成為烏鴉的食物來源，牠們就無需遷徙了。」

雪儂搖搖頭，彷彿這個看法冒犯了她。

不要，我默默祈禱，我盡可能大聲卻安靜地許下這個願望，別剝奪這個故事的魔力。我覺得好髒，好像什麼珍貴的東西被玷污了，就像我他媽的好想離開這裡，或者想把我那杯酒扔到她臉上，也許也想扔到尼爾臉上。

「這就是我想讓你跟她見面的原因，」尼爾繼續說。

「你有學士學位嗎？」雪儂問我。

「沒有。」

「你完全沒修過學位？你幾歲了？」

「二十二。」

她拱起眉毛，「所以是——十歲的差距？」

尼爾和我互看一眼，然後一齊點頭。

雪儂聳聳肩。「好吧，你還年輕，多的是時間，打電話給我，我們坐下來談談你需要申請什麼。」

我沒有解釋自己對此沒有興趣，只是向她道謝。大家都非常樂意轉回他們習以為常的話題上——近期雪儂即將發表關於種間育種計畫的論文——所以我趁機離開談話圈，將我一口也沒碰的酒放回桌上，一路走向門口，大門在我身後關上，裡頭的聲音安靜到幾乎聽不見。我鬆了一口氣，電梯按鈕亮起黃色，我準備下樓。

身後的門打開，裡頭的聲音再次湧出，我沒有轉身，但有隻手抓住我的手將我拉到另一個房間，這裡是一個黑暗的房間，我想是一處辦公空間。

「對你來說太浮誇了嗎？」我丈夫問，我在黑暗中看不清他，我想他可能有點喝醉了。

「你在這裡做什麼？」

「我來找你。」

他攤開雙手表示：我在這裡。

「那算是報復嗎？」我問。

「什麼？」

「烏鴉的事，你竟把那個珍貴的故事說出去。」

他沉默不語，然後嘆了口氣。「不是，我不是故意說出去的。」

「我不知道該拿自己怎麼辦，」我說話的聲音碎成一片一片。

「我也不知道。」

我穿越黑暗向前走，想和他保持距離，一堵牆上有幾扇高高的窗戶，我透過窗戶往下方看，公園在黑暗中看起來鬼影幢幢，樹木投下詭異移動的暗影，有輛汽車慢慢駛過，車頭燈閃過我的臉而後消失無蹤。此刻有某種令人不安的事物蟄伏，正在等待著從我的皮膚裡爬出，因為我從來不需對另一人負責，從來不需對任何人報備自己的行蹤，這是一種束縛。「我警告過你，」我說，說完後極度厭惡自己。

「你是警告過，」他說著靠近了一些，「只是我還沒有……心理準備，只要告訴我就好，親愛的，我要的僅此而已，只要讓我知道你離開是去了某個地方，而且你會回家。」

我轉過身，「你不覺得我是永遠離開了嗎？」

「有一度我確實閃過這個念頭，沒錯，」他承認道，「你嚇到我了，法蘭妮。」

不安從我的身體中滲出。「我很抱歉，」我說，「我永遠不會離開你。」我意識到自己說這些話是認真的，此時有另一種束縛在我心中生成，那是一種更深層、更災難性的束縛。

尼爾靠近並抱住我，他的唇貼上我脖子的彎處。「烏鴉的事讓我好恨自己，因為我把這件事說出來了，我知道自己是故意的，我想我有時已經習慣了事物的毀滅。」

我們動也不動，但外面的世界仍在改變、呼吸和生活，月光在我們頭頂上跨過，我活在他的話語當中，也活在他的巨大矛盾之中。

「但你如此溫柔地抱著我，」我說。

「感覺像牢籠嗎？」

我的眼睛刺痛。「不，」我說，我感到深層又可怕的束縛，我知道它的臉孔和名字，這根本不是束縛，而是愛，也許束縛與愛終究是一體兩面。

「你會和我一起出走嗎？」我問他。

「去哪裡？」

「不管去哪裡。」

尼爾用手臂將我攬緊，他說，「會，不管哪裡都跟你去。」

第十九章

薩加尼號，北大西洋

遷徙季節

我從混亂不安的睡眠中醒來，知覺異常模糊，我花了很長一段時間才弄清楚自己身在何處（在恩尼斯的船艙，在他的床上），同時想起昨晚發生的事（我用刀刺傷了一個人），事發過程我已經記不清。

尼爾，你怎麼還沒來找我？

船員都在廚房裡，有些坐在幾張長凳上，有些靠在牆上，全都看著巴茲爾在爐上攪拌一大鍋燕麥，同時也低聲談話。除了恩尼斯之外大家都在，他從來不會出現在這裡，永遠獨來獨往。

他們發現我出現時，我能感覺到他們身上浮現某種恐懼，雖然只是一閃而過，這反應純粹是動物性的，與一個精神錯亂的女人共處一個狹小空間總會讓人心生警惕。

「感覺怎麼樣？」阿尼克問我。

「還好。」我無法表達我對昨晚的心情，當時的感覺已經事過境遷。「所以我們在船上，船正在移動。」

沒人回答，他們的眼神說明了一切。

「好吧，該死，」我喃喃自語。

巴茲爾遞給我一碗麥片粥，上頭撒了肉桂和檸檬皮，他沒有直視我的雙眼。我走出餐廳，陷坐在皮革沙發椅當中，他們端著自己的碗跟在我後面，圍坐在我身邊時彷彿一切正常，我好想念山繆爽朗燦爛的微笑。

沒有人說話，直到恩尼斯大步走進來，交叉著雙臂說，「對，就是這樣，我們非法離開港口了，我剛才接到海警的無線電，要我們立即掉頭，他們會從寬處置，因為公告才剛發布，我們可以主張我們還不清楚頒布了新法律。」

我放下湯匙。

「現在警方想和我們聊聊還有另一個重要的原因，」戴尚挑明說了，所有人的目光都轉向我。

「對，也許我們應該幫助他們解決這個問題，」巴茲爾說。沒人回答，所以他提高說話的音量。「一個我們幾乎不認識的女人在昨晚謀殺了一個男人，我們不但沒有留下來報案，反而還逃跑了。」

「那個人是那些抗議人士的一員——」馬拉凱先回話了。

「所以？他媽的又怎麼樣？這不是該死的教父電影，我們不會殺人，而她卻冷血殺了一個人。」

「冷血？」我說。

「她可能沒有殺了他，」莉亞說，「我們又不知道。」

「你是怎麼做到的？」戴尚困惑地問我。

「她有一把刀，」阿尼克說。

「她為什麼要帶刀？」巴茲爾問道，仍然不願看我。

「也許是因為女性總會遭受攻擊，」莉亞厲聲說道。

「噢，又來了——」

「從我在監獄裡被刺傷的那天起，我都會隨身攜帶折疊刀，」我說。

船員們沉默了。

「我在利默里克的一座監獄坐了四年牢，那裡充滿暴力行為，所以我學會了戰鬥，我學會對他人戒慎恐懼，我出獄時開始隨身帶刀。」

濃重的震撼瀰漫在空氣中。

恩尼斯端詳著我，我讀不懂他的表情，我想他也看不懂我的神情，其他人正在努力消化這個訊息。

「噢，我的天，」馬拉凱虛弱地說。

「搞什麼鬼啊。」巴茲爾現在盯著我看，他的眼神裡有某種嚴厲的神情。「所以我們船上有一個暴力罪犯，她用刀刺死了一個可憐的傢伙，為什麼你們可以接受？」

「可憐的傢伙？」我說。

「什麼——所以他只是摸了你一下，你就非得要殺了他？」

「你這個死沙豬，」莉亞咆哮，但我幾乎聽不見她的聲音。

「你知道嗎？」巴茲爾問道，「我受夠每次女人做了壞事，就拿女性主義當藉口，這個女的自己行為暴力，然後全部推給男人，真是太可悲了。」

我周圍的人全都湧起一股強烈的憤怒，我應該要生氣，但我只感覺到自己對巴茲爾的鄙視，我可憐他，讓自己變成一個器量狹小的男人。我想他也從我臉上看出我的想法，因為他羞愧得滿臉通紅，他被我點燃的怒火更加熊熊燃燒。

突然出言反駁他的人是恩尼斯，「是他出手攻擊，」船長說，我被他的突如其來的熱情嚇了一跳。「他是因為我們才攻擊她的，她沒供出我們在哪，所以他媽的他就動手攻擊她，你認為她不該自衛嗎？」

巴茲爾發出憤怒無奈的聲音，「你為什麼進監獄？」

「我殺了兩個人。」

「天啊，」他厲聲道，「操你媽的完蛋了。」

「冷靜點，巴茲爾，」戴尚說。

「不要！我們需要用無線電通知警方！如果我們現在調頭——」

「冷靜下來，」恩尼斯命令道。

巴茲爾開始反抗，然後——

「滾！」

廚師氣沖沖地離去時嘴裡還在低聲咒罵，我可以看見恩尼斯轉身面向我們時雙手顫抖，他的目光搜尋到我，眼睛像黎明一樣灰白。

「我很抱歉，」他說。

我不知該說什麼。

馬拉凱輕聲問道，「這就是你不想上岸的原因嗎？」

我點點頭，「我來這裡違反了假釋條件，我不該又離開愛爾蘭五年，我拿的是假護照，而且——」我要說了，何不說出所有真相然後承受天打雷劈呢？「我不是鳥類學家，也不是任何形式的科學家。」

他們全盯著我看。

「什麼意思？」馬拉凱說。

「我沒有做研究，我沒有學位，我只是讀了很多書而已。」

又是一段冗長的沉默，他們試圖思考該如何應對這個局面。

「該死的，法蘭妮，」莉亞終於說道。

「我們千萬別告訴巴茲爾這件事，」馬拉凱建議道。

「你是怎麼拿到追蹤裝置的？」戴尚問道。

「是我丈夫的。」

「但如果你無法參與計畫，為什麼要付出這一切？」阿尼克問道。

「我參與了，我們都是。」

然後，「沒關係，」恩尼斯說，他的反應非常平靜，這讓我一度覺得他肯定早就知道真相了，但這個想法非常愚蠢。「還有兩隻鳥在追蹤中，我能攔截到，然後我們就跟著這些鳥去捕魚。」

我吐出一口氣，感覺雙眼裡微微刺痛，心中油然有股想要擁抱他的衝動。

「鳥在非常西邊，」莉亞爭辯道，「而且快速向南飛行，那些水域你不熟，船長。」

「我可以找到那兩隻鳥，」恩尼斯重複道，他的語氣聽起來十拿九穩。

「如果我們在冰箱裝滿漁獲，但上岸那一刻就被逮捕，這一切努力有什麼意義？」戴尚問道。

「我認識一個人，」阿尼克說，「如果我們需要他，他可以暗中把貨運走，前提是我們能找到漁獲。」

「噢，天啊，」馬拉凱嘆了口氣，他雖然心有疑慮但忍不住笑了出來，置身於這個犯罪世界還笑得出來簡直荒唐，莉亞一直在搖頭，而戴尚一直在揉眼睛，彷彿想將自己從夢中喚醒。

「那我們來投票吧，」我們的船長說，「有人想調頭把船交出去嗎？」同時也交出法蘭妮，這一點他不需要明說。

我屏住呼吸。

沒有人舉手。

「有人無論如何都想堅持航行下去嗎？」

一陣猶豫。

然後只見阿尼克把一隻手舉到空中。「我們現在既然在同一條船上，」他低聲說，「那就把這趟路走完吧。」

一隻手接著一隻手舉起，我任憑淚水從臉頰滑落，雙手因興奮而顫抖。

昨晚我陷入絕望，以為一切都結束了，如今我們卻決定更加深入荒無人跡的茫茫大海之中。

「所以我們就向南航行吧，」恩尼斯說，「希望我們的燃料能撐到那裡，因為他們已經發出針對薩加尼號的警報，所以在達到目的前我們無法靠岸。」

「也希望引擎能撐得住，」莉亞說。

「還要祈禱找到魚群，」戴尚說。

「還有鳥，」阿尼克說。

我點點頭。

還有鳥。

儘管莉亞提出抗議，我還是把我的舖蓋帶到甲板上睡，因我不想留在那個船艙裡，但我也做出讓步，我將自己的手腕綁在欄杆上，這樣可以防止自己遭遇惡劣天候或在夢遊之際落水，甲板上雖冷但很美，晴朗的天空上星斗點點。

稍晚恩尼斯從舵輪處下來坐在我睡袋旁的木板上，他如往常般一語不發。所以我率先打破沉默。

「他們為什麼要投票支持繼續前進？」我問道，因為我整晚都在問自己這個問題，其他人並不像恩尼斯和我一樣需要孤注一擲。

「因為你是我們的一份子，」恩尼斯說，「我們不會把自己人交出去。」

聽到他這麼說讓我異常心痛，那種心痛的感覺既恐懼又感動，我把頭靠在膝蓋上仰望月亮，今晚近乎滿月，月光較白光時更顯金黃。

「我不是故意要殺他的，」我低聲說，然後我又改口，「剛才那不是實話，我是故意的，我極度想殺了他，我想這就是我不該刺下去的原因。」

恩尼斯久久不動也不語，夜色當空。

彷彿過了一世紀之久，他說，「也許不該，但我很高興你這麼做。」

第二十章

高威，愛爾蘭
十二年前

「這個世界本來不是這樣的，曾經不是這樣的，」尼爾對著麥克風說，「過去，大海裡有許多生物，這些生物神奇到簡直像是從幻想中活生生走出，有生物在平原上跳躍著奔跑，有些在茂密的草原上滑行而過，有些從樹枝上跳下，數量非常之多。曾經有許多長著燦爛翅膀的野獸在天空的世界中漫遊，如今這些生物即將消失，」他中斷，在講堂中尋找我的臉。「牠們不是消失，」他糾正自己的敘述，「而是因為我們無關緊要的態度，被我們用粗暴的手段無差別屠殺殆盡，政府領導人決定經濟成長更為重要，人類因為貪婪，願意用滅絕危機來交換經濟成長。」

他說他有時很難把一堂課上完，他感覺怒氣在喉嚨裡升騰，也許會一把將手下的講台擊破，因為他無法承受身為人類的感覺，深深厭惡我們所有人，以及人類這個物種所造成的毒害。他自稱自己是個偽君子，永遠光說不練，他說他厭棄自己的程度和痛恨全人類一樣，他也是凶手的一員，一個生活在財富和特權之中且貪得無厭的消費者。他說他對我簡約的生活方式非常迷戀，同時非常嫉妒，我覺得很有趣，因為我從來沒有這麼想過。他問過我內心深處真正想要的是什麼，我所能想到的只有走路和游泳，所以我想他是對的。

我看得出來他今天很努力想繼續講課，我已經好幾個月沒上過他的課了，我很擔心，因為我看出他聲音裡透露出的絕望、他深思熟慮下的憤怒、他的尖銳指責和需要讓他人理解的努力，我可以從他的聲音中聽出他對自己無能為力的憤恨，我希望我能以某種方式為他分憂，用我手指的觸摸或我嘴唇的低語來撫慰他，但他的憤怒凌駕了我，那是一種能夠吞噬全世界的憤怒。

下課後我在他的實驗室等他，我刻意看著海鷗的屍體，伸展的鳥身被釘著動也不動，雖然我不知道為什麼要看，也許是因為這能讓我回到我們第一次接觸的那一刻，想起那種既親密又恐懼的感覺。

「如果被填充防腐、釘成標本研究的是人類，這個世界會變得更美好，」尼爾走進時說道。

我不禁微微一笑，「不，不會發生這種事。」

「我可以給你看個東西嗎？」

我跟著他走到投影機螢幕，他關掉燈但沒有給我看任何東西，只是看著我的臉、我的眼，然後喃喃說道，「你看起來很累，親愛的。」

最近我夢遊的情況雖然變少，噩夢卻增多，通常是一個噩夢接著另一個噩夢，我有些害怕入睡，有些害怕自己的身體，害怕自己的身體會做出什麼事，但我現在擔心的不是這個。

「你看起來很無助，」我跟他說，「你還好嗎？」

他溫柔親吻我的眼皮，我深呼出一口氣倚靠在他身上，深知他其實一點都不好。

影片播放之際也投影到大螢幕上，沒有任何聲音，只有突然間白茫茫一片把我們刺得張不開眼，我們定神一看，是數百隻鳥雪白的胸膛和緋紅的喙，還有優雅的翅膀在激烈拍動。

我靠近螢幕看得出神。

「這是北極燕鷗，」尼爾說。然後他告訴我這種鳥是所有生物中遷徙距離最長的，也談及牠們的生存，牠們的抵抗，最後他說，「我想跟著牠們。」

「跟隨牠們遷徙？」

「是的，過去從來沒有人嘗試過，我們會學到很多——而且不僅能學到關於鳥類本身，還會學到關於氣候變化的知識。」

我微笑著，內心的興奮在跳動。「走吧。」

「你會跟我一起去嗎？」

「多快可以出發？」

他笑道，「我不知道，我還有工作要做……」

「這就是你的工作。」

「我必須拿到經費，這需要費盡心力。」

我吞下失望轉身看著螢幕。

「我們會去的，法蘭妮，總有一天，我保證。」

他從前也說過這句話，但我們哪裡也沒去。

「告訴我這些鳥會飛往哪裡，」我喃喃自語問道。他告訴我了，他彷彿帶著我飛越海洋抵達異國大陸，帶著我飛到地球彼端，遠到任何人都追不上的地方，我在他的聲音中聽見眼淚，轉身看著他。

「我今天早上去了你家，」他說。

「什麼家？」

「海邊的木屋。」

「我和母親住的地方。」

他點頭，「很久沒有人住在那裡了，我進去屋內，裡頭真的太冷了，親愛的，寒風直接吹進小屋，我彷彿能看見你小小的身軀依偎在母親身邊，蜷縮在床上試圖取暖。」

我抱著他，用手臂包覆住他，如果我能幫自己打造一副夠厚的外殼，我就能保護他的安全；如果我能將自己熔進他的皮膚，如果他需要我，這世間就沒有任何事能讓我倆分開。

在高高的天花板下，餐具刮擦盤子時發出回聲，這裡幾乎可說是一座大教堂。

我們週末住在尼爾父母家，讓我也可以趁機與他們見面，尼爾原本只想回去半小時喝個咖啡；但我聽出他父親在電話中思念兒子的渴望，便建議整個週末都待在他父母家。亞瑟．林區是個寡言但親切的人，非常思念他的兒子，佩妮·林區就是另一回事了，早知我應該過去喝個咖啡就走。

「你做什麼工作，法蘭妮？」她問我，即便尼爾早就告訴過她，但此刻只要有人願意說話我就會感激涕零。

「我是愛爾蘭國立大學的清潔工。」

「是什麼吸引你，讓你認為清潔是你的天職？」佩妮問道。她穿著一件喀什米爾羊毛衫，戴著紅寶石耳環，角落裡的壁爐彷彿有整個都柏林那麼大，我們喝的酒在酒窖裡存放的年份與尼爾的年齡一樣大。

「這不算天職，」我笑著說，我不知道她是不是在開玩笑，但這說法對我來說很有趣。「這只是一份不需技能或資格也能得到的工作，很容易來來去去，在世界上任何地方都可以做這份工作。」我停頓，餐叉舉到一半正要放進嘴裡。「說實話，我不介意做這份工作，這份工作就像一種冥想。」

「真是快樂的日子，」亞瑟說，他的臉頰因黃湯下肚而發紅，他似乎非常高興我們在這裡，他的口音較偏貝爾法斯特而非高威。

「那你父母做什麼工作？」

尼爾大聲嘆氣，彷彿快要失去耐性，想必他在我們抵達之前已經向他們簡述過一切，但他母親並沒有按劇本走。

「我不知道，」我告訴她，「我已經很久沒見過他們了。」

「所以他們不知道你與尼爾結婚？」

「是的。」

「真是可惜，你幫自己籌謀到一個這麼好的歸宿，我相信他們會感到非常驕傲。」

我對上她淡褐色的雙眼，她的眼珠顏色和她兒子一模一樣，我不打算與她周旋，無論她葫蘆裡在賣什麼藥。「我相信他們會的，」我同意，「你兒子是很特別的人。」

「爸，新來的園丁怎麼樣？」尼爾大聲問道。

「確實非常好——」

「你們兩人是怎麼認識的？」佩妮問我。

我放下酒杯。「我旁聽他的課。」

「她是我教學生涯中唯一敢在課堂中途離席的人，」尼爾說。

「我傷害了他的自尊。」

「你們認識的過程真是太可愛了，」亞瑟說。

佩妮的目光如箭；她的一切都顯得謹慎而沉著，她故意這麼說，「我想在大學院校裡工作，可能很方便讓有心人士得知教授的每日行程，尤其是針對一名既成功又年輕的教授。」

「天啊，媽——」尼爾開始發作，但我在桌子底下壓住他的膝蓋。

「可惜，系所對於講師的個人資訊並非那麼公開透明，」我告訴她，「無論我如何刻意觀察，也找不到教授身家和婚姻狀況的任何資訊，真的好難預謀該旁聽哪個班級。」

過了一會兒尼爾笑了出來，甚至連亞瑟也笑了，佩妮的目光一直緊盯著我，同時露出一副高尚寬容的微笑。

「我只是喜歡鳥罷了，佩妮，」我告訴她，「我保證，僅此而已。」

「當然，」她輕聲說，同時示意她的侍者收走我們的盤子。

「我從來沒有這麼開心過，」尼爾說，仍然高興地笑著。

我翻了個白眼收斂起自己的笑容，我不想寬恕任何人取笑自己的母親——他很幸運還有個想陪在他身邊的人，現在那一刻過去了，我後悔自己剛剛反唇相譏。

「她只是在自保，」我說。

「她的態度超級婊，更糟的是——她甚至缺乏掩飾的智慧。」

我們住在客房，因為尼爾不想讓我睡在他童年的臥室，那間臥室是他的避風港，也是他的監獄；佩妮過去經常因微不足道的小事處罰他，把他關在裡面反省，因為他每天都被關在自己臥室，所以那裡總讓他回憶起冷酷無愛的童年。他大膽走進那間臥室的同時彷彿也回到他的缺陷、他的孤獨，回到被母親喜怒支配的童年，同時他也徹底辜負她的期望。

「你來了，親愛的。」他幫忙放好洗澡水，所以我穿越套房，一邊走一邊脫衣，讓衣服隨意落在地上，就像度假時那樣。我浸入熱水當中，尼爾坐在浴缸的邊緣環視著他父母裝飾華麗的浴室瓷磚和鍍金，好像眼前一切都讓他感到困惑。

「我很高興自己娶了一個不甘示弱的女孩，」他說。

「你娶我是為了惹怒你媽嗎？」

「不是。」

「一點這種意圖都沒有？因為如果程度上有這個意圖，我不會介意。」

「不是，親愛的，從很久以前我就不再試圖從我母親那裡得到任何回應了。」

「你還在生她的氣。」

我對他反應如此之快感到驚訝，「因為她不懂愛，」他說。

我從受困飛蛾的夢中醒來，這些蛾試圖飛向月光卻一直重複撞上窗玻璃，夢中的尼爾不在床上，所以他看不見我眼前的景象：我的腳上滿是泥土，把床單抹得髒污不堪，我愣了一下，噢，不，我一定是夢遊了。

早餐時有什麼事不太對勁，佩妮在房子周圍大步走來走去，對著她的員工發號施令，亞瑟則埋首於報紙希望自己即刻消失，尼爾幫我倒了一杯咖啡，然後將我帶到一個可以俯瞰花園的靠窗座位。

「怎麼了？」我問。

「昨晚佩妮的溫室籠子開著，她的鳥飛走了。」

「噢，該死……」我試著在隔壁房間聽出她尖刻的話語，聽到些關於賠償和扣薪水之類的事，我囫圇喝下一口咖啡，告訴尼爾我等等就回來。

陽光讓池塘的水面融化，我走到溫室時長長的草拂過我的小腿，溫室裡安靜而涼爽；我已經看見盡頭豎立一座巨大的鳥籠，裡頭不再生機盎然，沒有色彩、動作和聲響，只留下空蕩蕩的骨架結構。我檢查門上的鎖後心裡一沉——這個鎖沒有鑰匙或密碼，只是一個可以從外部輕鬆打開的輔助鎖。我好奇鳥兒在逃離前是否有絲毫的猶豫，是否對籠外的世界心存提防，或者鳥兒只是湧現重獲自由的渴望，體內迸發活力的喜悅。

「我有二十多個品種，」有個聲音說，我轉身看見佩妮，她在這座簡樸的洞窟中看起來格格不入。

「尼爾曾給我看過這些鳥，這些鳥兒太美了。」但牠們卻被困在牢籠之中，就算我未曾看見自己腳上的泥土或者鎖的類型，我也會知道發生了什麼事，從第一眼看見這些鳥兒被關在這裡不見天日的那一刻起，我的胸口就隱隱作痛，我最大的心願就是放鳥兒自由，但只有我靈魂中的另一半，只有那野性的另一半才做得出此等事來。

「佩妮，我……」我清清嗓子，「我很抱歉，我想鳥可能是我放走的。」

「什麼？」她走進一束陽光之中，看見她眼眶濕潤讓我吃了一驚。

「昨晚我走到室外，我夢遊了，似乎……我的意思是一定是我做的。」我朝她走了一步，強忍著伸出手的衝動，然而她無動於衷。「我很抱歉。」

「別瞎說了，」佩妮淡淡地說，「你不該因自己無法控制的事情而自責。」

接下來是一段冗長的沉默，我決心要想辦法彌補這個狀況，我懂她是多麼愛這些鳥，也意識到自己是如何傷了她的心，這讓我感到非常痛苦。

「我要怎麼補償你？」

她緩緩搖頭，身上失去了驕傲和鋼鐵般的堅強，她突然變得渺小、蒼老又害怕。「我很矛盾，每次看到這些鳥兒，我都感到難過。」

我的眼裡湧起一陣熱。

佩妮恢復鎮定，再次武裝起自己。「法蘭妮，請原諒我昨晚的魯莽之語，我經手過許多患者，他們身上的特質可能會傷害自己和周圍人的生命，我認為自己可能辨認出你身上具備這種特質，但我做出這樣的判斷非常不公平，畢竟你不是我的患者，做出這樣的診斷並不適當，這是我的失誤。」

「噢……」我不知該如何應對，「你是指什麼特質？」

「我認為你可能是個漂泊善變的人。」

在這段易碎的沉默中，我辨認出她道歉的本質：禮貌但話中帶刺。

「吃點東西吧，」她冷冷地對我說，「你忙了一夜，你也許可以考慮讓我幫你開一些治療夢遊的藥。」她留我一個人在溫室裡，她說得對：我衝動多變又不安於室，但這些話不過是用來形容殘酷事實的婉轉之語。

第二十一章

薩加尼號，大西洋中部
遷徙季節

我們經過一個月的時間才抵達赤道，有很長一段時間沒有鳥、沒有魚，也沒看見其他船隻，我們在這裡完全孤獨無依，但據船員們的說法，穿越赤道讓我從一隻旱鴨子晉升為一名老水手。「你現在是一名真正的水手了，法蘭妮，」他們說。

恩尼斯一直緊挨著美國海岸前行——他說轉向東永遠不可能追上鳥，橫渡大西洋需要太長時間，我們可以走更漸進的路線來攔截位置更南的鳥兒。

巴西如今在我們右方，距離近到可以直接看見國土，我們左方更遙遠的大陸是非洲。我的腳迫不及待想踏上那些地方的土地探索未知，但時間並不允許。

巴茲爾不看我一眼也不願與我說話，我覺得很好，他大部分的時間都在咆哮，抱怨自己不過是這艘船上的囚犯，因為沒有人給他機會投票選擇掉頭靠岸。他仍然執迷於烹飪，但現在能端出的菜寥寥無幾，因為食材幾乎已經消耗殆盡，大多只剩罐頭，我很高興不必再吃各種豆類了。我大部分時間都與莉亞、戴尚和馬拉凱在一起學習繩索工作，即便到了現在，即便在海上待了這麼久一段時間，我似乎仍對此一無所知，馬拉凱刻意教我錯誤的術語，當我使用這些術語時每個人都會咯咯訕笑。

身在這片漫無邊際的大海上很容易自欺欺人，忘記自己是個逃犯，我可以「再次」假裝自己沒有因謀殺而遭到通緝。

今天下午我在待在甲板下的船腹，與莉亞一起被派遣到機艙，這是我最不喜歡的任務，因為這個空間又熱又悶。莉亞帶著我檢查儀表，包括液壓油、氣壓、氧氣等等，這些裝置的狀態必須定期檢查，她正在進行一些油膩的工作，像往常一樣手和臉上到處沾得油膩膩的，但她突然停止動作發出一連串的咒罵聲。

「掛了。」

「什麼掛了？」我問。

「我們的備用發電機。」

「你能修好嗎？」

「無法。」

「所以意思是？」

「意思是我們完蛋了，法蘭妮，」她厲聲說，將汗濕的頭髮從臉上擦過，「在沒有備用電源的情況下，如果主電力在任何時候斷電，所有的電力都會停止運作，而我們對此無能為力。」

「電力會用在哪些地方？」

她哼了一聲。「所有地方，笨蛋，溫度調節、航海、揚網機，我們用的所有熱水，廚房裡的所有設備，更別提該死的飲用水了。」

「好，該死，主電力有可能會停擺嗎？」

「有，很有可能，會一直發生。」

「我們從來沒有注意到停電，是因為發電機啟動了？」

「你終於懂了啊，大偵探。」

她踩步爬上階梯——有人警告我不要稱之為樓梯——我趕緊跟上她。「你要去哪裡？」

「告訴船長。」

我們在艦橋上找到恩尼斯，我聽著莉亞耐著性子解釋電力問題，態度比對我解釋時有耐心許多，恩尼斯除了長長吐出一口氣之外沒有任何反應，我認為他的肩膀看起來沒那麼挺直了，他轉身繼續掌舵，凝視著我們面前那片空蕩虛無的大海。

「謝謝你，莉亞。」

「我想我們得離船上岸了。」

他沉默良久，「暫時不用。」

「船長，沒有備用電力我們沒辦法繼續航行，風險很大，這太瘋狂了，很快就會出事——」

「我知道，莉亞。」

她吞吞口水站起身，我可以看到她正在鼓起勇氣，「那你也知道自己正在讓我們全部的人陷入危險當中嗎？」

「我知道，」他簡潔地說。

她猶豫地看了我一眼，目光放軟了些。「好吧，但我們不可能永遠這樣航行下去，船長，我們需要一個真正的計畫，幫助法蘭妮遠離麻煩，我們遲早要加油和補給——這他媽的不是在演《愛在瘟疫蔓延時》，我們必須祈禱等到想像中的魚群出現時，這艘老姑娘還安全航行在水面上。」

莉亞氣沖沖地跺步走出，恩尼斯和我在沉默中互看一眼。

「我會找到另一艘船，」我提議。

恩尼斯不理會我，「還在同一條路線上嗎？」他和我都能看見螢幕上的航海圖，但他讓我再仔細檢視一遍，我們已經清楚標記出燕鷗的路線，所以可以看出燕鷗移動的模式，路線顯然愈來愈難以預測，燕鷗目前正飛離安哥拉海岸朝我們飛來。

「仍然向西南偏南，」我說，「如果燕鷗維持當前的的路線我們便能攔截牠們，不過，恩尼斯，牠們可能未必會飛這條路線，這取決於風向和食物。」

恩尼斯點了一下頭，他不在乎，就像阿尼克說的，我們如今在同一條船上。

「鳥會死守這條路線，我們也是，」他說。

莉亞總會率先關掉她的床頭燈，因為我經常閱讀到很晚，但今晚她並沒有像往常一樣立即打起盹來，而是翻身面對牆壁低聲問道，「你為什麼失去腳趾？」

「因為凍瘡。」

「你是怎麼凍傷的？」

「我只是……沒穿鞋就在雪地裡走來走去。」

「真他媽的太蠢了，不是嗎？」

「是。」

「我們找到這些鳥時，你認為會發生什麼事？」

「你的意思是？」

「我們終於滿載而歸，沒錯，我們心滿意足了，但你呢？你打算再回家嗎？還是打算餘生都當亡命之徒？」

「這你就不必擔心了。」

「我很擔心啊，你會被捕，會回到監獄對吧？因為你違反了假釋？當他們認出你就是聖約翰事件的關係人……」

我闔上書本。

「他們會查出你拿的是誰的護照，」她警告我，彷彿我根本沒意識到這件事。

「要怎麼查到？」

「我不知道！警方是怎麼查案的？」她忿忿坐起身，雙腿往地上一甩，「何不由你來告訴我？因為你他媽的看起來根本不像一個亡命之徒。」

「我不是亡命之徒，因為我沒有在逃跑。」

「你應該要逃！你應該要害怕，法蘭妮！我不希望你被抓回監獄。」

我聽見她聲音裡的淚水，在驚恐中意識到她開始哭了。「天啊，不要，」我試圖說，「這不值得你這樣。」

「噢，操你媽的，」她摀著臉厲聲說。

我不情願地從床上爬起來，走到她身邊坐下。「莉亞，拜託。」

「你不在乎，對嗎？」

我猶豫了一下，然後搖搖頭。「不太在乎，」畢竟我的計畫是在任何人逮到我的許久之前就已死去，所以很難在意。

莉亞看著我，她眼底的痛苦中有某種情緒，有某種誘惑，在我移開視線之前她已經吻了我。

「莉亞，嘿，我們不行。」

「為什麼不行？」她抵著我的嘴唇問。

「我已經結婚了。」

「那並沒有阻止你和巴茲爾搞上啊。」

「那是我打算傷害自己，沒有任何意義，但這次就不一樣了。」

她輕輕嘆了口氣；語氣變得無精打采又心照不宣。「那就順其自然吧。」

我們再次接吻，而且我真的想這麼做，我想沉溺其中，讓身體的衝動壓倒一切，讓親密撫平我的傷口，我認為這會有效，可能有效，但那將是一種背叛，不僅背叛了尼爾、背叛了我心中的安心感，也背叛了我開啟的這場遷徙。我唯一想要摧毀的人就是我自己，所以在此過程中不該附帶任何傷害。

所以我盡力溫柔結束了這個吻，然後回到床上關掉燈，她在黑暗中無語看著我，想要又不確定，然後她也讓自己入睡。

我丈夫經常說，人類真是這個世界的瘟疫。

今天我們左方出現一大片陸塊，這幅畫面讓我很驚訝，因為我一直在研究的航海圖上並沒有陸地，當我們接近一看，我才意識到這是一座由塑膠製品構成的巨大浮島，有魚、有海鳥和海豹死在岸邊。

我寫信給尼爾；我寫給他的那堆信與我的思緒一樣變得愈來愈沉重，我試圖讓自己接受我們的關係、我犯下的錯誤，還有我們選擇的曲折道路，我回想事情的發展本來可以有所不同，但試圖別讓自己耽溺在其中；活在假設中只會徒留遺憾，而我已經擁有如汪洋般廣闊的悔恨，所以我反而將大部分時間花在緬懷過往的甜蜜，還有隱藏在字裡行間或表面之間的時刻，我離開他時他寫給我的每一句話總是寬厚又溫柔，儘管我拋下了他。我活在我們在床上共度的那些夜晚，我們總會念書給對方聽，或者在週末早晨一起泡澡，或者展開無數沉默而完美的賞鳥之旅，其間呼吸到的只有彼此，我努力騙自己，假裝我們還能擁有更多這樣的時刻。

我們沿著巴西海岸向南航行，每一天的開始都充滿希望，每天都在盡力睜大眼睛、凝視、搜索、不敢眨眼中度過，最後因絕望而喘不過氣來。只有兩隻鳥戴著追蹤器，但鳥群應該有更多成員，鳥兒應該就在附近，你們在哪裡？你們的小小翅膀還在搧動嗎？你們還在對抗風與潮汐而感到疲憊不堪嗎？如果我抵達南極洲時你們不在那裡該如何是好？如果你們和同伴一樣死在這段旅程中該怎麼辦？我在生命盡頭尋找意義的卑微企圖即將落空。

我好奇這是否有任何意義。

我好奇任何一種死亡是否有絲毫意義，動物的死亡一直都有意義，但我不是牠們，如果我是就好了。

我好奇尼爾是否能夠原諒我的失敗。

無線電率先斷電，莉亞和戴尚設法恢復電力但卻導致廚房斷電，這表示我們失去了冰箱、微波爐、水壺和烤箱，我們盡快消化冷食，但冰箱剩下的大部分食物都浪費了。

事態每況愈下；莉亞解釋這是因為船會自動將電源重新導向自動駕駛系統，因為自動駕駛系統使用最多電力，且永遠是船上除了導航系統之外最重要的功能。我們失去了電視，失去冷藏食物的功能，我們很幸運在失去暖氣之前已經行駛到溫暖的天氣區域，熱水斷斷續續——一直有人在測試熱水，想看看什麼時候也許能夠趁隙快速淋個浴或泡一杯茶。很快自動駕駛就失效了；因為電池電量太低無法持續供電，接著在一天後輪到導航失效了。

沒有人敢對此多說一個字，船上的人為了修復停擺的設備而努力不倦，莉亞和戴尚日以繼夜埋首於維修工作，有時能成功修復並正常運作，但大多數情況下則是失敗。其他人則晝夜不休工作保持船隻正常行駛，從機艙和甲板上持續舀水出去，拚命保持船上乾燥。由於失去自動駕駛，恩尼斯很少睡覺，每天他都像古時的水手一樣運用航海圖、指南針和六分儀來導航。這一切都太可怕了，我能感覺到恐懼隨著波浪從水手身上蕩漾開來，但我在船長身上看見了一種安靜熱情的核心開始運轉，回到這世界往昔運行的方式，他雖不熟悉這片海洋，但我認為他內在某顆古老的心臟了解所有海洋，就像我內在某顆古老的心臟一樣。

現在不只恩尼斯和我需要從燕鷗的紅點中尋找安慰，全體船員也是，他們每個人都一個一個走向艦橋想緩解他們的驚慌，同時檢查那兩顆代表希望的小小信號是否真正在引領我們。

「是時候停損了，」有天我無意間聽見阿尼克對他說，「我們有偉大的計畫，我們走了很長一段路，但現在結束了，兄弟，鳥兒領先太遠，但這艘船已經不行了。」

我想就這樣吧，我們無法永遠這樣艱難又緩慢地航行下去。

但恩尼斯只說，「還不到那個時候。」

我看著船長返回艦橋，留下阿尼克目送他的朋友離開，我知道恩尼斯一定在想：我們已經走太遠，來不及回頭了，還沒有碰觸到他的底線，而我不知道我的底線在哪，但現下也尚未碰觸到我的底線。

我小心翼翼接近大副，試圖幫他打氣。「他會想辦法讓我們度過這次困難的，」我輕聲說，「他很堅強。」

阿尼克沒看著我卻苦笑道，「人愈堅強，這個世界就愈危險。」

第二十二章

高威，愛爾蘭

十一年前

到了我們的結婚週年紀念日那天，我唯一感受到的只有震驚，尼爾卻一點也不意外我內心有某部分一直悄悄認為我們的婚姻不過是場無聊的冒險，最終不會有任何結果，我們會發現對方身上有太多自己不喜歡的特質，我會驚慌逃離，而他會對我厭煩。有時我在打掃時會想像尼爾和我其實正在玩一場極端的儒夫賽局，我想知道誰會先承認我們閃婚太傻，誰會先打退堂鼓，誰會先笑出來或認輸，這賽局很有趣不是嗎，親愛的，但現在請先回到我們的現實生活，回到尋找合適結婚對象這件事上，與陌生人同居一直都是非常恐怖又令人尷尬的事，就像與他人裸裎相見。

但紀念日和我們共度的每一天一樣令我驚喜萬分，我們竟是如此深深墜入愛河。究竟是什麼樣的命運，什麼樣的力量。

為了慶祝週年紀念，我們到鎮上參加了幾個集會，從一家酒吧到另一家酒吧，聆聽每間酒吧裡的一群音樂家表演，這是我最愛的行程之一，因為小提琴的樂聲總是充滿莫名的熟悉感，樂手相聚，音樂響起，我們共享的愉悅觸手可及。

過了一下子曲風匹變，變得緩慢而憂鬱，我覺得自己曾經聽過這個旋律……答案卻毫無預兆地想起，我祖母過去經常在她洗衣服時演奏並隨之哼唱這首曲子：「拉格倫路。」

尼爾伸手拉住我的手，「怎麼了？」

「沒事，抱歉，」我搖搖頭，「你是否曾經覺得自己生錯了身體？」

他捏捏我的手指。

我問，「那你認為真實的自己是誰呢？」

尼爾啜飲一口酒，大概是為了忍住不翻白眼。「不知道。」

「這一年來我們每天都膩在一起，你對我來說仍是陌生人。」

我們思索著對方。

「你了解我，」他堅定地說，「這是最重要的。」

這一定是實話，因為感覺起來是真話。

「但我是誰？」尼爾附和道，「這問題有什麼意義？我該怎麼回答？你會怎麼回答？」

我是誰？

「你說得對，我也不知道，」我說，「但真實的我可能活在我媽離開那天，就活在某個地方，否則我為什麼一直回到那裡？為什麼我無法停止尋找她？」

尼爾親吻我的手，我的手即是他的手，我的嘴也屬於他。

「也許真實的我活在我媽存在的所有歲月裡，」他低聲說。

「至少她努力過了？」

他聳聳肩又喝了幾口。「我們擁有多少，才有辦法付出多少。」

「你想要小孩嗎？」

「想，你呢？」

孩子會改變一切。我差點要說出違心之論，只是想護衛我們所擁有的這個片刻，但即使對我來說這種謊言也太殘忍、太傷害人了。「不想，」我說，「對不起，我不想。」

尼爾的眼神變了，他內心有某個部分顯得驚魂未定，他的安心感已失去平衡，我不知道他能否恢復鎮定。

「為什麼不想？」

因為萬一我像我母親離開我一樣離開我的孩子怎麼辦？萬一我最黑暗的恐懼千真萬確、且我又無法控制自己怎麼辦？我怎麼能夠這樣對待我的孩子？

「我不知道，」我說，因為如果我說出實情，我的怯懦會讓我窒息。「就是沒有理由。」

「好吧，」儘管這個話題還沒結束，但他最終如此說道，接著他出其不意說，「我認為你明天不應該去。」

「為什麼不該去？」我買了一張前往貝爾法斯特的火車票，打算前往尋找線索。

「因為我不認為你應該繼續尋找。」

我一頭霧水。「我總有一天會找到她——」

「她不想被找到，法蘭妮，不然怎麼會這麼難找？」

我搖搖頭，覺得胸口緊繃鼓脹。

「如果她想見你，她會主動聯絡你。」

「尼爾，聽我說，」我盡可能冷靜說出，「我漂泊善變的本性……會控制我，」我一定得讓他聽我的，「萬一有天我離開你，我要你保證你會等我回來，你要等我，如果等太久再也等不下去，你得來找我，讓我想起要記得回家。」

他無言以對。

「你能答應我嗎？」

他慢慢點頭。「好，我保證。」

「你會等嗎？」

「我會一直等下去。」

「如果有必要，你會找到我？」

「你不必要求我，我會自己去找你，親愛的。」

歌曲結束了，揮別曲中的沉重感讓我的胸口如釋重負，那種無名的心痛一掃而空，取而代之的是深沉的寬慰和愛。我們留下再喝一杯，我們不再談話，就這樣就這樣坐著靜聽好幾小時，但尼爾另有計畫，我們騎著車抵達一座碼頭，有一艘電動小艇等在那裡，他示意我上船，我看著小艇目瞪口呆，我想知道他是租了這艘船、還是我們正在偷搭這艘船，但無論是上述哪種方式我都不介意。駛入黑暗的水中時我感到一陣喜悅，我們擁抱海岸，在燈塔不斷盤旋的燈光下向北行駛，我感覺到海的鹹味及海浪拍打的聲音，搖晃的波浪前方是黑色深淵，海面延伸的一片黑暗連接到如漆黑天鵝絨般的夜空，閃爍著點點星光，星星倒映在海水中，我們彷彿能划上這片夜空；這片黑沒有盡頭，大海或天空也沒有盡頭，只是溫柔交會在一起。

很快尼爾就駛向內陸，我們攀上一大片岩岸，他把船拖到我們身後，將手指放在自己嘴唇上示意我不要出聲，我們沿著海岸爬行，直到看見一處洞穴張開的裂口。我能在夜晚的海浪之外聽見別的聲音，有許多種聲音，一聲嗚嗚的叫聲之後是某種啼囀聲，有上百聲形成一首迴盪人心的樂曲，我們小心翼翼走進洞穴，我的心開始怦怦直跳，有股氣味籠罩我全身，那是一種刺鼻帶霉味的溫暖氣味。尼爾找到我的手將我拉到地面上，低聲示意我趴平，岩石崎嶇冰冷，但在岩石之上噪音開始鼓譟，黑暗中出現了身影和暗影，我直接聯想到蝙蝠——蝙蝠也是用拍動翅膀的方式移動。

「這是什麼？」我低聲說。

「等等。」

天上的雲層終於移動，近乎盈滿的月光照進洞穴裡，在這些生物的身上投射了一片銀光，有數百隻築巢的鳥兒飛來飛去，相互呼喚，一大片黑色羽毛、彎曲的鳥喙還有閃亮的眼睛佔據了整個世界。

「暴風海燕，」尼爾低聲說，他把我的手牽到他唇邊。「結婚週年快樂。」

如今我懂了，我們之間其實永遠不需要言語，因為當中存在一個更偉大的宣言，那無邊無際的愛，也是最深遠的愛的形式。我吻他，擁抱他，我們只是留在這裡觀察並聆聽這些美麗的生物，在這黑暗的幾小時內，我們可以假裝彼此一體不分。

時間已屆破曉時分，他將帶走這個夜，憑藉幾句話就將之摧毀，我的世界也幾近崩毀。

回到岸邊，我們從小艇涉水到岩石，海水圍繞我的腳踝，我們身上籠罩了一片灰濛。

「法蘭妮，」他說，我轉過身微笑著，水淹沒到他的膝蓋，他抓住小艇邊緣時顯得面色慘白。

「我也一直在找，」尼爾說。

「找什麼？」

「只是我採取的是另一種方式，我一直想不透你為什麼不透過警察來找。」

我的笑容瞬間消失。

「你一直找不到她是因為她冠了夫姓，她在法律上姓史都華而非史東。」

他朝我靠近了一些，但仍為彼此留下空間，我們不知何故終究無法彌合最後的空隙。

「親愛的，」他說道，聲音放得如此輕柔，「你其實知道發生了什麼事，你還記得嗎？」

我還記得嗎？

不記得。

但是我可以回憶不是嗎？這次真正回到記憶中，回到那祕密的所在。

我可以再次回到那座海邊的木屋，再次呼喚她的名字，再次目睹她的屍體掛著脖子上吊。

「噢。」我深吸一口氣，世界變得模糊。

「她沒有離開你，」尼爾說，但他錯了，「她死了。」

我輕點一下頭，是的，我現在知道了，我內心有某部分一直都知道，我深知她腫脹臉部的形狀，她爆裂的紅色眼珠和她瘀傷皮膚上泛著的青藍，我知道她的腳看起來有多髒，就這樣懸吊在空中沒穿鞋襪，我想幫她蓋住雙腳，怕她著涼，那間屋子裡真的好冷。

我的雙腿一軟，狼狽跌坐在水中。

真好笑，這樣的事竟然如此微妙地從我腦海中殞落，就像一片飄動的落葉。

我是不是就像一棵零落的樹，還遺失了什麼記憶？

「法蘭妮，」尼爾說，我看著他跪在我面前，臉孔模糊而英俊，但不再是原來的陌生人。

「我現在想起來了，」我說，他把他身上的體溫壓在我冰冷的身軀上，把他的嘴按在我閉起的雙眼上，我強烈感受到、也能確知到：無論我打算現在或者十年後離開，我都無法再忍受這個地方了。

第二十三章

薩加尼號，中大西洋

遷徙季節

「在你們離開之前，」我說。

船員們全都回頭看著我。我們剛在餐廳吃完早餐，除了我們不友善的船長依然缺席。我清清嗓子欲言又止。

「有話快說，可以嗎？」巴茲爾說，「這艘船正在分崩離析，還是你忘了？」

「筆電的電池又沒電了，這次沒電可充了。」

有種痛苦在空氣中迸裂，這件事注定會發生，但一但明講便會扼殺船員僅剩的一絲希望。

「這不像上次那樣——這不表示鳥都淹死了，」我盡力說服他們，也努力說服自己，「只是表示我們再也看不見鳥的位置了。」

戴尚用手攬著他的男友——馬拉凱正努力不要公然崩潰。

「恩尼斯說沒關係，」我輕聲說，「他說我們知道鳥飛行的方向。」

「該死的，恩尼斯已經瘋了，」巴茲爾說，「他無法在他不熟悉的海域航行，沒有人做得到。」

我不是第一次聽見這種說法，船員們因焦慮而緊張，因為陌生的海域和機械失靈而慌亂無措。

我轉向阿尼克尋求指示，但他的目光卻聚焦在遠方。

「情況愈來愈糟了，」莉亞說，「水泵發生故障，這表示海水淡化器無法運作，所以我們最多只剩幾天能喝水了。」

「噢，我的天哪。」戴尚的頭一把倒在桌子上。

「這太不像話了，」巴茲爾說，「我們完蛋了。」

「我們該怎麼辦？」馬拉凱問道，「不管有沒有鳥，我們都需要喝水。」

巴茲爾起身在房間裡踱步，全身充滿侵略性的能量。「我們真的有必要這麼不敢於叛變，連自己的性命都不顧了嗎？」

「你在說什麼，巴茲爾？」莉亞問道。

「我們勸過了，阿尼克勸過了，如果他自己想不通，那老頭子就沒救了。」巴茲爾沮喪地顫抖著，「我們應該靠岸，我們應該靠自己。」

「船長是唯一能做到的人。」

「我們每個人都知道怎麼做。」

「這不是重點——」

「我們可以把他鎖在他的船艙裡。」

「沒有人可以把他鎖在任何地方！」莉亞說，「他是我們的船長啊！」

巴茲爾搖頭，「這跟他賭博的時候沒有兩樣，他看不出什麼時候該收手。」

「你勸過他嗎？」戴尚問道，我過了一會兒才意識到他是在對我說話。

「我？」我問，「他為什麼要聽我的？」

沒有人回答。

「我不打算為了這艘船而死，」巴茲爾平靜地說，他的氣消了，整個人像洩了氣的皮球。

「真正的水手在登船的那一刻就要有心理準備自己可能會——」莉亞突然說了，但巴茲爾說，「閉嘴，」然後她就住嘴了。

我站起來，一陣風吹得主甲板上的我搖搖晃晃，天空中留下白色條紋狀的雲，就像我們船後留下的尾波一樣拖得好長，我停下來思考，試圖抓住任何想法，但我的思緒卻像雲朵一樣纖細虛無，我不知該如何是好，我如何能主張結束這一切，如何能支持靠岸，選擇投案，回去那個我發誓永遠不要回去的牢房，但我又怎麼能拒絕？繼續堅持己意直到薩加尼號分崩離析，直到我們七人全部淹死，或者更可能是渴死，這真是太瘋狂了。

我抬頭看著艦橋上那個男人，看著他沒有修剪的鬍鬚和佈滿血絲的雙眼、他的絕望、他的孩子，他就像個幻影，只知追尋，卻沒有任何界線，如果我們上陸，我們將永遠無法離岸，永遠擱淺，我內心滋長的某部分拒絕這麼做，我的意志一次又一次使我變成一個怪物，我目光盯著右舷方向出現某個物體，距離有好幾公里遠，也許沒那麼遠，是海水中的物體，離岸不遠。

「那是什麼？」我問戴尚，他又回頭埋首於索具工作。

他對著太陽瞇起眼睛。「可能是漁場或鮭魚吧。」

我皺起眉頭凝視著漁網旁的小艇。

我趕緊回到餐廳。「阿尼克，」我說，「我需要你帶我去一個地方。」

我們的大副瞇起眼睛。

我們的動作很快，阿尼克和我爬下小艇後從水面上出發，我們沒有先跟恩尼斯報備；因為莉亞說過如果我們減速到停船，可能就無法繼續前進了，而且我也不想逼他做出這個決定。我們接近鮭魚船時，可以辨認出甲板上有人正在監看，這艘船比薩加尼號小，但相差不多。

「*Ola*，」一個男人喊道，「*O que o traz para fora?*」

「你會說英文嗎？」我問。

「會，一點點，」他回答。

「我們需要水，」我說，「我們的發電機壞了，水泵也壞了，我們需要飲用水，你能幫我們嗎？」

他指指陸地，「有一個港口，很近。」

「我們不能去那裡。」

這名水手一臉迷茫，「很近，陸地上有水。」他對其他船員說了幾句話後，大夥就回去工作了，那人大步走開，談話到此結束。

「他媽的。」

「現在怎麼辦？」阿尼克問道。

「如果我們偷偷潛到船上呢？」

「你有看見他嗎？」

我順著阿尼克的手指看見站在桅杆瞭望臺裡的人，他正在監視我們，「所有船上的儲藏室通常都在同一位置嗎？」

阿尼克打量這艘船並聳聳肩。「不會差太多。」

「你回薩加尼號，我在船上跟你碰頭。」

「什麼？」

「我會去取水。」

他笑著哼了一聲，「兩艘船中間有三公里遠，超過你能游泳的距離，而且你要怎麼邊游泳邊扛水？」

儲物箱裡有繩子，我把繩子拖到肩膀上等待瞭望員轉身，然後悄悄滑入海中，我盡可能潛在水面底下，等到接近鮭魚船的船體才重新浮出水面，我游了一圈，發現有好幾個梯子一直延伸到漁場——大部分水手都用梯子下船，然後散佈在圓形漁場周圍檢查他們的魚。

我無法在附近等到確定梯子夠安全才行動——畢竟薩加尼號每分每秒都離我愈來愈遠——我把我浸水的身體和一捲繩索從水裡拖上梯子。至少船上很安靜，漁場從這裡看起來像是捲成球體的粉紅色觸手，我全身滴著水步行到階梯，然後順著階梯走下到餐廳甲板，看來廚房裡沒有人，儲藏室裡也沒有人，所以我很輕易就找到了水箱——沿牆一字排開的五加侖水箱，還發現了一堆電池，我把幾顆電池塞進我的運動胸罩裡，我只扛得動兩桶水箱，所以我抓住水箱奮力走出去，一頭撞上走近我的船長。

他盯著眼前這個渾身濕透、瑟瑟發抖的鹹水小偷，他的兩個手下看到我時也同樣驚訝。

我深吸一口氣，感覺如同萬箭鑽心，我想不出有什麼話好說，於是說了「拜託」。

船長的表情看起來和我一樣瞠目結舌。

接著是一段漫長而痛苦的時刻，在這段時間裡薩加尼號離我更遠了，我游回船上的可能性也漸次降低，但從他的表情我也看出理解的神色，因為他知道目前正在實施制裁，每個人都知道，接著船長讓路示意我通過，我鬆了一口氣。

「謝謝你。」

我把水搬上梯子，我的腳大聲拍打在甲板上，繩子一端用稱人結綁在我腰上，另一端則穿過兩個水箱把手串起，尾端也綁上稱人結，這是我最喜歡的繩結，結構不會滑脫。然後我走到欄杆邊緣，這可能是我做過最愚蠢的事，也是任何人所能做出最愚蠢的事，我可能就要沉入海底。

我幾乎笑了出來，差點停止呼吸，但恐慌是我的敵人，任何情緒都可能成為失敗的理由。放慢你的呼吸，深呼吸，數著呼吸的節奏，讓你的四肢平靜，讓思緒安靜，然後下水。

我沒有試圖跳水，因為水箱會把我向下扯，我選擇直接入水，在水箱接觸到我身後的水面之前打水並向上踢水，水箱下沉，也拖著我往下，在某個可怕的時刻我覺得自己完了，我死定了，下沉的速度太快了，毫不留情，這片海中僅存一具浮腫的漂浮物，被她自己製造的鎖鏈拴在海底。我盡全力踢水，運用手臂和雙腳拖著自己的身體浮向水面，但我不必再擔憂被重量拖下去：因為裝著飲用水的水箱漂浮了起來。我無視水手的叫喊聲，這些人目睹了我的瘋狂行徑。我適應了游泳的節奏，除了感覺到周遭的海水之外，我目空一切。

母親總說只有傻瓜才不怕海，我一直將此話奉為圭臬，但如果海不存在，就無法喚起恐懼，這是不可否認的事實：我從來沒有畏懼過大海，我的每一次吐納都帶著深愛，心臟的每一次跳動都在熱愛大海。

海洋如今給予我光榮，抬起我的四肢，使我的四肢顯得輕盈且強壯，海洋帶領我，像我擁抱海洋一樣擁抱著我，不知何以我完全無法抗拒。

尼爾給我的一封信中曾這樣寫道：

我只不過是你生命中的第二順位，但什麼樣的白痴會與大海爭風吃醋呢？

阿尼克嘴裡一邊咒罵，一邊把我拖進小艇，他載著我們行駛最後幾百公尺，然後我們看見包括恩尼斯在內的全體船員。

我的手臂和雙腿已經無力，必須讓人抬上船，他們用毯子把我包裹起來帶到下方船艙，他們每個人都親吻我的臉頰，此舉讓我微笑，他們向我道謝，我覺得船員全都受到了驚嚇，這讓我感到過意不去。

「可以了，讓我休息一下吧。」

水手們都離開，除了恩尼斯留下。

我伸手抓住他的拳頭，在我的輕撫之下那隻手彷彿變成一隻普通的手，那是一隻粗厚的手，指甲又裂又髒，手上傷痕累累。

他的目光與我相遇。

「電池會有幫助，但水量只能撐一個星期，」我輕聲說，「我會陪著你，我會陪你到最後，能走多遠是多遠，但恩尼斯，如果你有什麼計畫，現在是時候告訴我了。」

他握緊我的手，我的手在他手裡顯得好小。「法蘭妮，」他低聲說，「你嚇到我了，」然後他吻了我的額頭。

第二十四章

薩加尼號，阿根廷海岸
交配季節

這裡的氣候曾經非常溫和，即使在夏天也是如此，現在這裡的溫度比正常氣溫還要高上許多，氣候的冷熱一直取決於南極，南極向北伸出冰涼的手指，撫摸著這片肥沃的海岸，然而現在觸及範圍要短得多，因為南極的範圍已經大幅縮小。我們轉向一處小海灣，讓我們轟隆隆的引擎暫時休息一下，我們已經向南航行了很長一段，離我們不遠的地方是有「世界盡頭」之稱的烏蘇懷亞，恩尼斯說從未有漁民來過這個海灣，這裡只會出現豪華的假日遊艇，有時還會出現想游泳的當地人，因為幾個世紀以來這裡一直禁止捕魚。這是我們船長在向他的故障船隻投降之前一直想要到達的地方，這是他所知唯一足夠隱密的藏身處，也許，只是也許，可以讓我們不被發現，莉亞和戴尚也能拿到他們需要的料件將船修復。原來他心中確實有個計畫，而我拿來的水讓我們能夠開到這個地方。

阿尼克用他的小艇將船員送到岸上，而恩尼斯和我則留在薩加尼號上遠遠等待，距離足以觀察到任何船隻接近。我們身後上方是一片垂死的森林和雄偉的馬蒂亞勒山脈，那裡曾經覆蓋著靄靄白雪，但我無法將目光從大海上移開，現在無法，在我們如此接近海的時候我做不到。

今天是我的三十五歲生日，我沒告訴恩尼斯，只是把巴茲爾藏在他船艙裡那瓶法國紅酒拿了出來。

「我們來喝這個吧，」我回到甲板上說。

恩尼斯看一眼笑了。「他會殺了你。」

「我可以幫他再買一瓶。」

「那可是勒樺酒莊的黑皮諾。」

我茫然看著這瓶酒。

「價值五千美金，他已經放了二十年。」

我驚到嘴巴都張開了。「現在我真的非喝不可了。」

恩尼斯笑了，但我把酒放回去。

我們打牌打發時間，不喝要價五千美金的紅酒，但喝著四十美金的琴酒，這實在太享受了，夕陽到晚上十點才開始西下，用精緻的金線描繪出蔚藍的大海，岸邊的小船燈火通明，一艘一艘閃閃爍爍，讓這世界變得夢幻起來。

「我公婆每晚都喝那種酒，」我說，嘴裡含著第三杯雙倍溫烈酒。

恩尼斯慢慢吹著悠長的口哨。「當時你一定也喝過幾杯美酒。」

「他們拿給我們喝的是比較便宜的酒，因為我們不懂得品酒，」他做了個怪表情，我輕笑，「有趣的是，我們可能真的不懂得欣賞，至少我不懂。」

「尼爾可能懂酒嗎？」

「有可能，不過，他會假裝不懂。」

「我想我喜歡尼爾，」恩尼斯說。

「他也會喜歡你的。」那是謊言，尼爾憎恨漁民的態度從來就毫無保留，「他要是聽到我描述這一切經歷，會很嫉妒的。」這是另一個謊言，尼爾從來不想為了冒險而冒險——他只想拯救動物。

「你不是一直在寫信給他嗎？」

「是，但是……」我聳聳肩。

「你有其他話要先告訴他。」

「我猜是吧。」

「比如道歉？」

我猶豫了一下然後點點頭。

「別說太多抱歉，孩子，會沒完沒了。」

「如果有很多事情需要道歉呢？」

「真心的道歉一次就夠了。」

我想這是事實，人無法控制他人是否情願寬恕你。

「你為什麼將這艘船取名為烏鴉，恩尼斯？」我問。

他用粗糙的手撫摸欄杆光滑的木頭。「因為烏鴉會飛。」

其他人一帶著零件回來，我們便開始投入維修工作，當晚和隔天一整天都在工作，大家只想盡力協助莉亞和戴尚，有太多部件需要維修，工作似乎永遠不會結束，時間愈長我愈發焦急，目光總是投向大海，預期海警就要到來，如果有人檢舉商業漁船在非法的地方下錨……

我已經感染了恩尼斯想遠離陸地的急迫感，只願漂流，永遠漂泊。

到了第二天晚上時已經沒有任何待辦事項，莉亞從陸上的機械師那裡訂購了一個零件，我們現在唯一能做的只有等待，所以我們只能喝酒，馬拉凱的神經愈來愈緊繃，幾乎是坐立難安，巴茲爾說話比平時更加難聽，莉亞脾氣更差，恩尼斯則更加沉默，阿尼克和往常一模一樣，而戴尚則需要先激勵大家心中僅剩的希望和樂觀，才能說服我們打牌來打發時間。

我不知道自己有什麼情緒。

似乎有好幾個小時過去了，我幾乎開始數時間，即使這沒有任何意義，我們不開任何燈，只是坐在月光照亮的甲板上。這是戴尚的功勞，他讓每個人都加入牌局，讓我們放鬆到足以嘲笑他蹩腳的牌技，就連馬拉凱也冷靜下來，還說了他過去對妹妹惡作劇的故事。笑的時候我覺得自己是他們的一份子，沒有任何理由或解釋，無論如何我與他們相處非常快樂，如果有來世，我知道自己屬於這裡，屬於薩加尼號。

他們讓求死變得更加困難，他們讓我嘗試想像一個幽微模糊的念頭，那是關於這次遷徙結束後的生活，是非常危險的想法。

有一次我問尼爾他認為我們死後將何去何從，他說不會發生任何事，唯有分解，只有蒸發，我問他這對我們的生命、對於我們如何度過人生、對人生的意義來說代表什麼，他說我們的生命除了再生循環之外沒有任何意義，只是難以理解的曇花一現，就像動物一樣，人類的生命並不比任何動物更重要，或者比任何生物更值得擁有生命。在我們自大的生命歷程中，是這個星球賜予我們生命，但在我們追尋人生意義的同時，我們已忘記與地球共享的本能了。

今晚我寫了一封信給他，告訴他我認為他的看法正確，但同時我也認為生命確實有意義，生命的意義存乎於培育，存乎於使自己和周圍人的生命變得更加甜蜜。

「你一直沒有停止寫信給他嗎？」莉亞坐在我身邊問道，她杯子裡的一滴酒濺到我的信紙上，沾污了我凌亂的字跡。「你的執念真的太深了，你寫什麼信給他？」她問，「你有告訴他我們的事嗎？」

「有時會。」

「你是怎麼描述我的？」

我看著她，她有點醉了，看起來很需要安慰。「我說你無情、迷信又多疑，我還說你很棒。」

她牛飲一口。「放屁，你跟他說他是個傻瓜，告訴他你不需要他，你不需要他，法蘭妮。」

然後，她迷迷糊糊看著我，「*Stupide créature solitaire*。（法文：愚蠢的孤獨生物）」

「你覺得我們死後會怎麼樣？」我問她。

她笑著哼了一聲。「你有什麼毛病？這問題有什麼意義？」

「沒有意義。」

一陣沉默後她發出一聲巨大的嘆息。「我想，我們會去我們該去的地方，這只能交由上帝來決定了。」

之後她就安靜下來了，我也是。

過了不久，她醉醺醺地一頭鑽到床上，我（從我們修好的水龍頭）幫她倒了一杯水，然後將水留在她身邊。其他人也已回去睡覺，我卻熬夜不願睡，回到空蕩蕩的主甲板上。今晚輪到巴茲爾守夜，我可以看見他在船頭抽煙，眼睛盯著海岸線以防有船接近，我不想走去任何接近他的地方再忍受他一連串的酸言酸語，一時興起的我直直攀爬上桅杆瞭望臺，我不該來這裡——如果你並非以船為家的人，這裡對你來說太容易滑倒——但這裡周圍沒有人，今晚我想讓視線看得愈遠愈好，我想要遠離其他仍在呼吸的身體，我渴望天際，其他船隻的美麗燈光在我下方盈盈閃爍，我希望燈光一閃而逝，讓這個世界陷入應有的漆黑之中，人類對其他生物從不留下任何餘地。雖然我從我丈夫身上學到許多，但我對黑暗的熱愛並非源自於他，而是在曠野深處的農場裡，在破曉深沉的魔力時刻，真正的夜晚覆蓋在滿天繁星之上，遠方的大海在輕聲咆哮，我沉默的祖母在我身邊，我們在那座漆黑的牧場裡度過所有夜晚，我們之間從不說一句話，只有我偶爾嘆出一口氣，因為我寧願躺在自己床上。

如今的我坐在這裡，坐在這艘船的最頂端，我願付出一切，我願奉獻我的任何一部分——我的血肉、我的鮮血或我的心——回到當年的其中一個夜晚，只希望能在黑暗中再次站在她身邊。她是那個總是讓我冒火，讓我困惑的人，讓我摸不透又遙不可及，卻也是全世界最愛我的人，只因我太執著於自己的孤獨而看不見她對我的愛。

我聽見風吹草動卻為時已晚，我一定是在桅杆瞭望臺睡著了，吵醒我的是遠方船隻的引擎聲。

我慢慢站起身牢牢抓住欄杆，在黑暗中瞇著眼睛看，愈來愈近的燈光白藍相間，從海灣入口處慢慢駛來，從海上逐漸逼近。

他媽的。

為什麼巴茲爾沒有看見他們？他睡著了嗎？我環顧四周想找他，卻看見他站在欄杆處靜靜注視著那艘船靠近，他背著一個背包打算逃走，他一定幹了什麼好事。我心裡一沉，頓時知道發生了什麼事，但他此舉對我來說毫不意外，感到訝異反而顯得不合情理。我內心有某部分認為自己應該更努力試著勸他，也許能阻止這個情況，但現在有什麼用呢？木已成舟。

船上的桅杆瞭望臺不適合膽小的人，因為高度非常高，雖然爬上去看似非常簡單，但下去的過程卻令人快要作嘔，一階接著一階向下，向下，再向下，繼續向下，千萬別重心不穩，眼睛只准看著階梯，眩暈感來襲時船在我下方旋轉，我必須暫停閉上眼睛用鼻子快速呼吸，等待世界自行恢復正常，等待翻攪的腸胃重新調整位置，然後才能再次向下，隨著節奏踩踏直到腳碰到木頭甲板。

我不想浪費時間質問巴茲爾，而是趕緊進入船腹。

我先去找恩尼斯，他獨自在他的船長艙裡，他一定非常淺眠，因為我一打開門他就醒了。

「有警察，」我語畢他就起床了。

此時警笛聲響起，天啊，這聲音彷彿炸彈警報，讓我覺得天好像要塌下來了，這就是結局了。我不能回到監獄，我不能。

現在其他人都起來了，所有人在驚慌失措中皆衣衫不整，除了巴茲爾。

「我要殺了他，」阿尼克的措辭令人不安，有點些太具說服力了。

「我們該怎麼辦？」馬拉凱用比平常高三個八度的聲音問道，聲音因恐懼而顫抖，戴尚將一隻手放在他的手臂上，試圖穩住他的情緒。

我爬上梯子到主甲板上，其他人跟著我，現在甲板上的狀況已經大不如前，充滿閃爍的燈光和震耳欲聾的警笛聲，真的有必要那麼大聲嗎？

巴茲爾與我們面面相覷，沒有人說得出話來，但這樣的沉默讓我窒息，我想從他臉上撕下那張頑固的假面具，我想其他人也有同樣的感覺，因為阿尼克在腳邊吐口水，至少讓巴茲爾的表情看起來有些羞愧，至少他還有一絲良知。

莉亞拉住我的手，將我從光照範圍拖進黑暗之中，恩尼斯正將繩梯從船體降下放入水中，我意識到他們打算採取什麼行動，我還有力氣這麼做嗎？是否有精力繼續逃亡，繼續迷失在異國他鄉，匆匆向南尋找新的去處？事實證明我的意志還有一絲尚存，我腦海中只需閃過牢房的模樣，就能讓我趕緊翻過船側，沿著繩梯向下走入黑暗。

「快走，」莉亞從上方說，我意識到她是在和恩尼斯說話，那個和我一樣喪心病狂的恩尼斯，恩尼斯無法回到他失敗的人生。

「我們處理完這個爛攤子後，會想辦法跟你碰頭，」她告訴他，「快走，去把你起頭的事情完成吧。」

他正在考慮，我可以看到他就在上方，感覺如履薄冰。

「留下，」我爭辯道，「回家陪你的孩子，恩尼斯。」

但海警正從右舷登船，恩尼斯出於本能爬下繩梯，人就在我上方，他現在已經陷得太深，來不及收手了。

巴茲爾不知在爭執什麼，戴尚和阿尼克也是，接著警察要求所有人安靜的聲音比其他人都響亮。漁船遭到扣押，警方命令嫌疑人萊莉．洛奇站出來。

出現一個女性的聲音，希望他們沒有掌握照片。「是我。」是莉亞。

該死，之前說好的不是這樣，即使這只是她為我們爭取時間的辦法，即使他們很快就會發現她不是萊莉・洛奇，而且她沒有刺傷任何男人的脖子。我發現自己不能說走就走，我又爬上梯子在恩尼斯身旁掙扎，和他們一起在船上工作了幾個月後，我在這些繩索上能站得很穩，恩尼斯抵住我的腰，想阻止我爬更高，但無所謂，因為從這個位置足以看見船上的景象。

出現了好幾名警察，我認為他們來意不善，雖然我不知道為什麼有這種預感，但其中一人一把抓住莉亞的手臂，將她拉向警船的梯板。「嘿，不要那樣抓她，」巴茲爾說，戴尚正試圖扶著莉亞，每個人都想伸手去拉她，她說了些什麼，用法語咆哮著想把手臂從警察手中掙脫，一陣混亂之後警察猛推了她，強迫她走下舷梯，那一推中猛烈的怒火讓她在毫無心理準備之下腳步一個踉蹌，有人試圖接住她，但她的頭就這樣悶悶撞上欄杆，身體倒在甲板上，她試圖坐起身，試圖伸手去拿某件我看不見的物體，然後就動也不動了。

此時船上爆發一陣狂吼，吼聲中有震驚和不願置信，眾人一遍遍喊著她的名字，她的身體在顫抖但仍然無法移動，沒有醒來，我想著，不要，不要再一次，拜託不要歷史重演。

恩尼斯試圖把我拖下去，但我抵死不從，我必須牢牢看著她，因為我一定要看見她能移動，必須看著她睜開眼睛。

「法蘭妮，」恩尼斯說。「快爬。」

他的音量很小但仍然聽得見。

「法蘭妮。」

我無法動彈，我做不到，我如何能做到？

「拜託，」恩尼斯說。

我在船體的陰影中低頭看著他，他又說了一遍，拜託，所以我爬了下去，我們走進水裡，然後沉入水中，身體像擁抱一樣糾纏在一起，在心跳間的空隙中擁抱彼此，然後他從我的手中溜走，我又是一個人了。

上方的世界是劇烈的動作、顏色和聲音，下方則是一片平靜。

失重。

飛行。

就像一隻俯衝的鸕鶿，我向岸邊出擊，翅膀向後，腳踢著水，我平穩地劃過水面，在前方黑暗形體的引導下屏住呼吸潛在水裡，他曾說過我的肺活量很好，確實，他在水下潛了很長時間，我別無選擇只好試著配合他，因為我不能害我們被海面上的人發現，我們很快又浮上水面換氣，但無所謂；因為我們游了很遠，他們還沒有找到我們，他們認為我們還在那條船上，他們認為我一動不動躺在甲板上。

我們繼續游泳，現在幾乎已經游到岸邊，我們與散落停泊的船隻並列，不確定該何去何從，但我們知道必須離開這裡——

我停下。

這艘船名字是北極燕鷗[8]，我知道該怎麼做了，尋找線索，生命的線索無處不在。但這不只是線索，簡直像是該死的霓虹標示燈一樣醒目。

「恩尼斯，」我說，他停下動作，等待我在黑暗中找到他，他氣喘吁吁，眼神狂亂，不習慣遊這麼長的距離。

四十英尺的鋼製遊艇上沒有燈，我們爬上遊艇的甲板，直奔上蓋的船體，上面也沒有鑰匙，但我們往下走後恩尼斯找到一套鑰匙。「備用鑰匙總會藏在食品儲藏室，」他咕噥道。

我走進狹窄的浴室時沒有開燈，我看著自己倒映出的輪廓，我拍打臉頰，一次、兩次，我希望臉頰受傷，想要臉頰流血，但是沒有，我發現沒辦法懲罰自己時，差點把額頭砸向玻璃，但恩尼斯把我一把拉走，緊緊抓住我，無視我的掙扎和哭泣，直到我放棄倒下，靠在他身上大哭，他鬆手的那一刻我閃避他的任何安慰：如果她死了怎麼辦？

我們等待拂曉時分，等到薩加尼號空無一人，等到警察已經離去。

恩尼斯將遊艇停在薩加尼號旁邊，等待我再次登船，「你要上船嗎？」我問他，他說他無法，只在原處等待我穿越那艘被徹底搜查過的船，船上大部分的物品和任何可能有關係的東西都被警方掠奪走，包括我的筆電，但因為我對我的包包非常偏執，非常珍視裡頭收藏的信件，所以我總是把包包藏在床底下，幸運的是我發現包包仍然藏在那裡，等待我的發現。

為了以防萬一，我檢查了一下艦橋，但正如恩尼斯警告過我的，方向盤已經鎖定，所以即便船隻適航，我們也無法航行到任何地方。道出最後告別之後，我爬回遊艇和恩尼斯一起開船

8 原文為北極燕鷗的學名：*Sterna Paradisaea*。

經過薩加尼號，薩加尼號彷彿停泊在拂曉間的一艘灰色幽靈船，我腦中想著莉亞可能發生了什麼事，想著她現在人在哪裡，究竟在某間醫院的病房或者在停屍間，我想放聲尖叫，但我只能忍在心裡，我將這股熊熊燃燒的怒火忍住，因為我們要前往的地方可能用得上這股憤恨。

我們離開海灣口時，恩尼斯對上我的目光，現在還有一件事沒說出口，某件我知道他懂的事：一旦踏上這條路，可能無法活著回來。我們兩人孤立無援，乘著這麼一艘偷來的小船，留下追蹤軟體和那些小紅點，在我們的尾波當中拋下一道毀滅的痕跡，就像蛇蛻下那層細緻的薄皮。我們還來不及與大家道別，也沒有臨別秋波，沒有人能向我們保證他們中的任何一人都會找到安全回家的路，這是假設他們在腳下失足、頭破血流，最終被燒成灰燼回歸大地之外，還有所謂的家存在。

我們就這樣目送著薩加尼號遠去，直到船再也看不見，一路向南航行進入這個星球上最危險的海域，此時船長哭了出來，再不知羞恥為何物。

我已經麻木到流不出淚來，比起人類更像動物。

第三部

第二十五章

我的女兒出生時沒有呼吸，我的身體害她淹死，而後我內心的某部分也進入休眠狀態。我要出發尋找能夠喚醒自己的事物。

黃石國家公園，美國

六年前

我在機場等他，沒錯，我總是要他和我一起來，但他和我不同，他有自己的悲痛要承擔，有自己的力量要凝聚，他靠工作找到自己的力量，無論是免於責任的自由、旅行移動或者頭也不回的決心，都無法為他帶來相同的力量。所以我又一次離開他，我曾經承諾再也不會了。我不會再做出那種承諾，這種承諾貶低了我們倆的感情。

我找到前往黃石公園的路，前往最後一片松林，現在這裡是片空蕩的區域，景觀已經不復從前，鹿都死了，熊和狼早就離去，很少有生物能逃過無可避免的噩運繼續存活，尼爾說在當前的變遷速度下沒有什麼生物能夠倖免於難。我走在樹下時聽不見鳥鳴，感覺起來渾身不對勁，簡直是場災難，我後悔來到這裡，黃石公園應該比任何地方都更生氣蓬勃，如今卻如墓地般死寂。

我的靴子走在覆蓋枯萎樹皮的地面上踩得嘎吱作響，我彷彿能聽見她的哭聲，她出生時應該要哭的，我一定是瀕臨瘋狂，恐慌發作了，當光線在魚的虹彩鱗片上移動時，銀光也在我的皮膚上迴旋。

我已經好幾個月沒見到尼爾了，儘管我們一直持續寫信給對方，如今區區一封信已經無法滿足我，我需要聽見他的聲音，我徒步前往最近的山間小屋時視線已經模糊，我租下一個房間，關上門同時開啟手機，我全身發抖，牆壁微微旋轉，我無法擺脫胸口和內心的痛楚，我必須離開這裡。

手機鈴聲響起時湧入幾十通未接來電和訊息，全是尼爾發出的，我嚇得心涼了半截，因為這並不尋常，除非出了什麼差錯，否則他不會打電話給我。

通話響了二聲後他接聽。「喂，親愛的。」

「你沒事吧？」

他沉默了片刻，然後說，「他們宣布烏鴉滅絕了。」

我瞬間感到一陣缺氧，就這樣，所有的恐慌感都煙消雲散，所有的自憐自艾也都消散無蹤，留給我的只有我那十二隻好友棲身在柳樹上送禮物給我的記憶，我湧現一股巨大的悲傷——我對我丈夫的擔憂更甚，我知道這種事對他將造成什麼影響，知道這種事一直以來對他有什麼影響。

「所有的鴉科生物都消失了，」尼爾說。「紅隼是唯一僅存的猛禽，最後一隻飼養的紅隼在上個月死亡……」我聽得出來他在搖頭，彷彿就要失聲，我能聽出他在收拾他內心剩餘的信念。「百分之八十的野生動物已經死亡，據說剩下大部分的鳥類將在未來一兩年內消失，農場生物還會留存，那些動物會存活下來，因為人類必須飽餐一頓，馴養的寵物也會沒事，因為這些寵物能讓我們忘卻這世上還有其餘生物存在，忘記還有許多生物正在滅亡，老鼠和蟑螂無疑會存活下來，但人類看到老鼠和蟑螂時仍會感到害怕並試圖消滅牠們，好像這些生物一文不值，即便牠們他媽的是造物者的奇蹟。」他的喉嚨裡含著淚水，「但法蘭妮，剩下其他的所有生物呢，當最後一隻燕鷗死亡時會怎麼樣？這世間再也找不到比燕鷗更勇敢的生物了。」

我等待著，確定他說完了，然後我問，「我們能怎麼辦？」

他深呼吸然後嘆氣。「我不知道。」

他曾提過一個臨界點，一旦走到這個臨界點，滅絕危機將會加速，生態將開始以直接影響人類的方式發生變化，我可以從他的聲音中聽出我們已經達到那個臨界點。「該做些什麼事了，」我說，「你比我們其他人知道更多，我們到底該怎麼辦，尼爾？」

「蘇格蘭有一個保育協會，幾十年來協會一直在預言這個狀況，同時在他們飼養的一些生物中培育出更強的抵抗力，試圖建立新的棲地來拯救野生動物。」

「那我們就去蘇格蘭。」

「你會跟我一起去嗎？」

「我已經在路上了。」

「黃石公園怎麼樣？」

「沒有你太寂寞了。」

他沒有回應我，他過去總會回應我，但這次沒有，他只是說，「我覺得我沒辦法再承受一次了。」

我相信他。

「我要回家了，」我承諾，「等我。」

利默里克監獄，愛爾蘭

兩年前

「嘿，史東，起床了。」

我不想醒來，我一直夢想自己是一隻海豹，鎮日就這樣看著陽光穿過水面，然而當我睜開眼睛時，眼裡所見只有貝絲和我們的牢房，一切溫暖的畫面都消失無蹤。

「來吧，他們發現了一隻。」

「一隻什麼？」我問道，但她已經開始移動。

我暴躁地起床跟著她走進娛樂室，今早所有的女人都擠在電視前，連警衛也是。

這是一則新聞公告。

據報有人在阿拉斯加發現並捕獲了一隻孤獨的灰狼，讓科學家歎為觀止，因為他們認定灰狼早已滅絕。在牠殺害北極門國家公園和保護區南邊的一群牲畜後，當局意識到灰狼的存在，專家表示當動物自身的自然棲地和食物來源都滅絕時才會發生這種行為，但他們無法理解這種孤獨的生物——且是雌性——如何能夠在不被發現和形單影隻的情況下存活這麼長一段時間。

我走近看著畫面，內心只有一股緊繃倉促的感覺，灰狼骨瘦如柴，卻散發驚為天人的美麗，那裡的人們把狼關在籠子裡，我們一起看著她來回徘徊，用冷酷的智慧凝視著我們，令我不寒而慄。

農家因為飼養的牲畜遭到屠殺因此呼籲撲殺這隻生物，但輿論對此的抗議一直相當強烈且堅定，因此州政府介入禁止傷害這隻灰狼——據推測這是世界上最後一隻狼，灰狼將移送到愛丁堡的野生動物保護團隊：大規模滅絕保護區，並交由機構照料。據報導，來自世界各地的人們紛紛湧向蘇格蘭，一睹最後一隻灰狼的真面目。

據此容我們最後一次提醒，如果您或您認識的任何人有意願參觀全世界僅剩的森林，您必須立即加入排隊名單，因為排隊名單的長度極有可能超越森林的壽命。

我幾乎聽不見記者的聲音，只是緊緊盯著這隻狼黑色的雙眼，我想像她被關在絕種生物保護區裡，那裡滿是熱心又傷心的義工和科學家，我知道她會受到細心呵護，但一想到她即使在圈養狀態下也無法繁殖後代，我不禁思考是否該留牠在野外度過孤獨的餘生，我不禁想著，沒有任何一種動物應該被關在牢籠當中，只有人類才活該得到這樣的命運。

大規模滅絕保護區基地，凱恩戈姆國家公園，蘇格蘭

六年前

在大規模滅絕保護區基地生活和工作的人只有兩種，第一種：認真且帶有令人火大的樂觀；第二種：憤怒且對其他任何事物都不感興趣。

尼爾是其中唯一似乎介於兩者之間的人，我會這麼說是因為這個基地沒有人會假裝我屬於這裡，除了煮飯和清潔之外我無事可做，而這些事對科學家來說並不重要，因為他們工作時非常專注，這本來就是應該的，畢竟他們正在打一場阻止世界覆滅的戰爭。

在愛丁堡機場有一對年輕夫妻負責接待我們，他們表現得好像尼爾是基督復臨，基地裡的每個人都讀過他的著作且倒背如流——他們在會議上正是參考這本著作。（我會知道是因為尼爾有時會邀請我在會議上列席，我因此沾沾自喜。）我們在愛丁堡的總部待了一週，然後被迫向北前往凱恩戈姆國家公園，那裡是野生動物保護區的位置，擁有清新的空氣。由這裡收集到的資訊得知，天然資源保護論者在某些物種上取得了驚人的進步，但其他物種方面卻沒有任何進展，尼爾告訴我情況總是這樣，因為他們必須選擇較重要的動物，也就是那些人類需要、且有機會生存下來的動物，然後放任那些沒有希望的動物逐漸滅絕，有趣的是昆蟲在他們的優先

順序名單上名列前茅——蜜蜂、黃蜂、蝴蝶、飛蛾、螞蟻和某類甲蟲，甚至還有蒼蠅，蜂鳥、猴子、負鼠和蝙蝠也列為優先，所有這些動物都是授粉者；因為一旦植物滅絕，人類就真的無望了。

這正是尼爾和我感到一顆心沉落谷底的原因，僅衡量生物對人類的貢獻來拯救特定動物可能出於實際考量，但這種態度難道不正是整體問題的開端嗎？人類那勢無可擋、足以毀滅萬物的自私自利？那些純粹為存在而存在的動物又該怎麼辦？數百萬年進化過程將這些生物形塑成奇蹟般的存在，單單憑藉這個條件難道就無足輕重嗎？

經過一個月對這個議題噤聲不言，我今天在會議上提出這個問題，空間裡的所有人都轉頭看向我，尼爾就在我身邊，在桌子底下握著我的手。他們對我的態度這麼有耐性，只是因為我嫁給了林區教授。

七十多歲的遺傳學教授詹姆斯．卡洛威簡單回答，「我們的資源有限，人總是要考慮優先順序。」

他的回答無可辯駁。

尼爾握緊我的手讓我倍覺貼心，自艾莉絲死產以來，我們不再經常碰觸對方，我們已經有一年多沒有做愛，也許是因為那一年的大部分時間我們倆都分隔兩地，但即使如今重聚，我有時也無法想像我們該如何開始重建關係，我們的身體之間相隔一個宇宙之遠。

話說回來，今天他牽著我的手，握得如此之緊，這可是非比尋常。

話題轉向未來的鳥類遷徙，以及這些遷徙對剩餘鳥類物種的繁殖對造成多大的問題，這些鳥類的基因中早已設計好，讓牠們需透過遷徙行為來尋找食物，但一旦找不到食物，這段旅程就會變得致命，鳥兒會精疲力竭而死。

「林區教授寫過關於人為介入遷徙模式的文章，這是維持物種延續的一種可能方式，」會議主席詹姆斯說。

「這是個理論，」尼爾低聲說。

「我們不可能這樣到處跟著鳥跑，這是白費力氣，」海莉耶特．卡斯卡徹底抱持反對意見。「整件事的規模完全不可行，我們需要做的是控制鳥類，讓鳥類不需要遷徙，只需簡化牠們的行為並預防遷徙活動。」海莉耶特是來自布拉格的生物學教授，擁有氣候變遷和鳥類學的雙博士學位。她一直執著於與尼爾辯論，我認為這是因為他以一種前所未有的方式向她提出了專業挑戰，她主張預防鳥類遷徙，這是他們一直以來爭論不休的一項議題，我對此事的看法毋需多言，完全顯而易見。

「遷徙是鳥類的本能，」尼爾說。

「但鳥類沒必要遷徙，」海莉耶特說，「我們現在生存在一種必須適應的狀態，這就是我們對鳥類的要求——這是唯一的生存方式，就像過去一樣。」

「我們強迫鳥類適應人類的破壞還不夠嗎？」

這就是他們在這個空間裡的行為：為同一件事情爭論不休，持續鬼打牆。

討論轉移到北極燕鷗，因為尼爾經常寫到這種鳥類，他預測北極燕鷗將是存活到最後的鳥類，因為牠們能比其他鳥飛得更遠。

「這不重要，」另一位來自丹麥的生物學家奧森．達加德說，「給牠五到十年的時間，屆時牠們將無法遷徙這麼長的距離，如果一整路都找不到任何食物，就不可能遷徙了。」

「如果你認為活到最後的是肉食性海鳥，那你就瘋了，」海莉耶特告訴尼爾，她表現得好像打算開始下注。「我認為會是草食性沼澤物種，只有在生態系中得到資源支持，才可以撐到最後。魚都死光了，尼爾。」

「其實沒有死光，」他平靜地說，他的態度總是平靜到像是不在乎，但我知道其實他深受恐懼驅使，甚至難以成眠。

「差不多吧，」海莉耶特說。

尼爾沒有繼續爭論，但我了解他，他相信只要有必要，燕鷗就會一直飛下去；如果這個星球上的任何地方還有食物，牠們都會找到。

這個話題讓我覺得非常疲憊，我想呼吸新鮮空氣所以離席，我的雪靴和防風大衣放在門口，我套上衣鞋，一腳踏入寒冷的世界，我讓雙腳帶領我走到最大的圍欄，我確定我曾聽說那個圍欄佔整個園區一千七百平方英里的一半面積——整個範圍周邊以一個巨大的圍欄圍住，當中居住了許多奇妙的動物，不僅有蘇格蘭本地物種，還有許多拯救後置入園區避免滅絕的動物，狐狸和野兔比比皆是，還有鹿、野貓和猞猁、稀有的紅松鼠、難以捕捉的小松貂、刺猬、玃、熊、駝鹿，甚至在最後一隻狼死亡之前，這裡曾經也居住過許多隻狼。這是全世界其他地方望其項背的避難所，但保育能力依然有限，畢竟獵食者和獵物之間保有一種微妙的平衡，而牠們是同類中的碩果僅存。

我希望我能穿越這道鐵絲網圍欄，圍欄的另一端比這一端更能引起我的興趣，但即使是我也不會做出那樣愚蠢的事，所以我走到湖邊的海灘，那裡雖看不見海洋，但仍然能讓我鬆一口氣。我不該在湖裡游泳，但我還是這麼做了，就這樣快速浸入冰冷的湖水中再浮出水面，我倉促將衣服穿回後覺得重獲活力。有天我在這裡看到一隻水獺，我的一顆心彷彿融化。

這是與尼爾結婚帶給我的特權，有幸能住在這裡，住在這個世界上最稀罕的地方，大部分僅存的野生動物都居住在這裡，我不配住在這裡——這個男人對我付出這麼多，但我除了愛之外，什麼也給不了。我對這些生物的愛也是真愛，沒錯，雖然微不足道但卻至關重要。

我慢慢走回大家一起吃飯的餐廳，只是尼爾還在工作，所以我只好獨自用餐，然後回到我們的小木屋裡睡覺，我在他回來之前就睡著了，大多數晚上都是這樣，他往往也在我醒來之前就起床離開，他曾讓我魂牽夢縈的吻在許久前已經乾涸。

今晚很難入睡，我一定是感冒了，因為我不停咳嗽，我的喉嚨發癢，無論喝多少水都無法緩解，我不想吵醒尼爾，於是起身穿上厚襪和羊毛衣。我走向我們的浴室，浴室就在臥室旁邊，但在黑暗中感覺起來比我預期中要遠許多，我拖著腳步不停行走，溫度比我想像中更低，終於我的手搆著了電燈開關，但是當我打開開關卻發現沒電了，黑暗中的浴室裡極度寒冷，這裡的空氣愈來愈酷寒——也許是因為有一扇窗戶開著。尼爾電動刮鬍刀發出的紅色光線足以讓我看見自己倒映出的輪廓和眼睛的光芒，我眨眨眼，皺眉看著紅光從我虹膜反射回來的景象，就像一隻黑暗中的動物。

我又開始咳嗽，這次更加嚴重，我刺痛的喉嚨裡有種刮擦感，讓我不停乾咳，有什麼東西在喉嚨裡，有什麼東西在刮傷我的喉嚨，我把手指伸進嘴裡，一直伸到喉嚨後側，摸到有某種柔軟發癢的東西刷過，我又抓又拉發出一陣咳嗽，然後這個東西刮過我的喉嚨直直噴出，我看不清這是什麼，但在水槽裡感覺起來就像一根羽毛——

「法蘭妮，」有人低聲說。

我在黑暗中天旋地轉，但只是尼爾而已。

儘管如此，我心中的害怕並不聽從指令，我的心跳大作，我的心知道一些我不知道的事。他伸手在我的脖子上輕撫然後收緊，我頓時呼吸不到空氣，此時浴室中詭異的寂靜消失了，只剩我的四肢猛烈扭動要向前衝去，他把我的頭轉向鏡子——

「醒醒！」

我眨眨眼，疼痛感從我的喉嚨裡消失，從我的腦中消失，轉移到我的腳上，我的腳有種疼痛的燒灼感。無論我身在何處，這個地方都較為明亮，眼前只看得見一片銀白，不再是紅色的浴室。這裡是深夜的森林，視野中只有月光下的白雪和星斗，我的手正環束尼爾的喉嚨。

我驚恐地喘息，他掙脫我的手咳嗽了一聲、兩聲，然後牽著我的手，猛拉著我穿越樹林。

「快點，」他輕聲說，彷彿害怕被偷聽。

「我們在哪？」

「圍欄裡。」

我赤腳一個踉蹌，這是夢境嗎？

「法蘭妮，來吧。」

「我們是怎麼來這裡的？」

「你睡著了，我跟著你的腳印。」就像一名夜晚的追蹤者。

我環視這個我如此渴望進入的地方，然後我看著尼爾在月光下彷彿一具幽靈。「我有傷害你嗎？」我問。

他的表情緩和下來。「沒有，但這裡有飢餓的動物。」

我點點頭然後加速前進，我可以看見他追的那些腳印，那不是我的腳印，而是住在我靈魂裡面另一個女人的腳印，那個非常渴望荒野的女人，夜幕降臨時她偷偷鑽進我的皮膚，如果我不讓她回到荒野，有時我覺得她會故意將我害死，因為任何能放她自由的事，她都做得出來。

我們走到下坡處並放慢了步伐，以防從邊緣滑落，這裡的底部是湖肩，沒有海灘保護，只有一處陡峭突出的山坡，我可以看出尼爾打算走的路線——他打算沿著湖邊前進，因為這條路線能讓我們更快到達圍欄，但我把他拉住。

「我認為我們不應該離湖太近。」

「如果我們沿著山脊向上走，會耗費太久時間。」

「拜託，我們不會出事的，不要這麼誇張。」

「我們不該出現這裡，法蘭妮，這麼做可能會害我們被踢出去。」

「噢，拜託，他們不會把你送走的。」

「停止，」他突然厲聲說，嚇了我一跳。「這不是什麼冒險，這很嚴重。」

「我知道——」

「我覺得你不知道，對你來說沒有什麼事算嚴重，你從不許下任何承諾。」

我們在月光下對視。

「我對你有承諾，」我說。

他沒有回答，至少沒有說出口，但空氣中感覺起來很凝重。「拜託，」他最後只這麼說，「你的腳已經凍傷了對嗎？」

確實是，我的雙腳沒有任何保護，只有我在睡夢中穿上的羊毛襪，現在已經濕透。

「穿上我的靴子吧，」他提議，但我搖搖頭跟著他走，轉了個方向一路走到湖邊。

跌落的人不是我，而是尼爾。

他幾乎是無聲滑倒在冰凍的湖邊，然後直接跌落冰層，這裡的水一定很深，因為他幾乎在瞬間無聲無息消失在湖面之下。

我踏進他身後的湖水之中，沿著刀刃般的邊緣沉入到脊椎深度，我的天，怎麼這麼冷，這溫度足以讓他動彈不得，但我一生都在冰冷的水中度過，我的身體知道如何移動，如何伸手抓住他並將他拉到湖邊，但我還不知道如何上岸；除了滑溜溜的雪之外沒有別的物體可以施力，湖岸像是一堵高牆。

「尼爾，」我說話時牙齒不停顫抖。

他沒說話，所以我用力搖晃他，直到他點頭發出咕噥聲，我胡亂扒找想找到施力點，同時艱難地拖著我們倆的身體向前游，我們手拉手沿著湖岸搜尋，直到游到一個夠淺的地方能夠爬上岸。

「抓住邊緣，」我命令他，然後把自己的身體拖到雪地上，真他媽冷，我很難控制自己的四肢。「尼爾，」我說，「我沒辦法把你拉上岸，你得自己爬。」

「我不行。」

「你可以——我剛剛就做到了。」

我看得見他在努力，但他全身浸在水裡且凍僵了。

「尼爾，」我說，「加油，別留下我一個人。」

他掙扎著從水裡爬出來，我用手臂拖著他，設法把他的身體抬上來，他有一度癱倒在雪地上，但我粗魯地抓住他的手。「來，快點。」

我們在湖邊蹣跚而行，但這次遠離湖岸，有什麼聲音在灌木叢中沙沙作響卻看不見形體，在夜晚中也看不見反光的雙眼或陰影，我將大門鎖在身後，攙扶他順著通往我們屋子的小徑前行，沒人注意到我們進入圍欄；好像今晚什麼事都沒有發生過。

除了挾帶回來那深入骨髓的寒冷之外，我們沒有任何感覺。

我放水準備沖澡，水不太熱，然後幫尼爾脫掉衣服，他的身體劇烈顫抖，但我一帶他走到水流底下，他便開始平靜下來，我脫去衣服爬到他身上，用手臂環抱他身體，希望身上的體溫能傳到他身上。

一段時間後。「你還好嗎？」

他點點頭伸手摟住我的頭，我們的嘴唇靠在彼此的肩膀上。「只是在水裡泡了一個晚上，是嗎？你早就習以為常了。」

我微笑。「嗯。」

「一定是因為你身上流著海豹血，」他低聲說。

「一定是。」

「我好想你，親愛的。」

「我也好想你。」

「你為什麼要去那裡？」

我一開始不回答。「我不知道。」

「你能試著思考嗎？」

我將嘴轉向他然後吻上他脖子，一邊試圖思考。「當我留在一個地方時，」我低聲說，「總覺得會造成某些傷害。」

「我覺得你很害怕。」

承認會帶來一種解脫。「我是很害怕，我一直都是。」

「不會永遠如此，我的愛。」

我吞吞口水，想起羽毛卡在我喉嚨裡的感覺。「不，不會的。」

接下來是一長段靜默，只聽見落下的水聲。

「我父親勒死了一個人，」我輕聲告訴他，「我母親用繩索上吊而死，伊迪絲被她自己肺裡的液體給淹死了，而我的身體讓我們的女兒窒息而死。

「我夢見窒息，醒來後發現自己正試圖從你身上偷走空氣，讓你窒息，我的家庭破碎，而最破碎的是我的心。」

尼爾撫摸著我的頭髮良久，然後他很清楚地說，「你的身體沒有讓我們的女兒窒息，她只是死了，胎死腹中，如此而已。」然後，他又說了一次，「我好想你。」我們之間的萬物已經終結，這份愛是如此危險，但他是對的，我面對生命時不會再如此懦弱，不會了，我不會再微不足道，我不會再過微不足道的人生，我的嘴找到了他的唇，我們終於都甦醒過來，彷彿回到那片久違的土地，那片象徵彼此身體的土地。

我擁有他的身體彷彿有一世紀之久，他把我拉得更近，我緊緊掐著他的身體，他在我體內無情地移動，彷彿要摧毀我身上僅存任何一絲文明的部分，彷彿推著我穿透這些部分後進入某種原始野蠻的狀態，我感覺自己從自身的羞愧中解脫出來，彷彿猛然一躍飛向空中，拖著某部分的我進入一個欣欣向榮又狂野失控的領域，去到一個我不再想要逃離的地方，再也不離開。

第二十六章

大規模滅絕保護區基地，凱恩戈姆國家公園，蘇格蘭

四年前

尼爾和我屏住呼吸看著她，她像薩莫色雷斯的勝利女神一樣展翅，向上飛衝接著向後高飛，我感到自己的脈搏加速，她的嘴喙通常與腿一樣是橘色，但現在因為冬天的寒冷而轉為煤灰色，她猛然向上攀升，然後向下飛入灌木叢中吃下一顆、二顆、三顆草籽。眾多觀者深吸了一口氣。

「太棒了，」我低聲說。

「看吧！」海莉耶特大喊，「我就知道，鳥類會適應。」

尼爾面無表情；這一次我真的不知道他在想什麼，持平而論，他從來沒有說過鳥類不會適應，只是如果能夠藉助人類從旁幫助，也許可能不必適應，他一直在努力爭取許可，希望能在南極水域興建漁場，但用他的話來形容的話——「這就像愚公移山一樣難。」漁場可以用來供給人類食物，但沒有政府會用來養鳥，政府當局漠不關心的態度令人難以置信。

我凝視著這隻小燕鷗，這是一種比她的北極同類還要小型的海鳥，如果我們沒有將她關禁

在此地，她通常會遷移到澳洲東海岸，吃的是草而不是魚。

我好想摸摸她，但除非絕對必要，否則這是嚴格禁止的行為，不是基地嚴格禁止，是因為尼爾，他說人類的接觸對動物來說深具破壞且非常殘忍。這隻燕鷗的伴侶叫聲比她更為響亮，他發出獨特的咯吱叫聲，吃草籽的經驗更久，雌鳥等待再等待，對自由的頑固渴望讓她抵死不從，有一度我們覺得可能就要這樣坐視她因飢餓而死，但她今天終於讓步。

尼爾和我走向我們的小屋，他沉默不語，滿腹心事。

「你在想什麼？」我問，但他沒有回答。

「今天的進展很順利啊，」我說，心中覺得疑惑。

他點點頭。

「所以呢？」

「為了她，我們應該做得更好，」他說，「海莉耶特認為這表示牠們將改變路線和繁殖地，開始在澳洲或南美洲海岸交配。」

「所有燕鷗？」

他點頭。

「你認為呢？」我問。

「能找到一種能夠抵禦惡劣氣候，也能在大部分的大陸上生長的植物是很聰明，去逼迫鳥，看看鳥會不會願意吃下這種植物。」

「但是……？」

「我不認為鳥會飛到全世界去吃草。」

「海莉耶特說鳥不必再飛遍全世界了。」

他看了我一眼，眼神暗示我是聽從海莉耶特的叛徒，我們沉默了好一會，在濕滑的地面上專心注視我們的腳步，專注於我們呼吸吐出的霧氣。

我很確定我們都在想著她籠裡的那隻生物。

「你認為牠們會繼續飛行，是嗎，」我說。

尼爾緩慢地輕點一下頭。

「為什麼？」

「因為這是牠們的本性。」

我們早上出發去高威，打算與尼爾的父母共度聖誕節，車輛正在等著送我們去愛丁堡，但我和尼爾先到鳥類圍欄與鳥兒道別，我們都本能轉向那隻小燕鷗，雄鳥又在吃他的草籽，湊合著吃，雌鳥則在她的籠子裡飛來飛去，她的翅膀刷過籠子的金屬，徒勞無功卻永遠在努力飛向藍天。

我轉過身不忍看她。

但尼爾站著目睹這一切，即使我知道這畫面一定會令他心碎。

北極燕鷗號，南大西洋
交配季節

我拿著一隻小鶴鶉的頭骨，今天早上我在我們院子其中一個巢裡發現了頭骨，位置就在那幾顆柳樹的正後方；我想牠的父母在牠死後將頭骨留在那裡，就這樣丟棄，或者也許牠的父母在頭骨旁守到不能再久，頭骨就像一個蛋殼，只是小了許多也更加精緻，幾乎套不上我的小指尖。我一直想著壓碎頭骨有多容易，這讓我想起她，而不是你，你是由不同材質構成的，是更耐久的材質。我從來沒見過你說的那幅情景，我從實驗室標本小鳥身上不再復見的生命，我現在看見了，應該說我看見了生命的缺乏，你的缺席從未感覺如此殘酷，至今我才第一次恨你，我從未如此愛你。

不知何故，這封信聞起來有他的味道，我把這封信擺在我臉上——

「抱歉，親愛的。」

恩尼斯在門框下自覺尷尬地突然低下頭，我將尼爾的信重新摺好，與其餘信件一起小心放回我的包包中，那封信是在一個特別黑暗的時期所寫，就在艾莉絲死後不久。

「接下來的航程會很艱困，」恩尼斯說。

「我該怎麼做？」

「待在下面，把鞋子脫掉。」

「以防我們必須游泳。」我的嘴角上揚。

恩尼斯點點頭，我想他可能對惡名昭著的德雷克海峽感到興奮，除了這次旅程，他已經一無所有，這部分我們同病相憐，我對這趟旅程沒有任何興奮之情，只有發自身體深處的疲倦，我只是需要讓這段旅程結束。

我們已經無枝可依，沒有燕鷗可以跟循，我們只能猜測鳥兒的目的地，看見鳥兒移動彷彿是一世紀以前的事，距離我最後一次知道牠們還活著已經過了多久？

我沒有待在小臥室裡——這裡還有一間簡易儲備的廚房、一間狹窄的浴室、一張餐桌和一組上下舖，恩尼斯大方讓給我睡——我走上舵輪處並站在船長身邊。空氣中有靜電，天空一片漆黑，我能感覺到大海慢慢甦醒，蠢蠢欲動；我打從心裡就能感覺到。

「你知道怎麼渡過嗎？」我輕聲問。

「渡過什麼？」他問，但他明知我的意思，過了一會兒他聳聳肩。我們凝視著黑暗中翻騰的海水和眼前穩步增長的波浪，目前視線所及的範圍內還看不見陸地。「我不確定有人真的知道該如何渡過，」恩尼斯說。

接著他用力轉動方向盤，讓船隻側身爬上迎面而來的海浪之牆，從齜牙咧嘴的海浪口中逃脫，直到我們觸及海浪邊緣並翻越到另一側，如同越過一道陡峭的懸崖邊緣。我們筆直落下時我屏住了呼吸，但恩尼斯已經將船轉到相反的方向，正當我認定我們就要向後一翻然後遭大浪吞噬時，船已經沿著下一波海浪之牆向上航行並到達定點。很長一段時間內他持續這樣行駛，在波浪之間曲折前進，跟隨海浪再超越海浪，總是能轉向海浪最平緩的斜坡和邊緣。他操縱這艘小船穿越這片最危險的海域，在浩瀚無邊中奮戰；這是一場舞蹈，過程很安靜，天空俯視著我們，就像我曾經與如此兇猛的海洋完全融合為一。

在隆隆的震動中雨開始下了。

強化擋風玻璃盡力遮擋我們，但我們很快全身濕透，海浪從四面八方席捲而來，恩尼斯把我倆綁在舵輪上，我們盡最大努力保持站立，持續讓脆弱的身軀暴露在狂浪暴雨之中。

如果牠們都死了，如果所有燕鷗都死亡，這一切將化為泡影，但是光憑一隻輕如鴻毛的纖纖小鳥，那隻已經飛遍世界筋疲力盡的小鳥，在旅途中幾乎找不到任何食物，已經鞠躬盡瘁，怎麼有可能在這個狀況之下存活下來？

這要求太過分了。

我終於懂了，所以在我心裡其實已經放手了。沒有什麼比死亡更加掙扎，動物的死亡不會平靜，不可能避免一場絕望的生存戰鬥。如果鳥兒都死了，全都死了，那是因為我們讓這個世界變得沒有容身之處，所以——我出於理智這麼想——雖然牠們不該承受這一切，但我此舉是讓北極燕鷗從生存的重擔中解脫，然後我要向牠們道別。

我爬進浴室嘔吐。

我夢見飛蛾在汽車頭燈的光束中飛舞，或許是因為終點的逼近讓我回到當年，也許是因為我的失敗。

十二個月前

利默里克監獄，愛爾蘭

這位精神科醫師的名字是凱特．巴克利，她的身高很矮且精神緊繃，三年多來，我每週都需與她會談一個小時。

她今天會面的開場白是，「我不建議假釋。」

「該死，為什麼不行？」除了一些早期事件之外我一直表現良好，這一點她也知道，是自我毀滅的慾望導致我認罪並讓我淪落至此，是自我厭惡的情緒讓我試圖自殺，並在前六個月讓我罹患緊張性精神分裂症，這些情緒問題都已經得到適當導引，現在我想出獄。

「我無法判定你在情緒康復這個問題上很配合治療，對嗎？」

「你當然可以判定。」

「要如何做？」

「你可以說謊啊。」

她停頓一下然後笑了，她幫我們兩人都點了一根煙，香煙是違禁品，除了「更明確的自我意識」之外，她還培養出我的尼古丁癮頭，每當我把一根煙舉到唇上，都能嚐到尼爾的味道。

「我不懂，」我用較為平靜的語氣說道，「你說過我表現良好。」

「曾經是，但你仍然不願跟我談談到底發生了什麼事，假釋委員會首先要問我的就是你是否能夠表達真心的悔意。」

我的目光不由得飄向窗外，思緒從文字上飄離。我能辨別出那些飄移的縷縷雲朵，噢，如果能像鳥兒一樣乘著氣囊，在天空上百無聊賴地飄浮……

「法蘭妮。」

我強迫自己將目光轉回凱特身上。

「專心，」她說，「運用你學到的方法。」

我不情願地深吸一口氣，慢慢呼吸，感受我臀部下的椅子、我腳下的地板，將我的目光集中在她的眼睛上，然後在她的嘴上，將整個世界縮小到我的身體感官，縮回這個房間，回到她身上。

「刻意脫離是一種非常危險的心理狀態，我要你讓思緒留在當下。」

我點頭，我知道；她每週都會說一樣的話。

「你同意和佩妮說話了嗎？」

「不要。」

「為什麼不要？」

「在這一切發生之前，她就非常恨我了。」

「為什麼？」

「因為我的個性漂泊善變。」

「是她說的嗎？」

「用一種迂迴的方式說的，而且她是個精神科醫師，所以她應該知道。」

「那她的說法讓你感覺如何？」

我聳聳肩。「感覺被看透。」

「你沒有讓我感覺漂泊善變，法蘭妮，恰恰相反。」

「怎樣？」

「是什麼讓你變了？」凱特問道，「我會稱之為任性固執，」她嘀咕著，我對此哼了一聲，「佩妮對你的看法，還有跟她見面，為什麼會讓你如此困擾？」

我看向窗戶——

「專心，拜託。」

我將注意力挪回她臉上。

「你覺得有沒有可能是因為她也許會對你說出一些話，而這些話會讓你難以維持你的妄想？」

「我沒有妄想，我告訴過你，我放手了。」

「我們討論過，為了應對情緒困擾的高峰，妄想會如何重新建構。」

我閉上雙眼。「我很好，我只是需要離開這裡，我受夠了。」

「你被判了九年刑期。」

「還被駁回假釋三次。讓我到外面服完刑，我會做社區服務，我不會跑，我會做個模範公民，我再也受不了這些高牆了。」

「你有沒有做那些練習？」

「沒有用，做練習也不能讓我被釋放。」

「深呼吸。」

我咬緊牙關，但我強迫自己呼吸，在這些會面中失去鎮定對我的案件沒有幫助。

凱特等到她認為我足夠冷靜才繼續說下去，但她現在給了我一個奇怪的表情，她在這個表情之後通常會說出一些令人不愉快的話。「你有沒有尼爾的消息？」她問。

「從上次談話之後嗎？沒有。」

「我是問自你來到這裡之後，有沒有收到他的消息，有接到電話嗎？信件？有寫信給你嗎，法蘭妮？」

我不回答。

「為什麼沒有？」凱特尖刻地問道。

她應該為我感到驕傲，因為這一次當我抬起眼睛看向天空時，我的專注焦點非常單一，因此我再也聽不見她接下來說的任何一句話，只是任憑自己失重和漂流。

「林區太太，」法官在假釋聽證會上對我說，「你的精神科醫生聲明中表示你承認謀殺罪的唯一原因是你的精神創傷狀態，而你當時應該獲得適當的精神治療。在我看來，似乎你在監獄裡待的這段時間已經為你提供一些角度，你對自己在審判時的坦承感到後悔，容我向您明確說明：您改變主意也無法得到重審。」

我的目光緊緊盯著他，儘管有人警告過我別這樣做，顯然我的凝視有些令人不安。「我沒有要求重審，」我明確表達，「這是假釋聽證會，我已經申請假釋了。」

我身邊的瑪拉畏縮了一下。「法官大人，申請內容很簡單，」她說，「林區太太在整個拘留期間沒有收到任何行為警告，儘管她因多次攻擊事件而住院，但她一直是一名表現良好的受刑人。正如我在她受審時所重申，這是她第一次犯罪，多名精神科醫生認定她在事件發生時精神狀態不穩定，並延續到整個審判期間。根據對她不利的證據，我強烈建議她針對謀殺罪名拒絕認罪，但對較輕的過失殺人罪名認罪，但她當時狀態不佳，無法接受我的建議，因為內疚和後悔，她對自己所造成的一切感到非常困惑，她一心想看到自己遭受應得的懲罰，即便懲罰實在太重。」

「古普塔小姐，你不認為奪走兩個人的性命是應當受到懲罰的罪行嗎？」

「在意外狀況下不是，法官大人，不到判九年的程度。」

「當時在審判中問及她的意圖時，被告說她的意圖是造成兩人死亡，這句話我記憶猶新，因為她對此說法無比堅定。」

「容我向您重申，她處於震驚狀態。」

「那鑑識證據呢？」他問。但在我的律師做出回應之前，法官已經厭倦了，他闔上他的表格文件夾。「我們不是來辯論舊案的，眼前的問題是林區太太是否對她的同胞構成威脅，或者可能再次犯罪。」

「我不會，」我說，「我對任何人都沒有危險。」

他心懷盤算凝視著我，我想知道他從這個站在他面前的人身上看出什麼，最終他嘆了一口氣。「儘管你非常有把握堅持陳述，陪審團也判定你有罪，但是我收到你婆婆佩妮．林區夫人的一封支持信，她說她願意在你的假釋期間收留你，而且鑑於這種情況，我相信我不需要表達這是一項多麼有力的背書，所以僅僅出於這個原因，我會批准你的假釋。但請記住，林區太太，這個國家無法容忍違反假釋，即使是最輕微的過失也會加重你整個刑責，同時會延長服刑期間，所以我強烈建議你仔細留意你假釋官所制訂的規則。」

聽證會完成後，我自由了，我想對著他比中指，告訴他我打算直接離開這個該死的國家，這個國家為我帶來的只有悲傷，然而我沒有這麼做，我只是禮貌感謝他並擁抱了瑪拉，然後我就出獄了。

尼爾的母親在監獄外等我，她斜靠在車上的方式讓我覺得自己彷彿置身電影畫面，因為她不是那種會靠在車子上的女人——這個姿勢對她這種水準的人來說太隨性。我不知道原因究竟是什麼。我接近她時非常謹慎，當下立刻懂了：她身上的強勢早已瓦解，這輛車可能是唯一能讓她保持站立的倚靠。

「你好，法蘭妮，」她說。

「嗨，佩妮。」

接下來是長時間的沉默。這是個換環境的好天氣，陽光刺眼到讓我們幾乎無法看清對方。

「你為什麼要這麼做？」我問她。

她把車開到司機那邊。「不是為了你，是為了我兒子。」

「你能帶我去見他嗎？」

佩妮猶豫了一下，然後點點頭。

我步上車。

第二十七章

北極燕鷗號，南大西洋

交配季節

恩尼斯發現我在成堆的信件裡睡著了，我整晚因嘔吐而氣若游絲，其實他比我更加疲憊——他整夜都在帶領我們渡過這段波濤，為我上演奇蹟，現在船身感覺很平靜，所以他一定是下錨了。

我躺到一旁，這樣他就能夠癱倒在這張硬床墊上，這裡的天花板很低，牆壁很狹窄，引發了我的幽閉恐懼症，但有他在身邊真好。

「我們在哪？」我問。

「我想我們大約要花費一天或幾天時間才能度過這段，你去看看。」

我點點頭，但猶豫了。「你昨晚做得很好，我真的很幸運能認識你，恩尼斯．馬龍。」

他微笑著沒有睜開眼睛。「我只是在尋找黃金漁獲，孩子，你又在這裡做什麼？」

我不回答。

恩尼斯睜開一隻眼睛，看著我躺在上面的信件。「不知道你老公知不知道你對他的渴望有多深。」

我在心中掙扎，如果尼爾不知道，那就是我的錯，我一個人的錯。

「是彼此分開時才有的渴望，」恩尼斯說。

「經驗之談嗎？」

他微微一笑。「是的。」

我就是沒有辦法多恨你一點。

「你和你太太……」我說，不確定自己在問什麼，但我需要知道一些事。

「很長一段期間都很甜蜜，」他回答道。「我們的日子很單純平凡。」

「所以為什麼後來會？」

恩尼斯翻身仰躺，看著天花板。「她叫西爾莎，」他說，「她被診斷出亨丁頓舞蹈症[9]時已經三十六歲了。」

恩尼斯看著我，我的反應既震驚又悲傷，他的眼神中透露出某種關懷，想要安慰我，我意識到此舉有多麼慷慨貼心。

「這個病非常消耗身心，她的病情很快惡化，她決定我必須離開她。」

9 一種家族顯性遺傳疾病，會令腦部神經細胞持續退化，造成身體不能控制地運動，末期則會導致智能減退、身體僵硬。

「為什麼？」

「因為在她的心目中，我們的愛情存在某個神聖的地方，她不能讓這個病毀掉一切，她不想讓我看見她……惡化的樣子，我想這關乎於尊嚴，關乎於讓我們曾經擁有的一切保持完美無缺，她希望讓我回到大海，這樣我們當中至少有一個人可以活得下去。」

「然後你就離開了？」

「我等了很久，沒有離開，」我眼看他掙扎著不想說出口，他搖搖頭。「我不想去，我很抗拒，但我想我沒有選擇，這是她對我唯一的心願，我無法治好她，也沒有什麼能夠給她……她不信任我帶著孩子們，不相信我能一直陪著他們，她認為最好放我自由，然後讓孩子跟著她父母。」

「她還……？」

「她還活著。」

我斷續著緩慢呼出一口氣。「我不懂。」

恩尼斯站了起來，突然站起來讓人感覺非常挑釁。「她求我，求我離開。」

他說出的話突然讓我難以承受，我的心裂成兩半。「你在這裡做什麼，恩尼斯？」我追問他，「你離開你垂死的太太和你的孩子，他媽的來這裡幹這什麼愚蠢的差事！」

他移開視線。「沒有我，我的孩子會過得更好，一個瘋子怎麼有資格為人父。」

「屁話連篇，你必須回去，」我說，「你必須回到你的家人身邊，你不懂你能在她死的時候陪著她，抱著她有多重要，一旦她過世，你的孩子也會需要你。」

「法蘭妮——」

我從船艙裡走出去，試圖阻止悄悄蔓延回來的記憶。

飛蛾在車燈前翩翩起舞。

我走到舵輪處，然後走到船尾，噢，我的周圍漂浮著冰山，這是一片如湛藍玻璃般的水晶之海，還有無邊無際的雪白天際，這世間何以仍然存在這般的美麗？如何能在人類的毀滅中倖存下來？

我從來沒有聞過這麼純淨的空氣。

依然：

我手裡抓著一袋足球服。

赤腳在雪地裡。

我的鼻子裡有血的味道。

高威，愛爾蘭

四年前

在某個小孩的第二場生日宴會度過一個下午之後，我有預感自己今晚會做出這個決定，我看著我丈夫整晚都和孩子們玩在一起，目睹他從孩子嘴邊擦去蛋糕的污跡，眼看他親吻孩子們道晚安。當孩子們的父母在日落時分帶他們上床睡覺，大人的派對才開始。尼爾在愛爾蘭國立大學的老同事雪儂為她還在蹣跚學步的孩子舉辦這場派對，在我想像中，這比較像是奧斯卡慶功晚宴，有香檳噴泉、漂浮的燈光，且賓客需穿著正裝出席。我不知道她的錢是從哪裡來，因為學者的薪水絕對沒有這麼豐厚，也許她是富二代，就像尼爾一樣，無論原因為何，這麼鋪張都讓人感覺非常噁心。

現在孩子們都離開了，我覺得很累，我想尼爾也很累，儘管天氣寒冷，但我們發現自己坐在後院，一起喝著從廚房裡拿出來的一瓶香檳王，如果雪儂逮到我們沒有使用香檳杯，肯定會大驚失色。

「還記得我們的第一個聖誕節嗎？」他問。

我微笑。「在小屋。」

「小屋，然後住在那裡。」

「我還是想。」

「你不認為我們會去大吼，就我們兩個人在那邊大吼大叫嗎？」

「才不會，」我說，他笑了，看來我的回答正確。

「你想回家了嗎？」尼爾問道。「這個派對上有趣的人都被強行帶去睡覺了。」

我想再生一個孩子，我差點說出口但及時住口。「想，大概吧，在雪儂端出古柯鹼然後發

瘋之前快走。」

「她不會再這樣做了，」尼爾喝了一口之後說，「自從有了那個小鬼頭之後就沒有了。」

「噢，對。」當然不會。「無論如何，她的狀態很好，冒犯了所有人和他們的狗。」

「班告訴我他做了一個惡夢，夢見她把他整個人吞下肚。」

我們笑是因為這幅畫面太容易想像了：雪儂的丈夫班似乎非常怕老婆，然後我留意到尼爾的動作後不可置信地張開嘴巴。「你在點煙嗎？」

尼爾笑著點點頭。

「為什麼要抽煙？」

「因為天氣很冷。」

「這跟氣溫有什麼關係？」

「沒有什麼關係，反正就是這個原因。」

我在室外暖氣的金色光下端詳著他。

「我厭倦戰鬥了，」他說著吐出長長一口煙。「似乎沒有做出任何改變。」

我吐出一口氣。「不要那樣想，親愛的，不要放棄。」

現在有很多事情足以讓他感到難過，他決定離開大規模滅絕保護區是因為他心碎了，他再也無法忍受——我知道他當前付諸實行的成就未及他理想中的一半，我們已花光所有積蓄，這表示我們都必須從事有償工作，我們今天早些時候與他母親見面，她對我的態度之冰冷，可以與我們現在坐在這個白雪覆蓋的後院相媲美。這麼多年過去後我對她的態度已經習以為常，但尼爾厭惡她始終高高在上的態度，厭惡她拒絕承認自己判斷錯誤，因為她說過我們的婚姻無法維持一年。我不知道為什麼證明自己是對的對他來說如此重要，但確是如此，加上艾莉絲死產的事，我們永遠無法停止為她傷心。

「如果你一定要抽煙那就抽吧，」我說，「但是不要放棄，也不要期待我會吻你。」

他嘻嘻作笑，「我猜你只能撐一小時吧。」

我挑起眉毛。

一陣冷風吹進穿過我的身體，吹熄了暖氣的火焰，這裡突然變得更黑更冷，我伸手握住尼爾的手，心中感到有些不安，有些不祥。

「你還好吧，親愛的？」他咕噥著掐滅香煙，然後起身去處理暖氣，然而我抓著他要他留下，他坐回椅子上握住我的手。「法蘭妮？」

「沒事，」我搖頭，「只是……陪我一下。」

所以他留下，我們就這樣靜靜坐著，直到不可知也不可動搖的命運穿越了我。

尼爾喝了香檳混了大約五杯威士忌，所以儘管我也喝了三杯酒，但看來該由我負責開車。他把鑰匙丟給我時我沒接住，我嘲笑他惱怒的表情。

「我從來沒有承諾過你我會接住。」

「不，你沒有，我的愛。」

我們同時陷入沉默，有趣的是我們同時想到，我們其實從未真正對彼此承諾過任何事，從未仰賴言語，我猜我們是用嘴唇、手指和眼神做出承諾。是的，我們對彼此做過千萬次承諾。

我把暖氣開得很暖，我們坐著等待一會兒，在通風口前暖手，催促暖氣開始運作。

「全能的神，」他咕噥道，「這個冬天我已經受夠了。」

「我們離冬天的終點還有很長的路要走，」我開始開車回家，擋風玻璃上的雨刷努力清除飄下的白雪，我開得很慢，在黑暗中視線不清，但今晚這裡沒有出現任何車輛。

「親愛的，今晚過得好嗎？」我問。

他伸手抓住我沒開車的手捏了捏。「無聊的要命。」

「你說謊，我看到你笑到連香檳都從鼻子裡噴出來了。」

「好吧，」他試圖掩飾他的笑意。「還可以接受吧，你呢？」

我點點頭。

出於某種原因我決定現在就告訴他：我想再生一個孩子，你想嗎？

沒想到他說，「我必須回去大規模滅絕保護區，而且我覺得這次你不該跟著我來。」

我被拋棄了。「我以為你說你已經不想再管大規模滅絕保護區的事了。」

「我當時很沮喪，說了很幼稚的話，但你是對的，還有很多事要做。」

「好，我當然要跟你去，我們會找到辦法解決資金問題。」

他搖頭。「我覺得你應該去旅行。」

「我知道那裡只是蘇格蘭，寶貝，但陪著你還是很重要。」

他久久不語，然後非常明確地說，「我不希望你和我一起去。」

「為什麼？」

「我們到了那種地方不能來來去去，如果你去那裡，就表示你必須長久留下來。」

車內一片寂靜，我舔舔乾燥的嘴唇平靜地問，「我們在那裡的那段時間，我有一直缺席嗎？」

「沒有。」他停頓一下，然後補充道，「但我日夜在等待。」

我看著他。

「看路，」他提醒我，我不情願地轉頭看著前方的路。

「所以現在你的意思是我不該留下？」

「我沒有說你應該怎麼樣，法蘭妮。」

莫名的憤怒在我心中升起。「那我不是怎樣都輸嗎？」我問，「這是某種陷阱嗎？當我想為你留下的時候，你卻要我走，那我還不如乾脆他媽的一走了之。」

尼爾緩緩點頭，這是我最不想看到的反應，一股熱湧入我身體讓我感到想吐，我深呼吸想讓情緒過去，然後我試圖解釋。「你掉進湖裡的那天晚上，有些事情改變了，我變了。」

他抓住我沒開車的手捏了捏。「不，你沒有，親愛的。」

「我知道你需要很長時間才能再相信我一次，但是——」

「我當然相信你。」

「那你為什麼不聽我的？」

「我有。」

我的脈搏加速，因為我不懂這次談話的意義，他的冷靜開始讓我的意識脫軌——我感覺不到自己的左腳，我的指關節在方向盤上發白，陣陣積雪將前方的道路變成一條由車頭燈照出的隧道。「你說我離開是因為我害怕，那樣子行不通，你說得對——我做得不夠好，所以我留下，都這麼多年了。」

我看了他的表情一眼——他正驚訝地看著我。

「我的意思不是這樣，」尼爾說，「我的意思是，你害怕承認自己想要四處流浪的真正原因。」

我盯著路，腦中一片空白。「真正原因？」

「是你的本性，」尼爾直接說了，「如果你能放下所有羞愧感就好了，法蘭妮，你永遠不該因自己的本性而感到羞愧。」

我熱淚盈眶，雙眼被淚水淹沒。

「所以從那以後你就一直留下，是因為我告訴你，留下會讓你勇敢嗎？」

我什麼也沒說，但眼淚直直從我的臉頰、下巴流到喉嚨裡，突然間我感到非常厭倦否認。

「噢，親愛的，」他說，我想他可能也在哭。「我對不起你，無論你身在何處，我都會愛你，我希望你能自由做自己，去你想去的地方，我不想你被我綁在身邊。」

他不是約翰．托佩，約翰害怕一個比他更狂野的妻子，他為此懲罰她，最後在悔恨中度過餘生。不，尼爾是另一種人，他伸手親吻我的手，把我的手按在他的臉上，彷彿想抓住生命本身，或者某種更熾熱的東西，我的丈夫改變了我的一生，然後他說，「流浪和離去是有區別的，事實上，你從來沒有離開過我。」

彷彿有陣空氣在我展開的羽翼下吹過，我飛騰起來，失重翺翔。我再也無法這樣愛著一個人，同時我內心意識到一件可怕的事實，他開啟了那道我自己關上的籠門，現在我要起飛，我必須飛，我看到一切事實擺在我們面前，我將會一次又一次四處飄泊，所以我不會想要更多孩子，無論他說什麼，無論他對我多麼寬容，我每一次流浪都會讓我們的關係多毀滅一點。

「法蘭妮，我覺得你應該靠邊停車。」

一隻雪白的貓頭鷹從道路上低空飛過，從擋風玻璃上俯衝而下進入黑夜，牠的羽毛在月光下顯得異常不祥。看著貓頭鷹的我驚呆了，我僵住不動，貓頭鷹已經滅絕，但這裡卻出現了一隻，也許表示有更多貓頭鷹躲藏在某處，也許有更多生物，這個世界仍在呼吸。我破碎的心隨著牠膨脹，也隨著牠飛逝，在牠消失的無盡黑夜中尋找庇護，然後牠在一道閃光和一聲噪音間消失無蹤，我眼前忽然閃現赤身裸體的自己，那令人厭惡的模樣，在那麼一瞬間，我只想毀滅自己，所以這就是我該做的——

「法蘭——」

撞擊。

沒有什麼能比兩輛車高速撞擊更加猛烈了，金屬尖刺的刮擦聲、玻璃碎裂噴灑和橡膠發出的重重煙霧，人類肉身身在當中能有什麼生存機會？我們是液體和組織構成的，是如此脆弱的存在，車禍就像人們描述的那樣，但又不是，過程很緩慢，但又不是，時間彷彿延伸拉長，但並沒有。我有一個既簡單又複雜的想法，最簡單的想法是：我害死了我們兩人。最複雜的想法則是，這場車禍變成我永遠沒有機會擁有的日子，變成那個我永遠沒有機會親吻的孩子。這個想法埋得很深，是我的一切，而在這個念頭之內、這個私密境界之中，尼爾．林區還存在於某處。

我慢慢甦醒，或許我很快就醒來了，我們的身體直立但傾斜，我感覺不到任何疼痛，然後才感覺到疼痛在我的肩膀和嘴裡，然後是我的胸口。

「——妮，醒醒，法蘭妮，法蘭妮，醒醒。」

我睜開雙眼，一瞬間亮光令我睜不開眼，下一秒眼前又一黑，我的嘴裡發出聲音，發出震驚的聲音。

「寶貝，你沒事吧。」

我眨了眨眼，直到看見我身邊的尼爾仍然坐在他的座位上，仍然握著我的手。「操，」我說。

「我知道。」

我們在一座牧場裡，有一棵樹從我們的車裡冒出，冬日裡的樹幹和樹枝嶙峋乾枯，在夜裡彷彿發出銀光。車頭燈在黑暗中刻出兩個空洞；我可以看見飛蛾撲向光源，在靄靄白雪的表面上像塊玻璃片一樣缺乏存在感。

我終於知道胸口疼痛的來源是什麼——我在安全帶底下想掙扎逃脫，才想起要先解開安全帶扣。

「你有沒有受傷？」尼爾問道，「檢查你的身體。」

我向下拍拍身體，感覺不到任何不適，我咬傷舌頭，一扇窗戶碎片卡在我肩膀上，還有胸部也有瘀傷，然而除此之外……「我覺得我沒事，你有受傷嗎？」

「我的腳卡住了，僅此而已，」尼爾說，「我們必須去查看對方車輛。」

噢，天啊，我伸長脖子看見車輛翻覆在路上。「該死，噢，他媽的見鬼。」我的車門嘎吱一聲開了，但尼爾沒有跟著我下車。

「我沒事，」他向我保證，「我只是腳拔不出來，去看看他們還好嗎，我會想辦法脫身的，你有手機嗎？」

我四處尋找包包，然後把手機拉出來。「壞了。」

「我的手機沒有收訊，去看看另一輛車。」

我對上他的眼神。

「無論你看到什麼狀況，」他說，「都先放輕鬆，然後深呼吸。」

我從車裡掙脫，外頭很冷，我的腳陷入雪中八英寸後立即感覺麻木，但我還是把自己拖回馬路上。

那輛車的車輪仍在空中旋轉，到底過去多久了？也許裡面的人還……我突然無法動彈，因為我對我即將看見的景象產生難以想像的恐懼：死亡，但比死亡更糟糕的是失去生命的肉體，我頓時動彈不得。

「法蘭妮，」我丈夫大喊。

我沒有轉頭看他，只是盯著緩慢旋轉的車輪。

「只是人的身體罷了，」他說。

可是他難道不懂嗎？那正是問題所在。

「萬一裡面的人還活著呢？」

沒錯，我開始向前走；我的身體隨著本能移動，而非聽命於大腦，我的身體將我推向那輛車，我得平躺在結冰的路上才能看見駕駛人，車裡只有她一人，一個可能與我年齡相仿的女人，一頭黑髮剃得很短。

「她沒有……醒過來，」我喊道，「我看不出來……噢，該死的……」

「試著叫醒她！」

我輕輕想將她搖醒。「嘿，醒醒，你得醒醒。」

她沒有甦醒，該死的該死的該死的……我伸手時手指在顫抖——我真的深深不願意觸碰她的身體，天哪，他媽的快摸摸她——然後探測她的脈搏，我花費了一點時間找她的脈搏，耗費太長時間了，我告訴自己她已經過世了，我會摸到一個腐爛的身軀，一具屍體，然後我終於感覺到最微弱閃爍的搏動，就像我在車頭燈前看見飛蛾撲火，我想像有同樣的生命力在她體內閃爍不止，一股突然、大膽又危險的生命力，比過去任何時候都顯得更加微弱，但仍然在這裡頑強存在。我集中精神爬進車內想找她的安全帶，我解不開，於是猛扭安全帶，然後——

她醒了。

傳來一聲低沉的嗚咽，然後是一聲巨大的哀號，彷彿鬼哭神嚎。

「噓，」我彷彿某種超脫人世的生物般發自本能說話，她聽了安靜下來。「你還活著。」

她發出一聲輕柔緩慢的呻吟聲，她開始哭泣，驚慌失措。

「你還活著，」我又說了一遍，「你在車裡倒掛，我要把你救出來。」

瀰漫四周的恐懼迷霧在我心中蒸發，我堅守屬於我們三人的事實，也是我知道的事實：她還活著，我得把她救出來。

「救命，」她低聲說，「我要出去，我必須逃出去。」

「我正在幫你逃出去，」我告訴她，我從未如此篤定，我爬到車外，奔跑到車的另一側，爬的時候讓腳先著地，這樣就可以直接踩下安全帶扣，但我使不上力，因為我穿著鞋子，該死的，這是我第一次穿高跟鞋，我爬出來扔掉高跟鞋，用我能承受的最大憤怒扔掉鞋後，我找回了平靜篤定的感覺。我爬回車上光腳踩在塑膠料件上，很痛，非常痛，我可以感覺到鮮血化為一股暖流流淌在我的腳和腳踝上，但我一次又一次猛踢，直到我感覺到塑膠移位，終於讓這個女人掙脫，她頭先著地，我轉過身，盡量把手伸到她的頭部下方墊著，我其實不知道這麼做有什麼幫助。

她在哭，在抽泣，在流血，真是一場災難，我浮現一個簡單而清晰的想法：這太瘋狂了。我們的臉靠得很近，像戀人一樣轉頭對視。

「我的後車廂裡有隊服，」她說。

「那是什麼，親愛的？」

「我兒子的足球隊服，我今天才把制服帶來，我本來該在一週前拿到隊服，但我一直忘記，所以他們不得不穿運動服訓練，他因此非常生氣，他有時真是個小鬼頭。」

我們一起笑了，我們倆都是。

我撫摸她的臉。「我認為我們應該努力離開這輛車。」

「好，確定能拿到隊服嗎？」

「當然，你叫什麼名字？」

「格蕾塔。」

「格蕾塔，我是法蘭妮。」

她在顫抖，聲音嘶啞。

「你能移動身體嗎，格蕾塔？如果可以的話，我把車門打開，這樣你就可以爬出來了。」

「我的頭髮剃得這麼短，是因為癌症。」她說。

「什麼？」

「我剃光頭髮是為了替癌症病患募款，不是因為我得了癌症，噢，天啊，對不起，我意思不是我得了癌症——」

「噓，沒關係，我懂。」她又開始恐慌發作，所以我說，「這髮型他媽的讓你看起來像個女流氓，」她不知何以感受到某種形式的鼓勵，因而笑了出來。

「確實如此，」她喃喃道，「看起來真像個女流氓，」然後，「我現在真的該逃出去了。」

我突然想起我根本沒有看到她有任何逃脫的動作，也許是因為她無法移動，也許她不該移動。「也許最好等救護車來……」

「不行，我得出去，我得逃出去。」她開始掙扎，我擔心她會對自己造成更大的傷害。

「好吧，等一下，」我說，「我會去你身邊幫你出來，等等我。」我向後爬出，又衝出車外。

「尼爾，她醒了！」

「很好，」他叫道。

「我要救她出去。」

「移動她妥當嗎？」

「她自己動了，我要幫她。」

「好吧，你做得太棒了。」

可憐的格蕾塔在她的座位上整個人身體扭曲，用頭部和頸部撐著身體，看起來頭暈目眩，我祈禱她的脊椎沒有損傷，我祈禱救援行為不會讓事態惡化，但如果我能扶著她上我們的車，如果車還能開，我也許能送她去醫院。

「能不能先拿隊服？」她問。

「不行，親愛的，我們要先把你救出來，然後我再去拿隊服，我保證，來吧，你能不能把你的手臂抬高一點，這樣我就可以……對，就是這樣……」我不知道怎麼把她拖出去，我找不到任何施力點，她的身體鮮血淋漓，滑到抓不住……

我再深吸一口氣，強迫自己回到車裡，我將身體壓在她身上，這樣我就可以用手臂環抱她的軀幹。「等等，」她驚恐地說，「等一下，等一下，」但現在已經來不及了，我已經抱好她，這樣我就能夠以雙膝撐地把她拖出來。起初她動彈不得，她卡住了，但我咬緊牙關使勁力氣，尖叫著用力讓她的身體從扭曲的金屬和粗糙的瀝青路面上滑出——

我看見她的眼睛闔上。

她的臉失了血色，變得如蠟般蒼白，她走了，我不知道為什麼這麼快，也不知道為什麼我能馬上得知，但我看得出來她過世了。

「格蕾塔！」我大喊。

她死了。

我站起看著她的身體，這景象讓我畏縮，這麼多血，我現在看見了，鮮血在我赤腳的周圍蔓延，我就這樣將她扯出，幾乎讓她的身軀裂成兩半。

「尼爾，」我說。「尼爾，她……」

我一個轉身，跌跌撞撞奔回我們車上，我打開尼爾的車門，俯身去搆他的安全帶，奇怪的是他沒有取下安全帶，我將安全帶解開想讓他出去，然後我說，「來吧，我們不能待在這裡——」然後我看見了。

他的眼睛還睜著。

他的眼瞳是如此美麗，如此變幻萬千，我看見隱藏其中的許多色彩，秋天的赤褐色，森林中的黃褐色，甚至在適當的光線下會呈現出金色斑點，曾經是深棕色和淡褐色，也是無邊無際的黑色。

現在仍然是黑色。

可怕的是。

我不再是我，而是分裂成兩個人。

其中一個我是那個垂垂老矣的女人，她爬到他身上，身上每一個關節都嘎吱作響，幾乎不受控制，但她不知何故躺在他身上，他的黑髮梳理得極為完美，她把他的頭摟在懷裡，將嘴貼在他冰冷的嘴上，嚐到了煙味。「噢，親愛的，不，」她低聲說，「拜託。」他沒有回報她任何溫度，但她願意將她的溫暖給他，她願意傾盡所有，他將擁有當中每一個微小的部分，他將擁有她的靈魂，否則她會將靈魂留在此處永遠與他相伴。

另一個我還留在道路上畏懼那具死去的身體，死去的一切。

好幾個小時過去。

我很早就決定要與他和格蕾塔一起死在這裡，但我突然湧現一個念頭，我就這樣站著，抓著早已停擺的暖氣，凍僵的我光手和赤腳都無法動彈，鼻子痛，耳朵疼，眼睫毛上掛著已經凍硬的淚珠。

那個念頭是：足球隊服，我必須把隊服從格蕾塔的後車廂裡拿出來。

「尼爾，」我在路上輕喚著，「尼爾。」

我想給他一些東西，一些能夠讓我們分開的東西，一些讓他的靈魂知道我會跟隨的東西，但我想不到任何東西，我赤裸又空虛，蒙受過的所有恩典都被剝奪，我對這具曾經是他的軀殼感到毛骨悚然。

他怎能死在這個這個寒冷的異地，沒有任何儀式？他走的時候怎能不等我見最後一面？我們怎能沒有留下最後的道別，最後的時刻，最後一面？這世界怎能這麼殘忍，如此殘忍，讓他就這樣獨自默默死去，而我卻把我的愛浪費在一個素不相識的女人身上？我完全無法承受。

我站在冰冷的地面上，走到格蕾塔的後車廂，拿出裝著她兒子足球隊服的包包，我拖著一隻受傷流血的腳走在路上，回到一個我從來都不屬於的世界。

就在我們的車頭燈熄滅之前，我停下腳步，在我面前有一個深淵，天上連一顆星星都沒有，我回頭看著他，我走不了，我不忍離開，我不能把他留在這裡孤單一人。

我的膝蓋一軟趴在地上，手裡還抓著那個包包，我把臉靠在包包上面，心中想著我不會離開、我不會離開、我不會離開，但最終做出選擇的是更簡單古老的本能，本能催促我站起身遠離那束光，沿著一條我明知只會走向悲傷的道路，走進漆黑的深夜。

不是因為愛，也非出於恐懼。

是世界當中的荒蕪要我必須活下來。

第二十八章

高威，愛爾蘭

十二個月前

「他想要土葬？」我盯著墓碑問。

「是的，」佩妮說，「你們從來沒談過這個？」

「沒有，不知為何我覺得他會想火葬……」

「因為他是一個科學人士，不是宗教人士嗎？」

我聳聳肩。「我想是吧。」

接著是一段冗長的沉默，然後佩妮內心有某部分讓步了，她在陽光明媚的墓地向前走到我身邊。「他希望自己的身體能回歸大地，回饋大地中的生物，他希望他生命的能量能有所貢獻，這是他的遺願。」

我嘆出一口氣，「當然。」

尼爾・林區，我們摯愛的兒子和丈夫。

「謝謝你，」我低聲說，「寫下那段墓誌銘，不應該讓你費心的。」

「寫的是實話，不是嗎？」

我吞下眼淚。「千真萬確。」

後來我假釋期剩餘的時間都住在應該是我家的那座宅邸裡，把自己隔離在尼爾童年的臥室裡睡了十九小時。半夜醒來的我感到茫然迷失，無法再次入睡，於是我翻閱了他收集的三葉蟲，溫柔地撫摸每一隻，而後是一本收藏了精美壓花的寶庫、一本豐富動物觀察的日記、一本羽毛的相本、各種形狀大小的岩石、永遠凍結在髮膠中的甲蟲和飛蛾、斑點的蛋殼碎片……每一件微小的收藏都比我想像中更加珍貴，我了解到，即使尼爾相信他的母親永遠無法真正愛他，但這裡的一切都是愛的證明：這些年來所有寶藏都保存得如此完美。

上面標有近期標籤的盒子擺在角落，我在裡面找到大量的紙張、他的出版品、教學筆記和日誌，我知道這些東西，多年來我一直看他撰寫這些著作，其中一本日誌與其他不同，而且我沒看過，標題是法蘭妮。

我翻開的時候非常緊張，內容由簡短嚴密的條目構成一份研究，研究對象與我同名，但剛開始看的時候感覺非常陌生。

上午九點十五分，她剛剛將一個用過的保險套扔到男廁外的走廊，對這些卑鄙的男人憤怒地尖叫。

四點三十分，她再次在方院裡閱讀愛特伍，閱讀我引用的文章。

大約凌晨一點，她呼喚她母親的名字，我不得不把她搖醒。

這是一本紀錄下我生命和行動的日誌，我閱讀時覺得這些條目變得沒那麼科學，反而充滿了洞察力和詩意，隨著最初的恐慌感逐漸消退，我開始意識到，這本日誌探討的對象其實比較偏向我丈夫，而非針對我，這是他教導自己了解某事，去愛某事的方式。

我閱讀的最後一則條目如下。

在我太太成為我的太太之前，她是我研究的生物。

在這個特別的早晨，她將手指張開放在肚臍旁的隆起處，有個像是手肘、拳頭或是小腳的形狀對著我們壓來，隨著我的聲音蠕動，伸長肢體想要靠得更近，動了，這個小東西，法蘭妮看著我，眼裡閃爍著如此明亮的光彩，有驚訝，有恐懼，也有喜悅。

她愛這個孩子，但孩子是她的牢籠，我想她只是同意留下孩子，因為她希望能在她掙脫牢籠的時候留下什麼給我，她想留下某些能夠召喚她的牽絆，無論是什麼都能再次召喚她回來。但她忘記我對她的承諾，我會永遠等她，我們的女兒會和我一起等她回來，也許有一天我的女兒也會離開我去冒險，我也會一樣在這裡等著她回來。

在挖掘出他房裡所有東西後我赤腳走進後院、池塘周圍和溫室，後方的籠內仍然空無一物——佩妮從未再找新的鳥替換我放走的那些——但無論如何，我站在籠裡還能清晰記得羽翅拂過我臉的感覺，還有他吻我時嘴唇的味道。

「法蘭妮？」

我轉身看著佩妮，意識到我像瘋子一樣已經在鳥籠裡愣愣看了好幾個小時，一種不安的似曾相識感籠罩了我，我們曾經來過這裡，她和我曾像這樣站在這裡。「對不起，」我說。

「要用早餐嗎？」

我點點頭尾隨她進去屋內，早餐桌面末端亞瑟的位置空空如也，已經空了好幾年，尼爾去世後他離家了，他無法留在他兒子長大的屋裡，所以現在佩妮獨自一人住在一座空心的陵墓，我對她的任何負面感受如今都消失了，我只想保護她走過這段難以承受的喪親之路。

我們安靜地用餐，然後她問，「你為什麼說你是故意撞車？」

我放下湯匙，我們在此之前沒有談過話，我從來不想在監獄與她見面，所以她會提出這個問題合情合理，這是至關重要的問題。

「我只是……想受到懲罰，想用最嚴厲的方式懲罰自己。」要讓法庭相信我有罪並不難，不是因為我血液中的酒精含量或者車輛鑑識，而是他們發現輪胎沒有轉向或剎車，而是直直衝向迎面而來的車輛，彷彿在尋求毀滅一切，再加上我對格蕾塔的身體造成了此等傷害。

「胎痕怎麼說？你轉向馬路另一邊，你沒有剎車，你為什麼不剎車，法蘭妮？」

「出現了一隻貓頭鷹，」我聲音哽咽地說，情緒的潮汐將我吞噬，我將頭枕在手臂上。有隻手輕輕撫摸我的頭髮，感覺像過了一世紀。「我有東西給你看。」

佩妮將我帶到她的辦公室，從抽屜裡取出一份文件，她將文件遞給我，我閱讀了遺囑，我還沒有心理準備，但我坐在地毯上翻著一頁頁文件，直到看到下列段落。

如果屆時沒有燕鷗存活，我想要土葬，這樣我的身體還能把能量回饋給賦予我生命的大地，我也可以餵養生命、奉獻自我，而不只是一味奪取。

如果還有燕鷗……

我閉上眼睛良久，想做好心理準備。

如果還有燕鷗，如果有成功的機率且難度不大，我希望能將我的骨灰撒在牠們飛翔的地方。

如波濤般洶湧的內心平靜下來，我站起身，終於確定一件事。

「我們可以把他的屍體挖出來嗎？」我問。

佩妮一時驚呆了。「什麼——但是沒有辦法……鳥都滅絕了。」

「沒有，」我說，「還沒有，而且我知道燕鷗會飛去哪裡。」

「你怎麼知道？」

「尼爾告訴我的。」

北極燕鷗號，南大西洋
交配季節

我們面前展開一片燦爛輝煌的冰層，壯闊到令人折服，冰層統御著整個寒冷的世界，是宇宙的真正核心，傲慢粗野又全然無法穿透。

冰層上空無一物。

儘管我已經放手，即使我告訴自己一切都已結束，但我一定還是期待看見滿是鳥兒飛翔的天空、覆蓋滿海豹的冰層，或者什麼都好，任何活著的生物都好。北極燕鷗號號緩緩駛向岸邊，經過漂浮的大塊冰層，我無法在這片廣闊的地帶辨認出任何動靜，我又心碎了一次。

「你知道我們在哪嗎？」我問恩尼斯。異常的爆裂聲撕裂了空氣，冰從暗礁上脫落入海，發出比任何雷聲都大的聲響，我從來無法想像這樣的聲音。

「現在來到南極半島，我們即將向東進入威德爾海。」

我凝視著逐漸接近的陸地。

我突然覺得有些不對勁，威德爾海一直是燕鷗飛行的地方，一直是南極洲蘊藏最豐富野生動物的地區，其次是東北側的威爾克斯地，如果燕鷗在轉向南方之前直接穿越澳洲，便會在那裡著陸，牠們過去有時會走這條路線。

「等等，」我說，「你能不能稍微放慢船速？」

恩尼斯輕輕將油門桿稍微向後移動，疑惑地看著我。

我不知道如何表達這突如其來的不確定感。「威德爾海或威爾克斯地是燕鷗通常會去的地方。」

「我們靠這些燃料或補給永遠無法到達威爾克斯地，這需要幾個月的時間。」

我搖頭，我不是這個意思，我不這麼認為，我的思緒飛速運轉，回溯記憶中尼爾的會議和研究，以及關於這個主題所寫的上千篇該死的論文，威德爾海和威爾克斯地都受到嚴密觀測，因為這是動物遷徙的目的地，我們知道所有鳥類都無法抵達上述這兩個地方——除了燕鷗之外，到目前為止任何能夠到達此地的物種都已滅絕。

海莉耶特老是說總有一天燕鷗會在更近的地點停下，會願意攝取不同的食物，但尼爾相信燕鷗仍會飛向冰層，因為這是燕鷗的本能，且牠們會繼續向前挺進，直到找到魚群或者接受死亡。

「向右轉，」我迅速說，「右舷。」

「什麼？西邊什麼都沒有——」

「轉向西，現在轉！」

恩尼斯罵聲連連，但他依舊改變了方向，急忙調整主帆之際，我們也在海洋中開出一條小路，半島和南設得蘭群島在我們左側，也許我已經失去了理智，也許做出這樣的賭注是如此瘋狂，也許我剛剛害死了我們兩人。

船隻總會在羅斯海迷航，這裡幾乎沒有避難處，沒有任何對付惡劣天氣的保護措施，從二月開始這裡就會凍結，所以沒有進出的水路。

今天是一月三日，我們可能永遠無法離開這裡。

恩尼斯轉頭看著我時似乎是憑空對著我笑了，然後他迅速向我行禮，我也向他行禮，他媽的，為什麼不這麼做呢？

因為我忽然覺得，如果這裡對我來說真的是生命的終點，如果你正在進行的是你生命中最後一次遷徙，也是最後一次人類物種的偉大遷徙，你不會這麼快卻步，即使你又累又餓又絕望，你還是會不顧一切走下去。

我們的鋼製遊艇在旅途中飽經風霜，頑強不屈沿著南極海岸前行，我們大部分的時間都在看著那片耀眼的雪地和廣闊的天空，不敢眨眼深怕錯過任何風吹草動。天候變化很快，氣溫已降至零下兩度，海上也揚起了波浪。恩尼斯完全勝任這份工作，他帶領我們閃避曾經附著在陸地上但現在裂開並四處漂浮的危險冰塊，冰塊落在海裡時發出巨大的轟隆聲，他稱這些冰塊為咆哮者，任何一塊都足以讓我們翻船或沉沒。

我們向西行的第四天，風速上升至七十五節，根據恩尼斯的說法，在這麼低的溫度下這種風速可能帶來災難性的後果，我不知道他這麼說的理由，但也沒有問，很快到了第六天，我就知道後果了。

索具的表面開始結冰，恩尼斯和我來回飛奔，試圖搶在結冰之前將繩索砍斷卻徒勞無功，所以恩尼斯搶風轉向左舷航向岸邊，我們已經抵達阿蒙森海，這裡的海岸線較羅斯海更為平緩，所以我們無法航行到預期那麼遠也許是命中注定，我走下甲板開始把剩下的補給品裝進我的包包裡，遊艇上儲備許多厚重的冬季發熱衣物、外套和靴子，可能拯救我們於生死之間，我很害怕，但害怕又有什麼意義？如果有任何意義，不過是讓我感覺更像還活著。

「你在幹什麼？」恩尼斯問我。他正在掌舵，同時啟動了EPIRB——這是某種緊急無線電信號，可以向救援人員確定我們的位置，這艘船已經不行了，無法讓我們航行得更遠。

「我會用走的把這趟旅程走完，」我說。「你在這裡等，我會回來的。」

他不理會我，逕自收拾自己的行囊。

所以我們一起出發走進冰層。

整趟路程都非常艱困，我的四肢已經有一段時間毫無知覺，但這裡的氣候已比過去溫暖，一切都在暖化、融化、變遷和死亡，這可能是我們還沒凍僵的唯一原因。

我們白天把自己埋在雪地裡休息，到了晚上步行取暖，我們固定走在大海左側，屆時回頭才能找到來時路，我們有時會牽手，因為這有助於降低孤獨感，我想起這一生中所有失去的人，想起我的母親和女兒，想起格蕾塔，也想起莉亞，希望我沒有真的失去她，當然我幾乎每踏出一步都會想起尼爾。

步行第三天，我很確定恩尼斯已經撐不下去，他的腳步明顯變慢，非常努力繼續與我對話，我們停下腳步陷入冰冷的地面，我從我的行囊中拿了一罐烤豆給他，我們靜靜分食，一邊看著我們周圍寂靜的世界。如果失去了他，我也無法繼續走下去，如果目見所及只有冰天雪地，我想我也辦不到。

「你為怎麼會在這裡，恩尼斯？」我問。

他沒有回答，只是吃著豆子，專心努力吞嚥。

過了好久他卻說，「我不想讓你一個人去。」

我的胸口一緊，這句話中包含了愛和慷慨，無可否認我們兩人共享了這份愛，我很感激這份愛讓我不必獨自一人面對，這就是為何我知道現在是時候卸下所有曾經堅守的偽裝，因為已經沒有意義，我們已經走到了盡頭。

「他死了，」我輕聲說，「我丈夫。」

恩尼斯說，「我知道，親愛的。」

世界緩慢轉動。

「我們獨自在這裡，」我低聲說，「不是嗎？」

他點點頭。

「他們都走了，」我把空罐頭和我們的兩把叉子放回我的包包裡，但我還起不來，我沒有力氣。「我差點就見到他最後一面，」我說，「我就在附近，但最終還是沒有陪著他。」

「你有陪著他。」

「不，我把他丟下，又讓他一個人等死，因為這樣他的靈魂永遠無法安息。」

「胡說。」

「我當初應該陪著他。」

「你是該陪著他，但他還是得一個人走，我們都要走上這條路，人終將一死。」

「這條路真的太遠了，他怎麼一個人走，」我用顫抖的手指壓住我的眼睛，「我感覺不到他。」

「你可以，否則你為什麼還在向前走？」

他說著站起來，我也站起來，我們繼續走。

只過了幾小時，我正步履艱難地爬上一道特別難走的斜坡，一邊擔心已經落後很遠的恩尼斯，我回頭想確定他還在移動，然後向前看了一眼。

我停步。

剛剛有什麼飛過天空。

我跑了起來。

出現更多，牠們飛撲又俯衝著，我攀上斜坡，然後——

噢。

有數以百計的北極燕鷗覆蓋在我面前的冰面上，尖聲咯吱鳴叫，與牠們的伴侶在空中飛舞發出歡欣求愛的叫聲。燕鷗因為沉入水中的優雅姿態而有海燕之稱，我現在終於有幸目睹，因為牠們正在一片翻騰數百萬鱗片的海洋中飢渴地俯衝尋找魚群。

我笨拙地倒在地上哭了出來。

為了牠們經歷的旅程而哭，為了留下的美好而哭，為了你，為了那份承諾，為命中注定而哭，但我卻不知你的死也包含在命運之中。

恩尼斯走到我身邊發出一聲低沉的笑聲，就在這一刻，巨大的鯨鰭浮出水面，在遠處向我們招手，我們先是氣喘吁吁，然後歡呼跳躍，這裡的美太過深刻，讓我幾乎難以承受，在這個庇護區裡潔淨未受污染的水域中還藏有什麼？

「我很遺憾*薩加尼號*沒有辦法開到這裡，」我說著擦擦我涕泣的鼻子，「有這麼多魚，卻沒有辦法捕到。」

他饒富興味地看著我。「從很久以前我就不想捕魚了，我只是需要知道魚群還在某處，大海依然充滿生命力。」

我抱住他，我們相擁許久，鳥鳴聲在四周迴盪。

「我希望尼爾能看到這幅景象，」我接著說，天啊，我真的好希望他能看見。

他深呼吸。「你想待多久？」

「一輩子？」我笑著提議，「我們可以離開，但有件事我得先做，他希望將他的骨灰灑在鳥兒身邊。」

恩尼斯握緊我的手。「那我先離開好嗎？讓你和他獨處。」

我點點頭但沒有鬆手。「謝謝你，船長，你是個好人，祝你未來過著幸福的人生。」

他笑了。「還沒結束呢，林區太太。」

「還沒，當然還沒。」

我看著他走下斜坡，走回我們的來時路，然後我轉往另一個方向，一路朝水邊走去，我從背包裡拿出尼爾的信件和保護他骨灰的小木箱，我本來想放手讓信飛走，但我發現我做不到，因為尼爾不會希望我將他的信件胡亂丟棄在這處未受破壞的環境，所以我把信件放回我背包裡，手指在他的筆跡上輕輕撫過。

我輕輕把木箱舉到唇邊，他還活著的時候我來不及趕到，現在我終於可以與他吻別。

風勢沒有方才那麼猛烈，但仍足以吹起骨灰穿越飄揚的白色鳥羽，直到我無法分辨此起彼落的是骨灰還是鳥兒。

我脫下衣服涉水入海。

第二十九章

愛爾蘭
十年前

「你找到什麼？」
「一顆蛋。」
他走到我身邊，我們低頭看著那顆安放在草地上的小東西，表面是特殊的斑點電光藍。
「這是真的嗎？」我深呼吸。
尼爾點頭。「這是烏鴉蛋。」
我彎腰想撿，但——
「不要碰它，」尼爾警告我。
「我們必須把蛋送回巢穴。」
「如果你碰到蛋，鳥媽媽會在上面聞到你的味道，然後排斥這顆蛋。」
「所以我們就……把蛋留在那裡嗎？它不會死嗎？」
他點點頭。「儘管如此，我們還是少碰為妙，人類的碰觸只會帶來破壞。」

我輕輕牽住他的手。「我們可以照顧牠，我們自己孵化然後再野放牠。」

「烏鴉會認我們的面孔。」

我微笑。「真是可愛。」

他看著我，他的表情起初帶有一絲先知般的憐憫，我知道這是出於他的悲觀主義，但我與他對視，我想讓他看見我的篤定，讓他知道人類也許不必總是毒害這個世界，不必是這個世界的瘟疫，我們也可以養育萬物，他的眼神慢慢有些動搖。

尼爾也報以微笑。

阿蒙森海，西南極洲

交配季節

酷寒襲來，但我卻很平靜，我還沒有把頭潛入海中，我還不需要這麼做，最後一刻尚未到來，水很快會在我身體其他部位發揮作用，而且我想這樣一直看著燕鷗愈久愈好，讓我可以帶走牠們最後的模樣。

媽，我也會帶走你的一部分，你當年和我現在的舉動一模一樣，我們都打算偷走身體裡的氣息，讓自己窒息而死，你為我帶來書和詩以及看遍世界的決心，為此我永生難以報答，我會帶走狂風吹過我們小木屋的聲音、你鹹鹹頭髮的氣味，還有你依偎在我身邊的溫暖；奶奶，你賦予我平靜也給了我力量，我也遺憾沒有早點領悟到這些，我會帶走你們的一部分；約翰，我會帶走你放在壁爐架上的照片，以及你留在照片裡的所有愛，照片裡的人過世很久之後那份愛還深深留存；我會帶走烏鴉給我的每一件禮物，每一件寶物；我會帶走大海，深入我骨髓的那片海，海的潮汐能穿透我的靈魂；我會帶走女兒懷在我肚裡的感覺，我會帶走她的一切，並永遠將她細細收藏。

但我不需要從你身上帶走任何東西，尼爾，我的愛，我寧願為你付出一切。我的本性，我內在的失控，全都奉獻給你。

我沉入水面之下。

我的手指和腳趾開始泛白，因為我的身體瘋狂將血液從這些部位抽走，試圖讓血液保留在我身體的核心，那裡仍然保有體溫，仍努力讓我的心臟跳動。

太陽穿透上方的水形成一幅圖案，我想我曾經做過這樣的夢。

高高盤旋的鳥兒現在像是剪影，我看著，一直看著牠們，然後閉上了雙眼。

我們也可以養育萬物。

我的眼睛猛然睜開，衝過我身邊的魚兒在陽光下閃閃發光，我好冷。

你說什麼？

你證明給我看了，如果夠勇敢，我們也可以養育萬物。

但我已經一無所有。

仍然只有一片蒼茫。

安靜。

然後，

你能等我嗎？再等我一下？

永遠等你。

我一躍衝向水面，撞擊而後衝破水面，我肺裡的空氣在翻騰，幾乎無法確知這股衝勁從何而來，但事情正在變化，某部分的我在海底掙扎求生，仍在試圖擺脫，擺脫這讓我滅頂的無盡羞愧感。

我無法動彈，無力將衣物拉起，但不知何故做到了；我無法用雙腳站立，但不知何故站起來了；我無法走路，我不可能有辦法走路，但我卻舉起腳步，一步、一步、一步、一步向前走。

我們並不孤單，現在還不是時候，牠們還沒有全部消失，所以我沒有時間淹死，還有很多事要做。

我不知道要等多久，可能是幾小時、幾天或幾週，但終於我看到一輛汽車在冰面上慢慢接近，我聽見遠處直升機轟轟轟飛行的聲音，我任憑自己陷入雪地之中。

我不會承諾你任何事，我已經放棄承諾，我只想做給你看。

尾聲

利默里克監獄，愛爾蘭

六年後

我第二次從高牆裡獲釋時，天在下雨，這一次和第一次不同，我心中並不覺得空虛，並不渴望結束自己的生命，這次的我非常充實，滿載而歸，我拿到得來不易的學位，還有世界彼端那片廣闊未開發的棲地所留給我的記憶。

我並不指望有人等我。

雨幕中透出一抹黑影，有某個人靠在他的卡車上，沒帶傘。

我走近了些，想必是恩尼斯，或者也有可能是阿尼克——他們都知道我今天出獄，但我沒想到他們會千里迢迢過來……

這個人不是薩加尼號的船員，我從未見過這個人，也許他根本不是在等我。

但我還是走到他身邊。

他又高又壯，頭髮灰白，披著一件油蠟風衣，就像伊迪絲在雨中走出圍場時穿的那樣，他穿著髒靴子，寬闊的嘴型和眼睛周圍滿佈皺紋——我認出他了。

「你好，」我父親說。

多姆尼克．史都華的卡車聞起來有陳年咖啡的味道，當我把腳放在大約三十個用過的外帶杯上時，頓時明白了咖啡味的源頭。

「不好意思，」他咕噥著說。

我聳聳肩關上車門。

我們靜靜坐著，聽著落在車頂上的雨聲。

「想去哪裡？」多姆問道。他的澳洲口音很重，令人驚訝的是，這讓我充滿家的感覺。

我試圖思考他可以載我去哪裡，但沒有想法，我想起自己花了這麼多年恨這個人，因為他的所作所為和他被送去的地方，我有好幾年抬不起頭來，因為自己居然複製了他的命運，多年來我只希望自己能擁有家人，就算只有一個，一個人都好。

「你去過蘇格蘭嗎？」我問他。

「沒有。」

「想去嗎？」

他看了我一眼，又回頭看著雨，一言不發啟動了汽車，我清楚看見他手上有一個褪色的舊紋身，圖案是鳥。

多姆看見我盯著紋身看，靦腆地笑了笑。「艾莉絲過去最喜歡那個圖案。」

我回以微笑。

母親曾向我說過要尋找線索。

「什麼的線索？」她第一次說時，我這麼問。

「生命的線索，這種線索無處不在。」

致謝

首先，我要感謝我出色的經紀人莎朗．佩爾蒂耶給我這個沒沒無聞的澳洲作家一個機會，並鼓勵我寫下這本書，謝謝你的耐心和支持，如果沒有你放手一搏，這本書可能不會存在。如果沒有你的努力，這本書肯定不會找到完美的出版東家Flatiron，所以非常感謝你。

非常感謝我的編輯卡洛琳．布萊克，她從一開始就相信這本書，孜孜不倦強化這本小說，然後將其交到讀者手中。卡洛琳，你真的是每位作家夢想中的編輯，我非常感謝你的善意、慷慨和奉獻。同時我非常感謝Flatiron出版社整個團隊能看出這本小說的潛力，並努力幫助它發揮，從頁面內和封面上的華麗設計，到大膽的銷售創意，讓這本書躍升國際殿堂，為此我夫復何求。

感謝我睿智的英國編輯夏綠蒂．亨弗瑞、出版商克拉拉．法莫，和他們在Chatto&Windus出版社的團隊，還有我可愛的澳洲出版商妮基．克里斯特，以及她在Penguin Random House出版社的團隊。很高興與大家一起共事，我很期待未來的發展。

非常感謝我那群了不起的朋友，感謝莎拉．霍拉漢寄給我關於北極燕鷗的早期學術論文，如此熱情為我提供如此大量的科學資訊，並且總是扮演傾聽者的角色。感謝凱特．塞爾維閱讀原稿，並針對內容進行「科學檢驗」——你提供的所有細節讓這本書脫胎換骨。感謝芮亞．帕克總是協助閱讀原稿的最初草稿，並提出如此偉大的想法，協助我完成本書。凱特琳．柯林斯、安妮．揚科維奇和查理．考克斯，謝謝你們聽我滔滔不絕描述撰寫一本書所帶來的各種心情起落，並且總是面帶微笑地傾聽！

感謝我的家人修恩、柔伊、妮娜和漢米許，謝謝你們的愛和支持，感謝父親——感謝他教導我關於驢子的知識！感謝我的祖母夏米恩和我已故的祖父約翰，感謝他提出船隻在風暴中移動的見解。感謝我的表妹愛麗絲帶我參觀高威，並帶我參加愛爾蘭集會，感謝我的兄弟連恩，我的外婆亞麗克絲，最感謝的是我的母親凱瑟琳，你們三人真是太棒了，若沒有你們，我不可能寫出這本書，我很幸運有你們這樣的家人。也感謝我的伴侶摩根，在整個過程中你一直表現得如此堅定，願意相信我也與我分享興奮，並在我遭遇困難時支持我，謝謝你。

最後，我要感謝這個地球上的野生動物，我必須說，這本書是為牠們而寫，起自對那些已滅絕生物的悲傷和遺憾，也將愛獻給那些仍存續在這世間的生物，我發自內心深深期許本書中描繪的那個沒有動物的世界萬萬不要成真。

臉譜小說選 FR6588

候鳥的女兒

Migrations

原著作者　夏洛特・麥康納吉 Charlotte McConaghy
譯　　者　李雅玲
書封設計　朱　疋
責任編輯　廖培穎
行銷企畫　陳彩玉、楊凱雯
業　　務　陳紫晴、林佩瑜、葉晉源

出　　版　臉譜出版
發 行 人　涂玉雲
總 經 理　陳逸瑛
編輯總監　劉麗真
城邦文化事業股份有限公司
台北市中山區民生東路二段141號5樓
電話：886-2-25007696　傳真：886-2-25001952

城邦讀書花園
www.cite.com.tw

發　　行　英屬蓋曼群島商家庭傳媒股份有限公司城邦分公司
台北市中山區民生東路二段141號11樓
客服專線：02-25007718；25007719
24小時傳真專線：02-25001990；25001991
服務時間：週一至週五上午09:30-12:00；下午13:30-17:00
劃撥帳號：19863813　戶名：書虫股份有限公司
讀者服務信箱：service@readingclub.com.tw
城邦網址：http://www.cite.com.tw

香港發行所　城邦（香港）出版集團有限公司
香港灣仔駱克道193號東超商業中心1樓
電話：852-25086231　傳真：852-25789337

馬新發行所　城邦（馬新）出版集團【Cite(M) Sdn. Bhd. (458372U)】
41-3, Jalan Radin Anum, Bandar Baru Sri Petaling,
57000 Kuala Lumpur, Malaysia.
電話：603-90563833　傳真：603-90576622
電子信箱：services@cite.my

一版一刷　2022年5月
I S B N　978-626-315-104-8

售價：400元
（本書如有缺頁、破損、倒裝，請寄回更換）

國家圖書館出版品預行編目資料

候鳥的女兒／夏洛特・麥康納吉（Charlotte McConaghy）著；李雅玲譯. -- 一版. -- 臺北市：臉譜出版：英屬蓋曼群島商家庭傳媒股份有限公司城邦分公司發行, 2022.05
面；　公分. --（臉譜小說選；FR6588）
譯自：Migrations
ISBN 978-626-315-104-8（平裝）

874.57　　111003762